当时醉

DANGSHI HANZUI

杨檎 / 著

哈尔滨出版社
HARBIN PUBLISHING HOUSE

图书在版编目（CIP）数据

当时酣醉 / 杨檎著 . — 哈尔滨：哈尔滨出版社，2022.3
ISBN 978-7-5484-6367-2

Ⅰ．①当… Ⅱ．①杨… Ⅲ．①随笔－作品集－中国－当代 Ⅳ．① I267.1

中国版本图书馆 CIP 数据核字（2021）第 248870 号

书　名：**当 时 酣 醉**
　　　　DANGSHI HANZUI

作　　者：杨　檎　著
责任编辑：韩金华
责任审校：李　战
封面设计：树上微出版

出版发行：哈尔滨出版社（Harbin Publishing House）
社　　址：哈尔滨市香坊区泰山路 82-9 号　　邮编：150090
经　　销：全国新华书店
印　　刷：武汉市籍缘印刷厂
网　　址：www.hrbcbs.com
E-mail：hrbcbs@yeah.net
编辑版权热线：（0451）87900271　87900272
销售热线：（0451）87900202　87900203

开　本：710mm×1000mm　1/16　印张：19.75　字数：279 千字
版　次：2022 年 3 月第 1 版
印　次：2022 年 3 月第 1 次印刷
书　号：ISBN 978-7-5484-6367-2
定　价：78.00 元

凡购本社图书发现印装错误，请与本社印制部联系调换。
服务热线：（0451）87900279

自　序

我敬你是条汉子

　　人生就是一场孤独的旅行。所幸沿途遇到了不少有趣的人，经历了许多难忘的事，因此这一路走得并不枯燥乏味。

　　所谓，当时每酣醉，不觉行路难。

　　所以，你有所不知，或，如你所知——这并不是什么文学作品，只是一本自语式的如实记录，还充满了烟火气。

　　就像自己给自己做顿饭吃、买件衣服穿、弄个房子住一样，中途歇脚时，再自己给自己出本书看，表示这世界我来过，仅此而已。

　　如果碰巧你也愿意一看，那么，感谢，但愿你看着不累。

　　一路有风景，人间还值得。

　　干杯，敬生活，敬自己。再跟自己说一声：我敬你是条汉子。

　　感谢"老树画画"刘树勇教授友情支持封面插图，感谢于江先生友情提供封面题字。

2021 年 5 月 30 日于四川北川

目 录

独 行 /1

一个英雄和十四条好汉 ... 3
打的追火车 ... 24
不要和陌生人说话 ... 29
遇见人民的艺术家 ... 33
我和赵瑜有个约会 ... 38
友情支持 ... 44

北 京 /53

去北漂 ... 55
体育馆路 8 号 ... 61
睡在街心公园 ... 73
"黑社会" ... 80

足 球 /103

我所认识的阎世铎 ... 105
集体看一遍《花木兰》 ... 108
皇家马德里约等于皇家宁荣府 ... 110
守望的幸福戛然而止 ... 112
向老金致敬 ... 114
金陵十二钗与阵型 442 ... 116
上辈子他肯定是孙悟空 ... 121
别跟大太太比 ... 123

政治家的政治 125
天地间只剩下徐明 127
我就是个胜要骄败不馁的人 129
余东风的十年河东十年河西 133

散 落 /139

D 长风 141
W 震龙 148
弋　哥 154
冀鸭子 166
王小二 176
守望哥 185
孙叉叉 192
豌豆和弯弯头 197

杂 记 /205

拍你，我不是故意的 207
从男厕所出来之后 212
斯人不憔悴 215
该死的同学会 218
那些年我减过的肥 220

我 家 /241

我最倾慕的两个女生 243
短信中过年 250
来自天堂的人回去了 254

写给父亲..................................258
你走之后，我痛到死..........................263
娃娃要跟我说的三个字........................267
我和我的女儿................................269

吉 米 /275

如果有来生，别让我这么坚强..................277
吉　米......................................283

独 行

那时年轻的我,常常一个人在旅途中发呆。

独 行

一个英雄和十四条好汉

这几年常有朋友邀约我自驾去西藏，我总说没时间。其实时间是有的，只是西藏我已去过了，早在二十一年前，也是自驾。而且，那一趟去得惊天地泣鬼神，再去的话，恐怕不会再有那种感觉了。

引子

1997年秋天，我刚当记者不到一年时间，对一切都充满好奇，听到哪里有新闻都想去采访。一天，曾经一起采访过的一名电视台记者找到我，说内江有个修汽车的哥们，搞了辆北京吉普212准备去环游世界，出发时要从绵阳过，问我愿不愿意一起去采访一下。我说好啊，到时候去看看。

过了几天，那个叫周光强的内江人果然开着他的北京吉普212到绵阳了。绵阳的一些车手和赛车爱好者聚集到一家酒店，为他举行了一个简单的欢迎兼欢送仪式。我找到周光强，煞有介事地对他进行了采访。周光强是个小个子中年人，皮肤黝黑，眼睛鼓鼓的，说话时嘶哑着声音，情绪十分容易激动。"我说我要开着中国车去环游世界，好多人都笑我疯了，我没疯！我就不信我不行，不信中国车不行！你信不信我？"我笑着说我信。

采访结束后，周光强介绍他的师弟胡洪跟我认识。胡洪是三台人，在绵阳南河坝开了家电脑维修店，他和周光强一样，都持有国际赛车驾照。冲着"国际"二字，我对周光强的环球之旅更有信心了。

冬去春来，周光强果然不负我望，在分别大约半年之后，果然传来了他凯

旋的消息。那个春风和煦的下午，胡洪兴冲冲地跑来找我："周光强环游世界回来了，今天到成都，我们到高速出口去接他，你跟我们一起去吧！"

跑到成都，才发觉此时的周光强已成了大明星，成群结队的粉丝开着车等在高速出口处，像迎接英雄一样迫不及待地想看到他。周光强下车跟胡洪热烈握手的同时，看到了站在胡洪身边的我，一口就叫出了我的名字。

当天晚上，四川电视台为他举行了盛大的欢迎仪式，主持人是当时四川电视台的"名嘴"李博。无数粉丝围着周光强请求签名合影，几个妖艳的车模也像小蜜蜂一样嗡嗡嗡地绕着他飞来飞去。

那时资讯尚不发达，但我还是从粉丝们拿着的各种报纸、杂志和周光强本人出示的各国各地的邮戳上了解到，他确实开着那辆二手国产北京吉普车环游了世界：从成都出发，经新疆出境进入哈萨克斯坦，经奥伦堡进入俄罗斯、白俄罗斯、波兰、德国、比利时、法国、西班牙，又经轮渡跨越直布罗陀海峡进入北非的摩洛哥，再经海轮运输，跨越大西洋，进入美洲大陆，从纽约出发，北上底特律，南下小石城，向西经俄克拉何马、科罗拉多、洛杉矶，北上旧金山后，再通过海运横渡太平洋经香港返回成都。

为此，四川省体育运动委员会（2000年改组为四川省体育局）、省总工会和四川电视台联合给周光强授予了个称号——"中国车神"。

借车

热闹喧嚣之后，我回到绵阳继续日复一日的采访写稿生活。1998年7月底的一天，久不联系的胡洪突然又跑来找我，问我要不要一起去西藏，去一个月，说周光强要驾着国产汽车去西藏珠穆朗玛峰创世界纪录，我们可以跟着一起去。

"有这好事？我去做什么？""你可以当随队记者，报道这个事啊！"胡洪说，"现在他们那边已经有了两辆车，一辆周光强和他的助手坐，开着去创纪录，

独　行

还有一辆坐技术人员，你能不能再找一辆车，坐其余的车手和工作人员？你要是能再找一辆车的话，我们就可以一起去了，路上的吃住等一切费用都由组委会承担。"

免费去西藏游历一个月，听起来确实很动人。但去哪找车？那个年代，汽车还未普及，除了单位有车，私人有车的还是凤毛麟角。虽然我认识几个有私家车的朋友，但也还没到可以随便借车去高原折腾的交情。胡洪说，周光强那边说了，实在借不到，租也行，费用由组委会出，但租金不宜过高。

有事找爹。我知道我爹单位有两辆车，而且爹在单位任了个副职，或许他可以帮我借一辆呢。但是面对我的请求，一向好说话的爹当即回绝了，说单位那么多人，上山下乡出差，每天都要用车，不借，也不租。

沮丧着找胡洪在露天茶园碰头，告诉他说不行，我搞不到车。胡洪也一筹莫展。喝着坝坝茶，脑子漫无边际地乱想，突然想到一个妙计：能不能直接到生产汽车的厂家去借呢？于是，我问胡洪绵阳有没有汽车生产厂。胡洪说有啊，剑南汽车就是绵阳生产的，他们厂现在生产了一种中巴车，外形像依维柯，看起来还挺漂亮的。我激动难耐，说走走走，不喝茶了，现在就去剑南汽车厂！

抱着一摞组委会传真过来的活动介绍资料，我们直奔剑南汽车厂，找到了姓王的厂长。我先口头简单地介绍了这次活动的背景：由中国汽车运动联合会主办，重庆中汽西南汽车和北京世纪驰骋投资咨询有限公司承办，主题为"中国车手驾国产汽车创世界纪录"，由前不久刚结束了汽车环球之旅的"中国车神"周光强驾驶铁马军用卡车去冲击珠穆朗玛峰6500米高地，要在北京和重庆分别举行发车仪式，媒体广泛关注，车迷热情高涨，现在万事俱备，还差一辆随行车，用来坐记者和工作人员。然后我问王厂长：你这里能不能出一辆车？如果能，届时这辆绵阳汽车也将一路开去珠穆朗玛峰，那得是多大的广告效应啊！

王厂长听得很是激动，说：我这里车倒是多，但是，哪个开啊？你能开吗？我说我不会开，但我们有的是车手啊。来来来，老胡，把你的国际赛车驾照拿

出来给王厂长看看。

然后，王厂长就成了自己人了，热血沸腾地就同意借给我们车了，还说：从生产线上给你们调一辆刚出炉的！不过，这个事我说了还不算，还得我们董事长拍板。王厂长给了我董事长的手机号码。"董事长在外地出差，你只有打电话跟他说了。"

从厂里出来，找了台公用电话就给董事长打电话。通了，董事长问了声"哪位"，我说我是《绵阳日报》的记者，话还没说完，就听董事长在那头很高冷地说了声"我在香港，开会"，然后就挂了电话。

晚上回到家，想了一阵，不行，这么干等不是办法，再打！那时我还只有个传呼机，于是跑到楼下小卖店，用公用电话给董事长拨过去。一听是我，董事长又准备挂电话，我说等一下，请给我两分钟时间！见对方没挂，我赶紧噼里啪啦一阵介绍，拣干的说，感觉他对这事有点兴趣了，又说，"过两天就要在重庆举行发车仪式了，王厂长觉得这个事对宣传剑南汽车是个很好的机会，很想参加，但他说需要您拍板，您不同意他不敢做主。"

董事长明显动心了，态度却依然高冷："可以考虑，但我在香港出差，等我回去再说。"我忙追问他何时回来，话筒里传来一句"下周一"，然后又挂了。

下周三就要在重庆发车了，到时候我们如果赶不过去，就没法参加这个活动啦！

心急火燎地等了两天，到周日上午了，实在忍不住，又给董事长打了个电话，问他周一啥时候回绵阳，我们好上门去找他。董事长说："明天上午。这个事不能口头说，你们要准备个合同哦！"哈哈，一听这话，显然是同意借车给我们了，我心里乐开了花，忙说：准备好了，准备好了，明天我们就把合同带过去找您。一放下电话，扑爬跟斗地去找胡洪，跟他说：快快快，我们马上准备个合同，明天去厂里拿车。

第二天一大早，我们揣着合同先找到王厂长，王厂长带着我们来到了董事长办公室。一个套间，董事长在里间，外间站着、坐着好些来谈事的人，有王厂长撑腰，我们得以插队先见到了董事长。

董事长翻了下我们打印好的合同，跟我说："不行，还得加一条：车子在活动中如有损坏，由你照价赔偿。"我心里顿时打起了鼓：我月薪还不到一千，哪里赔得起车？为什么只写由我一个人赔？董事长扫了一眼胡洪，转头跟我说："他没有单位，你有单位，所以出了事就找你。"

为了早点把车借出来，我豁出去了，说好吧，我马上手写把这一条添上去。写完了董事长轻描淡写地对王厂长说："好了，你去提一辆车出来给他们。"

随后王厂长带着我们来到生产车间，安排工作人员把一辆刚下线的新车开了过来。果然很像依维柯，能坐十来个人，好！"正好你们开出去跑下磨合。"王厂长笑呵呵地说，"在路上要多给我们宣传哦，这个不是依维柯，是我们绵阳生产的剑南汽车哦！"

发车

剩下的就是胡洪的事了，持有国际赛车驾照的胡洪同志当即开着车找广告公司装扮车子去了。我自己则赶紧跑到理发店，把一头长发剪短并烫了个刨花头，因为出了远门，估计头发不好打理。烫完有同事看到，毫不客气地批评说："谁给你整的，老了十岁。"

第二天上午，当胡洪再开着车来找到我时，那辆白色的新车我已经不敢相认了，车身上喷绘着彩色的珠穆朗玛峰图案，并配上了醒目的字样："中国车手驾国产车创世界纪录"，又漂亮又霸气。胡洪说：你快去准备下，吃了午饭我们就开到重庆去！

那时候我们报社工作时间还比较自由，去哪儿也不用请假，所以当天下午，我就带上行李跟胡洪一道，坐着拉风的彩车直奔重庆去了。每次过高速路口时，胡洪便摇下车窗跟收费员说一句，"我们是去搞活动的，看嘛——"收费员看看车身上的字样，然后不解中含着佩服、佩服中含着不解地就让我们过去了，

一路上没交过一分钱的过路费。

　　当天傍晚，顺利抵达重庆。此时大部队已经在一个刚开张的五星级宾馆里集结了，听说我们到了，周光强带着领队跑出来迎接。看到我们装饰得花枝招展的汽车，又听说我们这车没花钱，借的，两个人异口同声地吆喝："真棒！"

　　重庆发车仪式如期举行。场面十分隆重热闹，媒体、车迷和围观群众把宾馆门口的广场都挤满了，一些据说在国内赛车界很有名望的车手也来捧场了。

　　三辆车，一辆重庆铁马军用卡车，一辆北京吉普213，一辆我们带过去的剑南汽车，十三个人，周光强和他的两个助手吴晓辉、游刚，铁马厂技术部肖处长，技术人员李光国、韦航，铁马厂电视台摄像胡平华，以及来自内江的男车手聂平、来自成都的女车手李伟，还有一个姓周的成都人，是随行的北京吉普213的车主，余下的就是胡洪、我和领队吉米了。乘着重庆的朝阳出发，浩浩荡荡，过四川，穿陕西，经河南、河北，直奔北京。

　　第一次到首都，哪都没去，就在西三环边的翠微大厦住了一晚。这期间队伍新添了两个成员，一个是当时中国图片社的摄影师，现在已经记不起姓甚名谁了，另一个姓马，北京电视台的摄像，此二人将负责整个行程的图像拍摄。

　　第二天天刚亮，中国汽联和北京世纪驰骋投资咨询有限公司来为我们举行了个简单的仪式，我们就准备出发了。上路之前，组委会给每个人发了一身大红的耐克牌服装，听说是耐克公司赞助的。一些过路的群众不清楚这是个什么活动，但看到我们十五人统一着装英姿勃发的样子，纷纷激动地跑过来跟我们合影，大家勾肩搭背，做着胜利的手势同框而笑。

　　途经河南时在洛阳住了一晚。吃晚饭时，有人提议，咱们这一趟是去创世界纪录的，虽然主角是周光强，但我们这些配角也不可或缺，有缘千里来相会，不如歃血为盟搞个结拜。好啊好啊，于是各人报上生辰，按年龄大小排行。肖处长最年长，被尊为大哥，图片社摄影师是二哥，领队吉米是五哥，我最小，

独　行

从此一路上被大家亲切地称为"幺妹儿"。

过洛阳黄河大桥时，我们的车队被拦住了好长一段时间，因为前面来了更大的车队——几十辆满载货物的大卡车络绎不绝地开过，当时，"1998中国特大洪水"正在肆虐，这些都是赈灾车。与救灾比起来，再大的事都不是事，所以我们的"创纪录"车当然得让道。

行驶在高速公路上，我们车上的对讲机中突然传来周光强的声音，问我愿不愿意去他开的铁马车上感受一下。"这个可以有？"我有些迟疑：出发前，组委会不是宣布了纪律，说除了周光强和他的两个助手，其余人一律不得上铁马车吗？周光强说："没事，我邀请你来坐一段路，你要写稿子，亲身感受一下嘛！"

于是，在服务区短暂休整后再上路时，我爬上了铁马车高高的驾驶室。铁马XC2200，重型军用卡车，三桥六轮，长7.61米，高3.32米，自重12吨，在上面有人拉、下面有人推的情况下，我好不容易爬上了这个庞然大物。看着迎面而来的车辆都如蚂蚁一般弱小，真有一种君临天下的感觉。想着不久后这车将开往青藏高原，再去6500米的珠穆朗玛峰高地上如履平川，我们都激动得热血沸腾。

当我在下一个服务区从铁马车上下来，"荣归"剑南汽车时，车上的兄弟都迫不及待地向我询问坐铁马车的感受，我说："一个字：爽！"他们又问："具体怎么个爽法？"我说："哎，不好说，只有亲自坐了才晓得，哈哈哈！"

遇险

因为要赶在规定的时间到达拉萨，所以一路上都比较赶，除了吃饭、住宿，其余时间都在行车，很多时候夜深了也不歇着。怕司机犯困，每辆车副驾上的人就不许睡觉，得陪着司机聊天，我们称之为"值班"。于是常常就会出现这样的场景：某一个人在后排睡得正香，忽然就被叫醒了："起来，起来，该你值

班了！"于是惺忪着睡眼换到副驾上去，陪着司机东一句西一句开始闲聊，被换下来的"值班员"则转到后排，心安理得地开启睡觉模式。

出宝鸡，过天水，天越发高远，路越发宽敞，而路上的车辆和行人也越发少起来。三辆车上的司机们便都露出了赛车手的本性，车速明显快了。胡洪开着剑南汽车跑在最前面，领队吉米所在的北京吉普213紧随其后，周光强开着铁马车悍然断后。

我坐在窗边，只觉耳畔生风，身体都是飘的，刺激中夹杂着些许不安，真是前所未有的乘车体验。突然听得"嘎——"的一声巨响，头、胸和膝盖一阵剧痛，一车人随着车身猛烈地向右翻去。"嘭！"又一声巨响之后，车停了下来。右边路旁一棵碗口粗的白桦树，被车头一撞，一米多长的树皮呼啦一下就被刮掉了下来，露出白森森的树干。

"怎么回事？怎么回事！"对讲机中传来领队焦急的询问。肖处长按着被撞痛的胸口回复说："撞车了……"

有人额头撞起了包，有人肩膀差点脱了臼，有人说，"幸好我胸口包包里有盒烟挡了一下，烟碎了，胸口没事。"惊魂稍定，大家七嘴八舌问起开车的胡洪怎么回事。胡洪说，刚才前头有辆大车，他正在超车，结果刚超过去，就见对面又过来了一辆大车，眼看要迎面相撞了，情急之下他只好向右狠打方向盘。

车手们纷纷夸赞胡洪有经验，在撞车和撞树之间合理地选择了撞树。"如果撞到那辆大卡车，我们这一车人肯定都报销了！"肖处长说，"还好，现在我们人都没有大碍，只是车子可能有点惨……"

听了这话，我一个激灵！借车时可是签了我的名、按了我的手印，车子有什么损坏，都得我来照价赔偿呀！顾不得身上到处都还在疼，我一个箭步，飞奔下车，跑到车前一看，车子的右半边脸全部撞没了！天哪！我一屁股瘫坐在地上，号啕大哭起来。

"幺妹儿怎么了？""哪里受伤了？"三辆车上的人都跑过来，一面搀扶我

独 行

起来一面问。我说:"我没受伤……但是,我赔不起啊!"别人都不明白我在说什么。胡洪告诉他们:"我们借车的时候跟厂家签了合同的,车子坏了要杨橹个人赔偿。"领队哈哈大笑起来:"没事,没事,别哭了,不要你赔,组委会赔!这个最多花几千块,赞助商赞助了几十万,我们有的是钱!"

这话管用,我一下就不哭了。坐在地上抬眼四望,天高云淡,身上的疼痛也消失了。

开着少了半边脸的车继续前行,到了兰州,把车送去维修。修了三天,我们趁此机会在兰州玩了三天。三天后取车上路,果然只花了不到四千元修理费,但没能完全复原,车脸上还是有明显的伤疤。我很有些忐忑,不知道回去后这车好不好还。

到达西宁,青海省体委和登山队负责人为我们接风,并告诉我们一系列高原行注意事项:在车上不要打瞌睡,下车后不要猛跑,每天吃红景天,多吃奶糖,车上要备足氧气,千万注意不要感冒……我们一行人除了聂平早年曾在西藏当过兵,其余的都是第一次上高原,原本没觉得高原有多可怕,但听了主人们不厌其烦的告诫,大家都有了一种隐隐的担忧,不知道传说中要命的高原反应啥时候会降临到自己身上。

领队很周到,给每辆车上都买了氧气瓶、氧气罐和氧气袋,每天早上监督每个人吃下红景天,一有空就给大家发大白兔奶糖,看到谁脸色不好就招呼"赶紧吸氧,赶紧吸氧"。

严防死守中还是有人中招了。第一个倒下的是摄像小马,原本就文弱的小马,上高原后状态一天不如一天,随时躺在后排座位上抱着氧气袋不松手。一天早上路过唐古拉山口,大雪纷纷扬扬,大家都下去拍照留念,最后合影的时候才发现少了一个人。跑上车一看,脸青面黑的小马躺在后排起不来:"我觉得我要死了。"高原上空不时飘过的大片阴云,笼罩在整个队伍的心上。但城市还在远方,没法送医,我们能做的,只有安慰他,并在他刚吸完一袋氧时赶紧为他递上另一袋。

当时酣醉

随着海拔越来越高，队友们几乎都出现了轻重不一的高原反应，随时都听见有人在说自己这不舒服那不舒服，但我觉得奇怪——我怎么哪哪都这么舒服？我怎么从来没觉得缺氧？看着他们一个个抱着氧气袋吸得热闹，有一次我也好奇地吸了几口，没什么感觉呀，跟没吸一样！他们都羡慕地说："哎哟，幺妹儿，你身体太棒了，年轻就是好呀！"

但是很快，我也高原反应了。那天上午，路过一个小院时，看见院子外有个修车店，我们就停了车，让师傅给三辆车打打气、紧紧螺丝。男队员们站在路边抽烟闲聊，我和李伟去院子里上厕所。边说话边往里走。突然，毫无征兆地，一个巨大的黑影向我们猛扑过来！黑色的旋风夹杂着一道凛冽的白光，那是牙齿！说时迟，那时快，我和李伟惊叫一声，撒开腿就狂奔……

接下来的时间里，我的脑子断了片。等我"醒"来的时候，发现自己正瘫在一个墙根下，队友们扶我起来，但我浑身无力，呼吸困难，起不来。我说："快给我氧气，我高反了……"

他们笑了，告诉我："你这不是高原反应，是被藏獒吓到了！"

啊？原来，那个恐怖的怪物，就是传说中的藏獒呀！但我为什么没被它咬着？明明我看见它的牙齿都挨着我的脸了呀。他们说："人家拴着的。不过幸好你跑得快，拴它的绳子没那么长，不然肯定要被咬惨……"

说话间，就见李伟过来了，脸色苍白，虚脱了一般，有气无力地跟队友夸我："你们没看到，杨檎跑得好快哦，平时我都没发现她反应有那么快……"她跑得慢了一些，好在那藏獒只顾着扑我了，没去咬她。

虽然没被咬到，但都被吓得不轻，接下来的一整天，我们两个都像霜打过的茄子一样，身心俱疲，萎靡不振。

因为要准时赶到拉萨，而在兰州修车又耽误了几天，所以后面的时间就必须风雨兼程。昼夜行车，一路都是荒郊野外，没有厕所，要方便时只好集体停车，下车后男队员往左边走，女队员往右边走，走出几十米后以车为掩体就地解决。

独 行

  我最喜欢夜间停车去露天方便，蹲在一望无际的草地上，万籁俱寂，深蓝色的天空就在头顶，仿佛伸手可及。金黄的月亮又大又圆，仿佛跟人处在同一个平面上，朝它多走几步，似乎就离得更近了。星星也比平原和盆地上看到的大而亮许多，清风吹过，一闪一闪亮晶晶，漫天都是大星星……

  景色越来越美，但行程越来越艰难。车上的水喝完了，沿途没有商店，能喝的就只有在格尔木时当地登山队赠送的几箱啤酒了。我从来没喝过啤酒，嗓子干得冒烟，看着男队友们用啤酒解渴，我试了几次都没能鼓足勇气。最后实在渴得受不了了，终于学着他们的样子抓了瓶啤酒，在路边的石头上一磕，把瓶嘴磕去一半，顾不上有玻璃渣子，直接就往嘴里倒。"嗨！幺妹儿，豪爽！"我就这样在别人的惊叹声中学会了喝啤酒。

  病恹恹的小马没有出现险情，我们的剑南汽车却又遇险了。一个深夜，一车人都昏昏沉沉地睡着了，连副驾上的"值班员"肖处长都迷糊了，只有司机韦航还睁着眼睛在开车。突然，对讲机里又传来后面车上领队的声音："小心！小心！剑南车，怎么了？"

  大家都被惊醒了，只感觉车身歪歪倒倒蹦蹦跳跳的，像喝醉了酒一样。再看司机韦航，居然没有把着方向盘，两只手都在背后！这是在搞哪样？！

  眼看着车子就要跌下左边的悬崖了，千钧一发之际，肖处长站起来，伸出双手，一把将方向盘拽了过来，又火速拉起了手刹。车子猛烈地跳了几下，终于稳稳地停住了。

  "你怎么在开车？"大家都火了，怒问韦航。

  "我，我袖子脱不掉……"韦航迷迷瞪瞪地解释。

  原来，车里暖气太足，韦航开着开着觉得热，也犯困了，就想把身上的羽绒服脱了，于是放开了方向盘去脱衣服，结果两只手都绞在了衣袖里半天扯不出来。

  幸好副驾上坐的是会开车且有经验的肖处长，他救下了一车人，要换了是我，后果不堪设想。

这么一吓，所有人都清醒了，大家纷纷开展自我检讨，说我们不该打瞌睡，没有人陪着韦航说话，才导致他也昏昏欲睡。清醒了的车手们两三小时一换班，行车效率陡然倍增，拉萨很快就遥遥在望了。

在拉萨

日夜兼程终于如约赶到了拉萨。组委会的官员和工作人员已经坐飞机提前两天到了，同他们一道在拉萨等我们的，还有中央电视台生活频道一男一女两个记者。由于是直接飞抵高原，他们几乎都有轻重不一的高原反应，而我们因为是慢慢爬上去的，有一个循序渐进的过程，所以我们的队伍都生龙活虎的，就连原先一直以为自己"要死了"的小马，此时也早已"活"过来了。

我们被安排住进了西藏军区第一招待所，吃住条件都相当好，站在房间阳台上，还可以看到不远处哗啦啦流淌的拉萨河。当天下午，领队从自治区体委回来，给我们每人发了一张边境证，据说要去珠穆朗玛峰，没有这个证不行。虽然只是张普通的过塑卡片，但拿着它，还是感觉到沉甸甸的分量。一直以来耸立在课本上的世界第一高峰，这一次，就要真真切切地进入我们的视线、成为我们的经历了。期待、激动、紧张……那天晚上，我和同屋的女车手李伟都很晚了才入睡。

第二天一早就醒了，下楼去吃早餐才知道有人比我们还晚睡早起。领队吉米和肖处长，他们几乎一夜未睡——韦航，这个一路上精神头最好的家伙，昨天半夜竟然出现了严重的高原反应，被男同胞们紧急送到医院救治去了。

饭后不久，韦航回来了。我们进房间去看他，发现平日里活蹦乱跳像个猴子的韦航，此时虚弱得像只刚出生的兔子。随他一起回来的，还有一个从医院借来的一人多高的巨大的氧气罐。"医生嘱咐，随时吸氧，密切关注。"

随后，组委会通知来了：明天早上6点发车前往珠穆朗玛峰大本营，韦航同志就在拉萨休养，其余14名队员准时出发。韦航当然不干了，一把拔掉氧气，

独 行

跳起来就嚷:"我好了,我没问题,我也要去!"还没嚷完就又被领队摁在了床上,说这是命令,登珠穆朗玛峰重要,但队员的安全更重要。"这次去不成没关系,以后有机会再去。"

韦航哭了。换成是我,我也会哭,这么好的机会,却与珠穆朗玛峰失之交臂,确实是生命中不能承受之遗憾。

谁知道,很快,我们所有人就都与珠穆朗玛峰失之交臂了——第二天早上还没到起床时间,就有人敲我们的门,喊着"起来了,起来了,快出来!"我和李伟赶紧起床,开门一看,男队员们都站在楼道里议论纷纷,一见我们出来就说:"去不成了,糟了!"惊问为何,回答说:地震了!

地震?没感觉呀!吉米解释说,是定日、定结那边昨天晚上发生地震了。"那是去珠穆朗玛峰的必经之路,路断了,去不成了。"

欲哭无泪!

只好垂头丧气地原地待命。待命期间,我们集体去游览了布达拉宫、八角街、大昭寺等景点,游玩的同时还抱着一丝希望,想着或许几天后路就通了,还可以继续去珠穆朗玛峰。

几天后,没等到通路的消息,却等来组委会的另一道令牌:珠穆朗玛峰不去了,原地掉头,回去冲唐古拉山,创重型卡车的登高世界纪录。

唐古拉山是青藏高原中部一条近东西走向的山脉,藏语意为"高原上的山",蒙语意为"雄鹰飞不过去的高山",最高峰格拉丹东海拔6621米。组委会制定的冲顶地点,是一处海拔5600米的高地。

来时我们曾经过海拔5220米的唐古拉山口,还在山口下车留了影,十分轻松惬意。5220米比5600米只低了不到400米,创纪录,小意思!但后来的事实告诉我们,我们都过于乐观了。

离开拉萨的头天晚上,领队吉米带着我们去吃了一顿号称"正宗的四川火锅",还吃到了当时在高原上很难吃到的许多青菜,包括反季的"豌豆尖"。因为有几家赞助商雄厚的资金"撑腰",来的一路上,经过每个城市,住的都是

15

当地最好的宾馆,吃的都是当地最好的美食。但上了高原后,在沿途的馆子里,即便口袋里揣着再多的钱,也只能吃到土豆丝、番茄炒蛋这几样菜,因为高原气压低,就这几样菜容易炒熟,要吃别的"大菜"需要等很长的时间,而我们要急着赶路,没时间等。

吃完火锅,一行人在拉萨街头闲逛。我说我想去看看仓央嘉措走过的巷子和他爱去的酒馆。但那时候网络还不发达(确切地说,是基本上还没有网络,一路上我写稿子都用手写,写好了去宾馆商务中心发几块钱一页的传真传回报社,发一次就得几十元,还好组委会把发传真的费用都给我报销了),仓央嘉措也还不被许多人熟知,所以逛了很久,问了很多人,也没找到活佛当年活动过的地点,最后,只得带着些许遗憾,离开了拉萨。

创纪录

第二天一大早出发,夜幕时分到达那曲。找地方驻扎时,询问路边赶牛拉马的藏胞,本地最好的宾馆在哪里,热情的大哥大爷不约而同地说:"那曲大酒店!那曲大酒店!新开的,红地毯呢!"

于是慕名去找那曲大酒店,老远就看到一座矮楼,上面飘满了红色的祝贺条幅,一长溜红地毯从宾馆门口直铺到了百米外我们的脚下,上面踩满了泥巴脚印,果然是新开业的。领队说:"明天就要去冲顶创纪录了,今晚在这里好生休整一下。"

次日吃早饭的时候,吉米吩咐大家,尽量吃饱点,因为接下来的一路上没有饭馆,午饭只能吃干粮,午饭后就去冲顶。于是,一盘盘番茄炒蛋、土豆丝和馍馍被我们玩儿命似的干掉了,每个人都撑得吭哧吭哧的。

中午时分,抵达目的地。此时太阳正好,风也不烈,但吉米"危言耸听",说多半下午会有狂风,说不定还会下冰雹,所以我们必须尽快完成冲顶任务,赶在天黑前离开。

独　行

　　找了处背风的山坳当作本次"中国车手驾国产车创世界纪录"的大本营，我和李伟作为留守人员在此负责后勤事宜，其余人员到山上考察登顶路线。山上其实是没有路的，但也没有石头、树木和悬崖，只有稀稀拉拉的寸草，所以霸气的铁马车完全可以凭感觉开上去，他们现在上去只是大致确定一个上山和下山的方向。

　　制订好方案后，男队员们把铁马车上的发电机、电磁炉和帐篷抬下来安装好，又拿下来一堆锅碗瓢盆和方便面，给我们"埋锅造饭"备用。午餐的干粮，只有军用压缩饼干。早上的馍馍在胃里都还没怎么消化，所以这顿午餐大家都没怎么吃。然后，剑南汽车留在大本营，周光强和吴晓辉、游刚三人开着铁马车吧嗒吧嗒地走了，老周和肖处长等几个人坐着北京吉普213随行接应，我和李伟两个留守妇女开始蹲在山坳里烧开水。

　　从我们蹲着的地方，侧头45度角仰望，可以望见两辆车在不远处的雪山脚下爬坡。在雪山辉映下，铁马车在前，北京吉普213在后，刚开始两车相距不过几十米，后来逐渐拉开了距离，明显看出北京吉普213体力不支了。在高原，走平路都累，何况爬坡，汽车也跟人一样，是有体能极限的，这时候铁马车作为军用卡车的性能就充分显示出来了，通俗点说，它真的有一副"国防身板"。

　　"我们赶紧来煮面吧，不然一会儿他们下来饿了没吃的。"李伟招呼我。男队员走时，已经把发电机给我们发燃了，一锅水也放在了电磁炉上。我们手忙脚乱把一大堆方便面拆开，准备煮好一锅再煮一锅。但等了半天，锅里的水一直没有要开的迹象。对了，普通锅不行，换高压锅吧！于是换上高压锅，又煮了半天，水依然不开。

　　再抬头看时，铁马车已经变成了远处山上的一个小黑点，而北京吉普213早已在半山腰上抛了锚。几个蚂蚁大小的人在山腰上徒步往上爬，应该是肖处长和几名摄影人员。铁马车要冲击5600米的高度了，这个历史性的时刻，作为技术保障人员和图片、视频拍摄人员，他们必须和铁马车在一起。

当时酣醉

当几个追上去的人影和铁马车一起变得模糊之后,接下来的很长一段时间里,一切像静止了一样:我们的水依然没烧开,山上的人和车都再无音讯……

起风了,太阳落山了,豆大的雨点落下来,砸在永远不开的锅上,乒乓作响。看来这面是煮不熟了,我和李伟躲进了车里。不一会儿,几个人下来了,带回来一个好消息和一个坏消息。好消息是:铁马车登上了 5600 米,创纪录成功了!坏消息是:但是铁马车的两个前轮陷进了沼泽,出不来了!

沼泽?这干巴巴的高原上,哪来的沼泽?"雪水,山上积雪融化后的水。"聂平早年在西藏当过兵,他的话有一定的可信度,"肉眼不容易看到,但铁马车太重了,一碾过去就陷进去了。"

从他们激动的议论声中,我听出来了事情的严重性:刚开始,轮子才陷进去一点儿,但周光强以为只是个寻常的小坑,就加大油门往前冲,以为一冲就过去了,谁知道却越陷越深,最后两个前轮几乎完全被淹没了。那周光强呢?他们说:"在车上啊!他说要想办法出来,但看样子是出不来了。"

这可怎么办!天色越来越暗,气温越来越低,雨虽然停了,但我们都冷得打哆嗦。又过了一会儿,吉米等人也都下来了,只有周光强和两个助手还在山上。

"太固执了!"好脾气的领队吉米第一次生气了。"我叫他们下来,周光强坚决不走,还说了,'人在车在!'他不走,那两位也不好走,只得陪着他一起在那傻待着。"

所有人都饿得前胸贴后背了,我们只好用热水勉强把方便面泡软,大家你一碗我一碗狼吞虎咽地吃了下去。

月亮升起来了,明亮的星星又撒满了天空,近处有红色的狐狸蹑手蹑脚地跑过,远处传来一种悠长而又神秘的声音。我问,是狼在叫吗?他们说,肯定是了。原本就冰凉的后背,瞬间更冷了。

吃饱了的几个男队员,和吉米一道,去山上接周光强和两个助手,这次终于接回来了。三个人又冷又饿,狼狈不堪,手哆嗦得连泡面碗都接不稳。"再

独　行

待下去可能真的要把命丢在山上了。"其中一个助手秃噜着泡面自言自语。平时爱说爱笑的周光强，满脸内疚，情绪低落，一直不吭声。我们都安慰他说，没事没事，人安全就好，车子明天再想办法。

我们能有什么办法？连平日里最神通广大的吉米，此刻都一筹莫展了。先解决今晚上的住宿问题要紧，但荒郊野外，除了我们，连个人影都看不见，更别说有住户和宾馆了。沉吟良久，吉米说，还是去找个兵站吧！

听到兵站，我激动得眼泪都快出来了。来的时候，我们曾经在沱沱河兵站住过一晚，多么温暖的被窝，多么温暖的饭食，多么温暖的解放军啊！可是，这附近有兵站吗？聂平说，有，有个唐古拉兵站，他当年在部队跑车时在那住过，但不清楚距离这里还有多远。

于是火速收拾，将发电机、锅碗瓢盆和帐篷以及十五个人一齐挤进"幸存"的两辆车里，将狼叫抛在身后，将创下了世界纪录却不慎"失足"的铁马车留在5600米的高处，向着唐古拉兵站的方向疾驰而去。

挖车

不知道开了多久，昏昏然中听到有人在叫："好像到了！"果然，前方路边，出现了灯火和房屋。虽然只是一小片光明，但对此刻的我们来说，简直犹如苦海中夜航的破船看到了灯塔。

与来时住过的沱沱河兵站一样，唐古拉兵站也像亲人一样热情地将我们这群不速之客迎进了门。值班的小战士说："连长已经睡了，我去叫他！"

几分钟后，连长披着军大衣出来了，听说了我们的遭遇，赶紧叫来两个小战士："去开房间，对，开八间。把被褥抱出来给他们铺好。"然后跟我们说："夜深了，先住下来好好休息，明天我给你们想办法！"

温暖的房间，温暖的被窝，那一夜，睡得无比安稳。

次日醒来，一起身，就万般难为情地发现，雪白的床单，被我弄红了巴掌

当时酣醉

大一片……那几天正来例假,年轻气盛血旺,长途旅行十分不便。白天驰行在茫茫高原,每次停车方便时,我和女车手李伟就按惯例往车右边跑,我得跑出好远,看不到人影了才敢蹲下来。换掉的卫生巾没法处理,就用尖石头在草地上刨个坑就地掩埋,有时找不到石头,只好用手指头玩儿命地挖坑,挖得指头都秃噜了。每到晚上,因为怕弄到床单上,常常不敢深睡,但昨晚实在是太累了,一觉就到天亮了。天亮了才发现,我竟然还惹了这么个难以言说的麻烦……

刚起床,就有人敲门。昨晚给我们铺床的小战士腼腆地站在门口,招呼我和李伟:"你们去吃早饭吧,我带你们去食堂。""其他的人呢?""他们早就出发了,连长带着我们的人帮你们挖车去了。"人民子弟兵,真是太好了。

吃过早饭,两个小战士带着我们参观兵站,还专门去地窖里"游览"了一番。偌大的地窖里满是蔬菜,以土豆、西红柿和大白菜为主,一个小战士还拿起红彤彤的西红柿请我们吃。"我们这没别的水果,只能请你们吃这个了。"

从地窖出来时,太阳出来了,吉米和另外两个队员也回来了,但铁马车和周光强等人却不见踪影。"陷得太深,弄不出来!"吉米说,"连长派人去附近一个水利电力部的工地上搬来了救兵,还运来了专业的挖掘工具,我们在那帮不上忙,连长叫我们先回来了。"

闲得无聊,河北籍的小战士跟我们说,后山上有党参,如果感兴趣,可以去挖挖党参。于是,我们扛着镢头来到后山,满山找党参挖。天高云淡,太阳暖暖地照着,一只红狐在几十米外的山坡上好奇地看着我们,而当我们起身向它靠近时,一眨眼又不见了。一上午我们都忙着跟狐狸"藏猫猫",党参也没挖到几棵。

午后,又开始下雪了。高原的夏天,一会儿艳阳高照,一会儿狂风大作,雨雪和冰雹也随时来凑热闹,一天之内可以把一年四季领略个遍。

我们冒着雪在兵站前留影,又拉来江苏籍和河北籍的两个小战士和我们合影。两个小战士认认真真地给我们写下各自的家庭地址,让我们把照片洗出来后寄到他们家里。遗憾的是,后来照片洗好后,却发现留有他们地址的纸条在路上搞丢了，无从邮寄，这也让我多年后想起还心有不安。

雪停的时候，铁马车回来了。据说兵站战士和水利电力部工人费了九牛二虎之力才给挖出来的。独自在海拔 5600 米的沼泽里过了一夜的铁马车，虽然满身泥浆疲惫不堪，却铁骨铮铮毫发无损，跑起来依然气势如虹。毕竟是纵横驰骋的军用卡车，毕竟成功地创下了重型汽车登高的世界纪录。之前的惶恐和阴霾一扫而光，所有人都忍不住眉开眼笑。

"1998 年 9 月 6 日，环球车手周光强驾驶铁马 XC2200 成功登上唐古拉海拔 5600 米的山峰，创下重车他登高的世界记录。"这事事后很多媒体的报道。但没有人知道，中间还有这么一段"花絮"。

回程

乘兴而归。回来时因为没有任务在身了，我们就走得比较自由散漫，把去时想做而没能做的事都做了一遍，比如，到路边的牧民帐篷里去做客，喝他们热情捧出来的酥油茶；到藏家旅馆去住宿，睡在漆黑的土屋里，看着高大的藏族同胞在形同虚设的窗户外大声地走来走去；找一段风光最好的路，过往车少时就下车坐到公路中间，摆出无数个造型拍照；还专门绕道去了趟青海湖，将威武的铁马车开进湖水里，现在铁马车谁都可以上去了，我们就五花八门地挂在车上的各个部位，嬉笑着、呐喊着与铁马车一道破浪而行……

过西宁后，我们没有原路返回，而是从甘肃临夏、合作一路南下。离青海进甘肃之前，冲着"天下黄河循化美"的传说，我们特意到循化撒拉族自治县去了一趟，并在县城住了一晚。当晚我们入住的宾馆停水，而宾馆没有电梯，我们住在顶层六楼，吉米带着几个男队员到楼下拎了几桶水上来让大家洗漱，然后一行人找到街上最好的馆子大吃了一顿。吃了一路的土豆丝和番茄炒蛋，那天晚上的一大桌循化美食，真是好吃得想哭。对于"最美"的黄河，我反倒没什么印象了。

从甘肃呼啸而过，到了四川阿坝，在红原大草原上闲逛了一大圈后，又去九寨沟玩儿了两天，再经都江堰、成都、绵阳，最后返回重庆。

回来路过绵阳时，剑南汽车厂的领导们早早地等在高速出口处，欢迎剑南汽车随"中国车手驾国产车创世界纪录"大部队凯旋。一见到王厂长，我赶紧跟他解释：在去的路上撞车了，虽然修了，但没有完全复原……我话还没说完，就见王厂长大手一挥：没事，没事，我们再拿去回个炉就行了！我心上一直悬着的一块石头，终于咣当一声落地了。

不光没追我的责，剑南汽车厂还热情邀请车队到厂里参观，又招待全队在绵阳吃住了一晚，绵阳的媒体朋友也闻讯赶来采访我们。随后车队又从成都、内江等地一路吃过去，全是活动赞助商热情接待。最让我开心的是，最后车队的兄弟们都跟我说："幺妹儿，还是在你们绵阳那一顿吃得最安逸！"

从重庆出发，回到重庆，组委会又在重庆举行了盛大的庆功仪式。仪式上，中汽联为我们一行十五人分别颁发了奖牌，周光强的奖牌上刻着"英雄"二字，我们余下十四人的奖牌上则是另外两个字——"勇士"。

捧着奖牌，抱着鲜花，我们像明星一样被簇拥、被采访。有人开玩笑说，奖牌上的"勇士"二字，要是改成"好汉"就更妙了。对，历时一个多月，途经北京、河北、河南、陕西、四川、重庆、甘肃、宁夏、青海、西藏等十多个省、市、自治区，被高原的阳光晒得红光满面的我们，在顺境和逆境中一路肝胆相照的我们，确实更像是一群好汉。

后记

声势浩大的创纪录活动落下帷幕了，我回到绵阳，各路朋友忙着给我接风洗尘。推杯换盏间又接到北京组委会通知，说围绕这次活动要出一本书，图文并茂，已联系好出版社，现在图片已整理好，得抓紧完成文字部分，而文字部分由两大版块组成，上篇是技术性的内容，以"车"为主角，记录铁马车在高

独 行

原和各种路况下的表现，由肖处长写，下篇则是故事性的内容，以"人"为主角，讲述一路上发生的大事小情，由我负责写。

我答应了，说歇几天就开始动笔。又过了几天，出版社编辑开始催稿，说肖处长的上篇已完稿，并把样稿传真给我看。我说，好，但我从高原上下来，有点醉氧，醉过了就动笔。又过了些时日，我才刚写了个开头，就接到吉米的电话，说周光强跟主办方闹得有点不愉快，主办方决定不出这本书了。我松了口气，说幸好我才写了几个字。

不用写书了，继续醉氧。我是真的有点醉，确切地说，不是醉氧，是突然不习惯高原下的城市生活了。出走一月，归来仍是少年，但一颗少年心却挂在了高原，念念不忘那里的雪山、青草、美丽的喇嘛庙。不习惯城里的空气，不习惯城里到处都是房子、车子和人了，每天采访写稿、吃饭睡觉都心不在焉，郁郁寡欢，还随时跟好友说，我想到高原去定居，去雪山上当个老师，或者就在雪山脚下的村子里去放牛放羊。朋友们都说我疯了。

"疯"了没多久，三五个月之后，就逐渐恢复正常了，又成了生龙活虎的城市一员。而记忆中的高原，又退回到遥远的天边去了。

当时酣醉

打的追火车

1999年，那是一个秋天。

10月2日晚上12点，我要坐火车，去北京，然后转道去天津，采访正在那里举行的全国足球乙级联赛决赛。我们绵阳的丰谷队正在那里磨刀霍霍地准备冲甲，作为长期跟踪采访的记者，我必须紧随而去。

我的火车票是同事鸽子帮着买的，发车时间是10月3日0点47分。当我拎着行李，大模大样地进得站来，上得车来，走进某车厢的某中铺，却发现我的铺位上正有一女子在慢条斯理地整理被子，我不耐烦地催她：快点下来，我自己来整理吧，再磨蹭你就下不成车了。

我以为她是从成都坐过来要在绵阳下车的旅客呢。但是我错了。

"你啥意思？"她惊诧地问。

这是我的床位啊，我说着就摸出了车票。女子更诧异了："有没有搞错？我刚上车呢！"然后命令站在地上像她男朋友模样的男青年马上摸票。男青年边摸票边喊："怪了，怪了，咋会是你的床呢？我们可是在车站买的票，绝对没问题的，你那肯定是假票。"

我说少啰唆，对一下。

不对不知道，一对吓一跳——两张票一模一样，起始站点相同，车厢相同，床位号相同，一切都是相同的。一张床咋会卖出了两张票？我们几个都蒙了，决定找列车员问个清楚。

列车员是个睡眼蒙眬的男青年，拿着我们的两张票就开始找不同，很快就找出来了，我的是10月3号的，而他们的是10月2号的。

独 行

"你也太激动了,你这买的是明天的票,今天跑来赶啥子火车嘛?10月3号,明天才3号,今天是2号嘛!"列车员对着我说的话,带着明显的嘲弄口吻。

那一对得胜的男女顿时趾高气扬起来,灯光打在脸上,照出明晃晃的得意。女的乘胜追击我:"明明是你来早了,还要跟我争……"

我有口莫辩,无地自容,只好怯怯地问:"那我,可不可以补票,还是乘这一趟车呢?"列车员说:"莫法莫法,明晚再来,马上开车了,你下去吧!"

被列车员催着推着,我万般无奈地跳下了车。刚下来,火车就咣当咣当开走了。

夜凉如水,我心中的怒火却在熊熊燃烧,看来只能骂鸽子了!于是一个电话打过去,吼醒了已在梦中的鸽子,我说:"让你买今晚的票,你为什么给我买成明晚的,搞得我上了车又被撵下来?"

被我抱怨的鸽子只得抱怨她老公,一脚把她老公蹬下了床去(我想象的哈),怒问:"让你给杨樆买今晚的票,你咋给人家买成明晚的?!"她老公比我们都清醒,万分委屈地说:"10月3号0点47分,就是现在嘛!就该现在上车嘛!"

我一下子明白过来:我的票是对的,是那两个小兔崽子搞错了,他们应该昨晚赶车的!

但是火车已经开跑了。那边的比赛后天就开打了,我要明天再坐车过去,就赶不上丰谷队的首场比赛了!情急之下逮人就问:咋办呢,咋办呢?

车站正准备关大门的工作人员见我拎着箱子从车上跳下来,以为我是在绵阳站下车的乘客,一听出了这事,纷纷给我出主意。有人说你就明晚来得了,大不了没铺位,坐硬座过去。有人说,你可以试着去追一下火车,也许在江油能追上。江油是绵阳的下一站,距绵阳约40分钟车程。

我问:"可以吗?追得上吗?"他们说:"以前有人在这没赶上火车,打的去江油追过,但最后追没追上,就没人知道啦。"

那就追!我跑到大门外,连拦了几辆的士,但一听说是追火车,没人愿去。

有一位司机权衡了好几秒，答应一试，但车费要 400 元，并且不敢保证能追上。我说这不是趁火打劫吗？这么近要收 400 元！

最后，终于有一位司机开恩，只要 80 元，愿意带我去追一把！谢天谢地！我上了车，十万火急地一直催他："快！快！快！"被催得不行了，那小哥侧过头哀求我："姐姐，我已经开得最快了！莫催我啊！催急了出事啊！"

那一路，那叫一个黑啊，伸手不见五指。那叫一个静啊，天地间只听见我们的车嘎嘎嘎急转弯的声音。后来看香港警匪片，发现警察飞车追歹徒，也就那声音。

追得正起劲呢，突然雷声轰隆隆，大雨哗啦啦，老天它还相当不配合！开车的小哥终于泄气了，边减速边跟我商量："姐啊，看样子成问题了，这样吧，你在江油有没有亲戚？如果没追上，我开车送你去亲戚家住一晚，明天白天你再回绵阳。如果没亲戚，我再把你带回绵阳，回去就不收车费了，我把你送到你家楼下，行吗？"

我说："不行，上车前你说了追得上我才坐你车的，一定要追上，废话少说，追！"

终于，滂沱的大雨中，无尽的黑夜中，我心急如焚的催促中，跑得几乎要断了气的红色夏利出租车，30 分钟后，安全抵达江油火车站。

开车的小哥十万火急地帮我拎出箱子："门在那边！赶紧去吧！"我噔噔噔往站里跑，脚步声惊醒了候车室里睡得正香的众多旅客。小哥的声音还在身后回荡："我在外面等你 15 分钟，15 分钟你没出来就说明你追上了，我就自己回去了哈！"

追上了！一进站就发现那辆熟悉的火车正停在那里。我用迅雷不及掩耳之势，在它启动前一秒钟跳上了车，刚跳上去还没站稳呢，火车就咣当咣当开动了。

带着胜利者的姿态，我迈进自己的车厢，一进去就发现那位赶我下车的列车员正低着头在扫地。我敲了敲他的帽檐，他抬起头来，一看见我，脸唰地就

独　行

白了。我说:"我又上来了！"然后扔下呆若木鸡的他，径直来到自己的铺位前。

那姑娘已经睡着了，我拍她:"起来，起来！赶紧给我打扫干净！一会儿我要来睡觉！"姑娘像见了鬼，连声抱怨:"咋个回事嘛，你咋又上来了？"

周围的乘客也都醒了，纷纷惊问:"啥事，啥事？"口气都带着谴责我的味道，似乎我是突然闯进车厢来打劫的。打啥劫哦，我又没说"IC、IP、IQ卡，通通告诉我密码"，我只是拿着正确的车票，在正确的时间，来赶一辆正确的火车而已。只是由于列车员的错误，才把一切都整得不那么正确了。

安顿好行李，我跨进列车值班室，拿出车票、证件等东西，想跟值班人员简要说明下事情的原委。我还没怎么说呢，负责人就一个劲跟我道歉，说我一下车那小伙子就反应过来了，就跟他们说了这个事。还说那小伙子是刚从慢车调过来的，第一个月上班，紧张，容易出错。我说我现在想起来也紧张啊！刚才打的追火车，万一追翻了，死在江油的公路边，我咋跟我父母家人交代啊？

说完这些话，已经过了凌晨两点，我累困交加，不行了，得去睡觉了。那错睡了我床位的糊涂姑娘，被他们打发去了硬座车厢，一直抽抽搭搭地哭。送她上车的男朋友没跟来，没人给她撑腰了，显得楚楚可怜。我懒得可怜她，谁让你糊涂，该上车的时候不上车，不该上车的时候乱上车，害我跑死了多少细胞，我无辜的同事鸽子和她更无辜的丈夫，还正在深夜的绵阳城里到处找我呢（这是后来手机有信号了鸽子在电话里告诉我的，他们只知道我被火车"退货"，不知道我又追车去了，怕我出事，坐着车从火车站找到高新区，又从高新区找到南河坝。后来我手机有信号了，通知他们我上车了，他们才瞠目结舌停止寻找）。你委屈，我比你委屈得多呢！

第二天早上醒来一睁眼，发现我的床边放着两个饭盒。正纳闷，就见一位女列车员走过来跟我说:"这是我们给您准备的早餐。您先吃吧，吃完了我们的列车长周正同志要来拜访您，亲自给您道歉，并且告诉您对当值列车员的处理意见。"

饭后列车长同志果然亲自来跟我郑重地道了歉，同时宣布了对当值列车员的处罚决定：深刻检讨，并扣罚当月奖金。"每一位乘客都是我们的上帝，我们请都请不来的，怎么能人家都上车了还给赶下去。"列车长说，"这件事，我们还要在全体职工中开展一次深刻的教育活动。"

后续：从天津回来后去单位上班，一天我正在办公室眉飞色舞地跟同事讲半夜打的追火车的传奇故事，总编大爷走过来说："这么离奇的故事，咋不写篇稿子呢！快去，写写写。"于是我坐下来火速写了篇《奇遇——打的追火车》，发在我们报纸的副刊上，并获得了当年四川省副刊好新闻三等奖。

得了个三等奖，只说明我文章写得不精彩，并不表示半夜冒雨打的追火车的英勇事迹不精彩，还精彩着呢——后来我们市委宣传部领导看到了我这篇文章，在某次全市的新闻媒体大会上发出号召：向杨檎同志学习，向那位不知名的出租车司机学习……

独 行

不要和陌生人说话

昨晚与朋友聊天，无意中说到"不要和陌生人说话"这个话题，我告诉他，这个世界上，人才是最可怕的，尤其是陌生人。

他惊问："何出此言？"

于是再一次讲起几年前我在成都因与陌生人说话而差点引起灭顶之灾的那段往事，听得他差点儿晕了，而后啧啧称奇，与我一同庆幸我傻人有傻福，福大命大，没栽在陌生人手里，否则的话，我也没有机会再这样谈笑风生地告诫世人"为人莫学我"了。

2002年春天，我在西安采访完之后，想顺道回一趟绵阳，先坐飞机到成都，准备从成都转车回去。结果一踏上成都的土地，就把自己送进了"虎口"。

下午4点多，从成都双流机场坐大巴进城，大巴的终点站叫什么来着，忘了，总之是个人很多、车很多、很嘈杂混乱的地方。我拖着箱子下车，准备打辆出租车去往绵阳的车站。人太多，出租车不好打，好不容易过来一辆，还没停稳就被人抢先占了。我只好耐着性子等，手机短信不停地响，绵阳的朋友不停地告诉我：火锅已经点好了，麻将搭子也约好了，快点快点。我当然就更着急了，但半天等不到车，只能干着急。

就在我眼巴巴等车的时候，旁边有人跟我搭话。两个看起来老实巴交的农村小伙子，二十岁上下，穿得很土，但很干净，都拎着崭新的大包包，怯生生地问我："姐，请问15路公共汽车是在这里赶吗？"

我说，我也不太清楚，你们问一下别人吧。两人说："哦，谢谢你啊。"几秒钟后又随口问我："你在这儿是等什么车啊？"我说等出租车。两人又拉家常似的问我:"原来你不是等公共汽车啊?这个站太复杂了,头都搞晕了。你是往哪去呢?"我再一次随口回答道,回绵阳。

这下可不得了,两人像见到亲娘一样跟我热络起来:"啊,你回绵阳啊,我们也是绵阳人啊!我们回三台,三台你知道吗?"我说知道,绵阳下面的一个县。

两人争先恐后地告诉我,他们在外地当兵,第一次探亲回家,但对成都不熟,还不知该怎么转车回去。其中一个还嘟囔着:"我爸在信里告诉我说,回绵阳的车站迁到城外面去了,但又没说清楚具体在哪里……"

看着两个厚道淳朴的比我还像乡巴佬的兄弟,我豪气顿生,说:"没关系,不用找公共汽车了,一会儿车来了我把你们带到车站吧,上那直接去赶车。"两个人都不相信似的睁大了眼,天真地问:"真的啊?姐,那太感谢你了。"

依然没有空出租车,继续等。其中一个兄弟说:"其实我表哥也说要来接我的,他在绵阳公路局工作,他自己开车,但这阵还没来……"

继续等。十几秒后,又来了一个人,跟这俩人热烈拥抱,互相拍肩膀拍脸蛋,亲热至极,我像看戏一样没看明白。完了一个农民兄弟跟我介绍说:"姐,这是我表哥,绵阳公路局的,他接我们来了,我们先走了哈。"

我心想,今天这么巧啊,尽遇上老乡。那表哥青紫着一只眼睛,半边脸都肿着,眼神飘忽,但要热烈地跟我握手,我也就伸出手去跟他握,我说:"好,再见再见。"

表哥看着我问:"你回绵阳?几个人?我们车正好还有个座位,要不带你一起走吧?"我迟疑了几秒钟,想推辞,但想着手机里的短信,着急,巴不得早点赶回去,就说,我一个人。

表哥热情地说:"那正好正好,走吧,我们车停在前面一个单位的院子里,成都警察不让停这儿,我们先打个车到那边院子里去吧。"

我说那好吧。旁边一个老头说:"我也回绵阳,还坐得下吗?把我也带上行吗?"没人搭理他,我问表哥:"行吗?把他也捎上吧?"表哥很不耐烦地朝老

独 行

头说:"坐不下了,坐不下了!"

于是跟表兄弟们一起去打车,过来一辆出租车,还没停稳又被人抢了。表哥粗鲁地骂起了娘。我说没关系,再等下一辆吧。

继续站在路边等车,前后左右人潮涌动,人声鼎沸。我问:"你们在哪当兵呢?"没人回答,转身一看,咦,一秒钟前还站在我身边的几个表兄弟咋都不见了呢?

人群很慌乱,有人跑来跑去,三米远外的人群中,几个人正在扭打。我定睛一看,刚才跟我亲如一家的表兄弟,怎么正被人掐着脖子往地上摁呢?我以为他们又来了表哥,一面疑惑地想,他们表哥也太多了吧,而且也太亲热了,把人都摁到地上去了。

但是感觉不对。玩命摁着那表哥的,怎么穿着一身警服啊?警帽都摔掉了,身上滚满了泥巴,咋还不松手?两个早先跟我说话的表弟也不见了踪影,扔下的新包包被人捡起来,打开一看,全是报纸。捡包的几个人跑过来帮警察,一起把那表哥从地上拎起来,一边说:"他们跑不脱,最多半条街就逮到了。"

简直像电影镜头!上一个镜头还是我跟表兄弟们在拉着闲话等车,紧接着下一个镜头就是那表哥被掐着脖子摁到了地上。看不懂。我迷迷瞪瞪地想:这咋回事啊?!

旁边一个老干部模样的人朝我大声吼:"瓜女子!你上当了!这几个人是骗子!刚才我就发现他们盯上你了,又不敢点醒你!"

顿时周身汗毛倒竖!老干部继续吓我:"幸好警察来了,你运气好!你跟他们去啊,去了你就惨了!"天哪!幸好还没去,去了的话,我的电脑,我的钱,我的人,还不全遭殃。来不及多想,浑身哆嗦着跑到一身泥巴的胖巡警跟前,一个劲鞠躬,说"谢谢,谢谢"。胖巡警正在拍帽子上的泥巴,凶巴巴地吼我:"谢啥子谢!还不快走,这里坏人多得很!少在这停留,赶紧走!"多么亲切的吼声啊,这才是亲人啊!

胖巡警吼完了我,用更凶巴巴的口气吼那表哥:"你龟儿挨黑打的,在哪里骗

31

了人挨了打,眼睛都还没长好就又出来了!"吼完了不解气,又狠狠地踹了一脚。我哆嗦着看了一眼"公路局的表哥",发现那肿着的眼睛里,眼神更飘忽了。

　　故事结束了,可亲可敬的成都胖巡警挥手拦了辆出租车,让我上车走了,我飞也似的逃离了这个恐怖地带。上车前我一连串地跟巡警说谢谢,他没理我,只粗暴地命令:"以后多长个心眼!"

　　多么好的巡警啊,多想再给他鞠几个躬啊,多亏他们在几秒钟之内及时出现啊,否则我的小命都难保了啊……

　　事隔多年,当时的情景还历历在目。那个大难不死的下午,除了让我更加谨遵"不要和陌生人说话"的古训外,还对成都巡警从此有了一份终生难忘的感恩之心。从此以后,凡是听到"成都巡警"几个字,我的条件反射就是:鞠躬!

独　行

遇见人民的艺术家

2002年夏天，我刚去《中国足球报》没多久，韩日世界杯就要开踢了。我们的报纸准备在世界杯那一个月里从周二刊改成日报，天天出。后方编辑人手不够，因此我被临时调回来当编辑，每天负责三个版面的编辑工作。

一天，我们总编跟我说，让我想办法去找一位影视明星来我们报纸开个专栏，畅谈世界杯。

找谁来呢？我首先想到的是周星驰，但很快被否定，因为早在四年前的1998年，我还没来这家报纸时，星爷就作为嘉宾在本报上畅谈过世界杯了。

就在我苦思冥想没想出合适人选时，总编应邀去参加一个盛大的酒会，娱乐圈内人搞的，据说是一部大型情景喜剧的开机仪式。总编跟我说："今天要去的明星很多，你也去看看吧，顺便物色一位。"

于是我跟在总编身后，一脚踩进了那个仪式。果然阵势吓人。喜剧的导演是一位我当时还不怎么熟悉的中年妇女，来给她捧场的大腕很多，著名导演、著名演员、著名歌星，还有许多小品演员，看得我眼珠子红了又绿，完全应付不过来了。

简短的开机仪式过后，明星们开始吃喝，娱记们扛着摄像机、照相机和笔记本一拥而上，见一个就访一个，明星们有的站着，有的坐着，有的嚼着，有的咽着，姿态各异地接受着采访。

我坐在一边犯愁：该拿哪一位下手呢？今天最大的主角当然就是喜剧的主演某某某了，并且这几年这个人也算红了，妇孺皆知，最重要的是此人一直给人的印象就是憨厚平和，没有架子，好打交道。得了，就他吧。

于是我一门心思地坐在离某某某不远的地方，眼巴巴地等待着他被娱记采完我好上去。结果却让人大失所望——几年来给我印象极好的这位明星，原来并不是屏幕上看到的那位。屏幕上看到的他永远是一副和蔼的笑脸，像每个平头百姓的大舅子一样温和可爱，但现在这个正被文字记者采访着的人，却从头到尾冷若冰霜，面对文字记者们的提问，基本上是板着脸不搭理，充耳不闻地跟桌上的同僚高谈阔论。但是一见摄像机镜头过来，就立马换了一副脸孔，双眼笑成了一条缝，于是平时电视里常见的那个人顿时就又回来了，用发自肺腑的热情和笑容对着镜头说："嘿！亲爱的观众朋友们，我是某某某……"

算了，掉转眼光重新继续找人，一看就看到网络歌手某某，正做着鬼脸在给一帮服务员签名。这个人现在正红得发紫，干脆找他吧！

我走过去打招呼，问他："你看足球吗？"他翻着白眼说："什么是足球？我不看足球，我从来不看足球！"

我又问："那世界杯你看吗？"他说："看啊，怎么不看！"我说："那看了之后能不能约你写点东西？"他说："不行，我忙着呢，我要写歌，还要拍戏……"我说先留个你的联系电话吧。他倒没拒绝，歪歪扭扭地给我写了个手机号码，完了说："这是我助理的。"我说助理就算了，我还是找别人吧。

刚要准备离开，只见他呼地一下站起来，挥着手，瞪着眼，朗诵诗歌一般高喊："足球！踢足球的人都是神经病！"满桌的人熟视无睹，只有我被吓了一跳，估计他们早就习惯了这人间歇性的热情突发吧。我定了定神，看着那脸上扭曲的五官，心说：你才是个神经病。

正犯愁呢，突然看见许多服务员急匆匆地往大门外跑，有人边跑边说："G老师来了，快点去跟他合影！"

我也赶紧跑出去。只见G老师一身黑皮衣，戴顶黑帽子，正跟一帮影迷勾肩搭背地拍得不亦乐乎。就在摄影师正要按下快门的时候，G老师说："等一下，等一下。"然后把蹲在前面的一个胖子拉起来，说："你蹲这么低，照不进去吧？"胖子赶紧站起来，亲热地挤在G老师身边，笑得合不拢嘴。照完一拨

独　行

又一拨，G老师不紧不慢，跟电影里没什么区别，完了还一个劲儿问："还有吗？没有走啦。"

终于进了屋，一坐下马上又被一堆娱记包围。G老师慢条斯理地喊着："不着急，不着急，一个一个来。"于是一个一个地来。别的明星已经酒过三巡满脸红晕了，G老师还在一个一个地接受采访。从他的眼神看得出，他很饿了，却一直没时间吃东西喝水。

这么等下去不是办法，虽然这是在娱记的码头，咱足记也不能再这么客气下去了。于是趁G老师终于拿起筷子去夹菜的时候，我走到旁边拉住了他的袖子。要换了别人我不一定敢拉，但在旁边看了一阵，用黄宏的话说，"据我观察，没发现敌情"：G老师这个老好人的袖子，是完全可以拉的。

我拉着他的袖子，说："G老师——"

"啊？"G老师愣了一下，侧过头看我，夹菜的手也缩了回来。

我说"G老师，你好！"他回答说"你好"，很有礼貌，一点也没有不耐烦的感觉，一边回答一边打量我。我赶紧自我介绍说："我是《中国足球报》的，想跟你谈个事情。"

G老师有点茫然："足球报？跟我谈什么呢？"

我问："你看足球吗？看世界杯吗？"

G老师说："足球，看啊，世界杯更要看了……我说能不能这样，让我吃点菜，咱们边吃边说。"我说："你吃你吃，不着急，我等你吃完。"怎么能让这么慈祥的人民艺术家饿着呢。G老师说"边吃边说"，一边说一边伸筷子。

"世界杯期间，想请你在我们报纸开个专栏。"

G老师又愣了："专栏？什么专栏？"

我说，就是你对某场比赛的评价，或者看了某场比赛后的感想，诸如此类，总之就是畅谈世界杯吧。

话还没说完G老师赶紧摆手："不行，不行，我不会写东西呀。嘿，我那都是瞎看，跟哥几个凑热闹，我哪敢评论呀？"

我说:"是这样,你可以不写,只说就行,说你的一些看法,想怎么说就怎么说,完了我们根据你说的来帮你写,这样行吧?"

G老师抠起了脑壳:"我说也不行呀,我还真没说过这个事儿,怕说也说不好……"我夸他:"我觉得你说得挺好的,一定行的,你说的读者肯定喜欢听,就这样吧?"

G老师还有点犹豫:"你们给写?那我就随便说?"我说:"是的,我们有文笔最好的人给你润色。"说这话时我脑子里闪现着我领导唐丙先生金光闪闪的一支大笔,心想:只要你说,哪有写不好的。

G老师是多么好说话的人哪!就这么说定了,但他还是不放心,又问说:"不是每天都要说吧?不是每场比赛都说吧?"我说:"不不不,那得把你累着了,就说有中国队的几场比赛吧。"G老师说:"那就说定啰。我说你们写,只说中国队的比赛?"

我欣喜若狂,按捺着心头的狂喜假装平静地说:"你给我留个电话,到时候我找你。"

G老师说:"好,我说你记吧。"然后郑重其事地报出一个传呼号码。吓了我一跳!不是耍我吧?这年头谁还用传呼?2002年了啊!G老师显然看出了我的疑虑,马上站起来从腰间卸下一个机器,硕大的一个传呼机。"我就用这个传呼机,你看,开着的呢。"

我问:"你怎么不用手机啊?"他说:"我也有手机。"于是又卸下一部手机,"但是我一般不用,都不开机。你到时候打传呼就行,我一定回。""你不用手机怎么还带着手机啊?"G老师笑呵呵地回答:"大家都有手机,我也配了一个,但是我喜欢用传呼机,一般都不开手机。你看,关着的吧?"

转眼就到了世界杯。转眼中国队就打输了第一场比赛。比赛结束后我试着给G老师打了一个传呼,跟寻呼台小姐说:"《中国足球报》的杨檎找你,请你谈谈今天中国队的比赛。"

独　行

　　完了我等啊等，等了一个小时都不见回音，只得怅然若失地离开办公室，跑照排车间做版子去了，并跟原定有G老师专栏的版面编辑说："你准备上点其他的内容吧，他没回电话。"然后我们一起感叹，大腕就是大腕，不是轻易就请得动的啊！

　　不知道又过了多久，正在照排车间忙得晕头转向，突然有人高喊："杨檎电话！"我心想谁啊，忙得很呢，哪有空接电话啊！走过去，拿起听筒，就听里面急切地问："是杨小姐吗？"

　　我说："是，你谁啊？"那边自报了姓名，是G老师！"哎哟，真叫我好找！找不到你，想了好多办法都找不到，急得我哟。后来找到L天儿，他认识你们院儿里的一个人，又请他找那人一个一个问，最后才帮我查到你办公室电话。打过来又说你不在，又让打这个号码……"

　　我委屈得眼泪都快出来了，说："我给你打了传呼，但是你一直没给我回啊。"

　　G老师比我还委屈："只说《中国足球报》的杨小姐让回电话，但是你没有留下你的电话号码呀。"我说："不是有自动显示电话号码吗？"G老师认真地解释说："我这个是中文传呼，只显示文字，你不留号码我就不知道啊……"

　　原来如此！谁让你老人家21世纪了还用传呼机呢？我早就忘了传呼是怎么打的了。

　　后面的故事可以省略了。总之，G老师没有食言，态度十分端正并且十分守时地完成了我们给他的任务。虽然他的球评果然像他事先说的那样干巴枯燥，但是这丝毫没有影响我对他的好感和崇敬。从此以后我成了G老师的忠实粉丝，凡是他演的片子我场场不落地看，一边看还一边祥林嫂一样跟旁边的人讲：真是个好人哪，人民的艺术家呀……

当时酣醉

我和赵瑜有个约会

在北京的十年时间里,我结交了许多"忘年交"。新中国第一代最佳守门员张俊秀、老国脚杨秀武、老教练高丰文、前国安队教练金志扬等,都是足球专业人士。当然也有"非专业"的,比如赵瑜。

赵瑜是个作家,曾经写过著名的"体育三部曲"——《强国梦》《兵败汉城》和《马家军调查》。前两本我粗略翻过,后一本认真读过。对我而言,赵瑜虽然是个偶像级的前辈,跟我却完全不相干。但2002年那个夏天,突然就和他有了交集。

2002年韩日世界杯,中国男子足球队在外教米卢的带领下(确切地说是在张吉龙的神助攻下),第一次拿到了世界杯入场券。国人欢欣鼓舞,中国足协否极泰来,一激动就给国家队定下了"3个1"的目标:在世界杯赛场上进1球、平1场、胜1场。结果国家队小组赛3战全负,1球未进,还被对手狂灌了9个球。

大败而归,相关领导遂决定在全国范围内开展一次深刻的"足球大反思"。我所在的《中国足球报》与中央电视台、北京电视台、新华社、《人民日报》等11家媒体义不容辞,火速带头开始行动。

我们编辑部由总编辑杨迎明(笔名唐丙、何北等)先生亲自挂帅,经过认真筛选,确定了一系列访谈名单,其中第一个就是多年来一直在冷眼旁观足球的赵瑜。

老总跟我说:"你去打这个头阵,找到赵瑜,让他先说。"

我有点发怵,怕烧不好这第一把火。

我说我没有赵瑜的电话呀。

独　行

老总说："我有。"

于是拿着老总给的号码，联系上了赵瑜，说了采访意图。赵瑜说："你们具体要问些什么？还是先传个提纲给我吧，我好准备一下。"

老总说："提纲我来准备，完了你发邮件给他，尽快完成采访，两个整版。"

提纲传过去后，赵瑜回话了："你们老杨够狠呀，让我说两个版的内容，我得好好理一理。两天后上午9点，你到我家来。"然后在电话里很耐心地给我指路：宣武门，庄胜崇光百货后面，某公寓某楼某号。

考虑到早上堵车厉害，怕不能及时赶到，于是在采访的头天晚上，我就跑到了离他家不太远的西便门一个女老乡那里去住。女老乡跟我前后脚去的北京，在旅游卫视当记者，闲暇时常在一起玩儿，在城东活动时就住在我处，在城西活动时则住在她处。

那天晚上，我和女老乡躺在床上，又像往常一样天南海北地胡吹海侃，聊到半夜还刹不住车，直接就又聊到了天亮。口干舌燥，困意来袭，我说："不行，我得睡一会儿。"她问："你今天不是还有个重要采访吗？几点？"

啊？对啊对啊，还要采访赵瑜，吹高兴了居然把这茬给忘了！一看时间，已逼近8点，这咋得了！赶紧起来洗漱，早饭也来不及吃了，冲到楼下拦了辆出租车火速赶往宣武门。在9点之前，跑得气发飏的我，终于敲响了赵瑜家的门。

"来来来，茶都给你泡好了。"赵瑜笑眯眯地招呼我。身材魁梧，慈眉善目，一点大作家的架子都没有，倒像个经常见面的老朋友，一下子就化解了我的紧张和不安。

坐下来四下看看，宽大的房屋，传统的中式风格装修，满屋的书和藏品，和颜悦色的贤内助，一切都显得低调奢华又有内涵。

嗯，不错，我开始在心里把他喊成赵大爷了。后来才知道，赵瑜，1955年出生，当时不过47岁，标准的中年男子，但在那时的我眼里，他怎么看都是个大爷。

当时酣醉

"你先歇歇气,歇好了咱们就开始。"赵瑜坐在书桌前,面前摆着茶杯,杯子里茶叶比水还多,还整整齐齐地摞着几包烟,最上面的一包刚拆开,打火机严阵以待。

我说不歇了不歇了,现在就开始吧。赵大爷说好,于是展开他事先打印好的采访提纲:"第一个问题,嗯,我说,你记哈。"

这么省事儿,连问题都不用我提?太可爱了,这样的采访对象多来几个!

随后的采访就完全按照他说我记的模式进行。他说一句,我记一句,因为是手写,有时候他说完了,看到我还没写完,就停下来等我。长句子还要连说几遍,跟小学课堂上老师给听写一样。有时说到深刻处,他还要"悔棋":"嗯,不对不对,你把刚才那句画掉,重新来,这个应该这么说……"

不用提问,不用动脑筋,甚至连偶尔句子里出现了生僻字我一时想不起来咋写时,他还会在桌面上比画:"这样,这样,是不是?"

天地良心,这是我当记者以来遇到的最让人满意的采访对象。太安逸了,哈哈!

一安逸,人就容易犯困,加上昨晚上完全没睡觉,写着写着我就忍不住想打瞌睡了。虽然与他一样可爱的赵夫人不停地悄悄走过来添茶水,但都不顶事。眼看着他又点燃了一支烟,我终于鼓足勇气:"赵老师,可不可以给我一支?"我自己的烟昨晚抽完了,早上没来得及买。

"啊,你也要抽烟啊?太好了太好了,我还生怕把你熏着了哪!"赵大爷赶紧给我递上一根,"这下好了,咱爷俩一起抽,边抽边说,哈哈哈!"

很快到了中午,赵夫人准备了简餐,吃完了接着"听写"。在赵大爷把提纲上的十几个问题全部细致而又深刻地解答完,我也记录完了之后,已经下午四五点了。

我急着回去写稿,要把这些手写体变成稿子,我还得完成一道工序:打字。

赵大爷问:"你看看,够不够两个版了?"

我翻了下采访本,哗啦啦几十页,够了,够了,足够了,我说那我回去了。

独　行

再不回去，还得在这蹭顿晚饭，多不好意思嘛。

走到门口了，赵大爷还贴心地招呼："你回去看看内容够不够，不够咱们再补充。成稿后再给我发个邮件我看看哈。"

回到报社，连夜打字，打出来交给老总。老总过目之后，我又连夜发给了赵大爷。他看完后，一字未改回传了过来。

第三天，报纸出来了，赵瑜的专访放在二三版，十分醒目，十分完美，社会反响十分强烈。老总在会上说，这就算拉开大反思的序幕了，后面的跟上，不要虎头蛇尾。

散会后老总跟我说，"赵瑜对你赞不绝口，说你是个好记者，有才气，稿子写得好，快枪手。"那时候我才知道赵瑜和我们老总是老朋友，平时经常见面唠嗑的。

但我实在无法居功自傲啊！因为采访他的时候，我就是个简单的、纯粹的记录者，每一个句子都是他反复斟酌再念出来的，这个活儿任何记者都干得下来的呀。

老总说："他说以前采访过他的记者，都不如你。"天，那我真就不知道那些记者是怎么记录的了。

打那以后，好几次，我去办公室，都发现桌上放着条稀罕的烟。每次老总都会及时告诉我："今（昨）天赵瑜来过了，跟我吹了半天牛。你没在，给你留了条烟。"

因为随时去天南地北采访，较少待在北京，后来我总共只见过赵瑜两次。一次是2003年夏天，皇马访华期间，我们报纸在对皇马和中国队例行跟踪报道的同时，将视野拓宽到多个角度，比如从运作商、球迷等不同群体的角度来审视这场商业比赛。我再次领命，陪赵瑜和他女儿小雅一起看比赛，并完整记录了这对球迷父女和他们的朋友对这场比赛的看法。

另一次是2003年深秋，那天下午，我正在收拾行李，准备乘晚上的火车去辽宁葫芦岛，采访将在那里举行的为期一周的"元老杯"足球赛。赵瑜突然

打电话来，问我在不在北京，他来接我，晚上一起吃饭。"因为来了几个四川绵阳的客人，你的家乡人呀！我跟他们说，我正好有一个绵阳的小朋友，说了你的名字，结果他们都认识你！"

我说我晚上9点的火车，要去出差。赵瑜说，来得及，来得及，吃完饭我开车送你去火车站。

于是跟他一起，去位于北四环大钟寺的绵阳驻京办事处。路上赵瑜告诉我，来的是绵阳市委宣传部一个副部长和电视台的几个领导。随后他说了几个人的名字，确实，都是我在绵阳时的老熟人。

和几个老乡一起吃完火锅，他们接着谈正事，我急着去赶火车。赵瑜说："你们聊着，我先送杨檎去赶火车。"

去火车站的路上，赵瑜问我："你有没有想过写书啊？"

写书？想是想过，几年前在绵阳时就有朋友约过我写书，但我太懒，完成每天的工作稿后就不想动笔了。来北京后更忙，就没想过这事了。

"你应该写书。"赵瑜语重心长地说，"不能满足于就写点工作稿，那样没有太大的意义，要写书。你看你们足球圈已经有几个人出了书了，趁年轻，你也应该出书。"

但我不知道该写啥呀，我又不像个别女记者那样，有那么多的内幕和花边可写。他说："啥都可以写呀，平时多积累，一切都可以写成作品。比如你跑足球新闻跑得这么好，就可以写成纪实呀。"

我一心想尽快赶到葫芦岛，尽快熟悉那些"元老"，好保质保量地完成几大版的报道任务，把赵老师的谆谆教诲当成了耳旁风，听过了就算了。

再后来，又跟赵瑜通过几次电话。2004年北京亚洲杯期间，他托我帮他买了几套门票，说是老家山西来了几个朋友，要看全程。几乎每次，他都会在电话里问我，除了新闻稿，有没有写东西。懒惰的我，几乎每次都无比心虚地回答："嗯，我还在积累……"后来有一次，老人家在电话里有点急了，"唉！你，可惜了……"

独　行

　　如今十几年过去，赵大爷已经成了真正的赵大爷，而我，眼看也快到退休年龄了。往前看，恐慌，因为去日无多；往回看，惭愧，因为虚度年华。想起当年赵大爷亲大爷一样的关怀和责备，更是汗如雨下。

　　写到这里，有点动情。赵大爷，让我在遥远的四川，给你真诚地鞠上一躬……

　　然后，我接着写。

当时酣醉

友情支持

我有一本书，扉页上手写着"杨橚女士惠存"，被一个律师朋友借去不还，后来我催问时他告诉我说搞丢了。那不行，我说："你必须给我找回来，这个很重要。"因为，那虽然是别人写的书，但其中有一半是我的心血。

这本书叫《××××——我与中国足球》，2006年出版。该书出版时许多媒体曾这样报道，"一代足球风云人物×××的《××××——我与中国足球》记叙了××期间世界足坛与中国足坛的风风雨雨，真实再现了中国足球的发展历程及其兴衰荣辱，也披露了某某某任职五年间足球重要赛事的决策和运作内幕，剖解了围绕中国足坛所发生和展开的'足球政治学'"。

某某某，便是这本书的作者，也就是媒体报道的那位"一代足球风云人物"，这里姑且称他为A君吧。而我，便是这本书隐了形的"第二作者"。

2005年初，A君从万众瞩目的位置上卸任。之前我与他很熟，经常采访他，他不再从事足球工作后，我与他便没有了交集。没想到的是，几个月后，他突然十万火急地找我，说有事相商。

那天傍晚，我正在国家图书馆的乒乓球室打球，突然接到A君的电话，问我工作忙不忙。我说不太忙。他问："那你能不能帮我一个忙啊？"

我问什么事，A君说："是这样，我想出本书。搞了几年足球，还是想给自己和公众一个交代。"

"你出书我能帮什么忙呢？"

他说："我已经把初稿写好了，但还不满意，需要修改。我想请你来帮我改。"

我条件反射地表示拒绝，我说："我不行哦，你的大作我可能改不了啊。"

独 行

他说:"你别谦虚啊,你有这个能力,一定可以帮我改得更好的。"我说:"我真的不行,这个事你应该找别人,找水平更高的,比如李某某啥的。"

电话中A君谨慎地笑起来:"呵呵呵,你说的那谁,他是跟我说过几次,让我出书,还主动请缨说他来帮我写。但我不找他,感觉他那个人不太靠得住……想来想去,就觉得你最合适。这个忙你一定要帮我啊。"

A君还说了,主要内容他已经写好了,就让我帮着在文笔上润润色,增加点可读性就行了。"你一定可以的,我相信,咱们这书经过小杨同志一修改,肯定就好看了。"

推脱不过,我答应了。A君说,他最近正在脱产学习,让我第二天下午去一趟他学习的地方,他把初稿给我。

第二天下午,我来到A君脱产学习的学校,但门口的保安不让我进,因为这里不是随便可以出入的。于是赶紧跟A君电话联系,却打死都没人接。看着保安戒备的神情,我心急火燎,心想就在这等上一刻钟吧。如果再联系不上,那我就走了,不来第二次了。

几分钟后,A君电话来了,说刚才在上课,手机开的静音,这会儿下课了才看到。因为他的教室离大门太远,马上又要上课,他不能亲自到门口来接我,就在电话里跟保安沟通了,请保安放我进去。"我的教室在某号楼,宿舍在某号楼,稿子我放宿舍了,一会儿放学了咱们去宿舍拿。你进来先到处逛逛,等下课了我再跟你联系哈。"

这学校实在是太大了,一路问过去,好不容易找到了A君的宿舍楼。离下课还有一会儿,我围着楼房走了好几圈,看花、看草、看树、看远处的山、看近处的河,百无聊赖。最后他终于来了,一见我就道歉:"哎哟,真是不好意思,让咱们小杨同志等久了等久了。你不知道,这学校管得非常严格,不准迟到,不准早退,一会儿晚饭后都还要上课……"

进了宿舍楼,A君热情地跟进进出出的同学打招呼,见同学们看我,又忙着带笑解释:"我这工作上有点事,走不开,所以那啥……"

当时酗醉

打开电脑，打开稿子，我一看就晕了——妈呀，这么多字，大部头啊，这劳动量得有多大啊！

"我写了三十五六万字，可能字数有点多，到时候你还得帮我精简一些。"A君一面介绍，一面忙着给我泡茶、发烟。我点上烟继续浏览稿子。他又神秘地说："我这还有一样好东西，专门给你留着的，那天地方上一个老朋友来看我带来的。"说着从柜子里拿出一条内部特供烟递给我，"特好抽，你回去尝尝。"

十多章，每一章十多节，大标题、小标题无数个，内容几乎涵盖了他从上任前到离任后的一应事宜。光是一字一句地读完，都得花好长的时间哦。我忍不住面露了难色。

A君说："没事没事，你放心大胆地帮我改，不管是文字上还是内容上，你觉得哪不好就直接给我改，我相信你的水平。"完了又打着哈哈补充道："你先帮我改，以后书出来了咱们再那啥，呵呵呵呵……"

看来是真没法拒绝了，拿回去慢慢改吧。争取在一条烟抽完的同时，就收工。

眼看吃晚饭的时候到了，A君说："走，我请你吃晚饭，我们不能出去，我带你去食堂吃，你去体验一下。"我说算了不吃了，等弄好了再吃吧。

出来的时候天都黑了。连夜开始从头阅读，读了几天才把整个书稿读完。说实话，A君的稿子写得还真是不错，如果要求不太高的话，把其中偶尔出现的错别字改一下就可以直接出书了。但A君说了，他自己还不太满意，尤其是可读性太弱，要我"大刀阔斧地改"。

一条烟的工夫，至少半个多月吧，我把稿子改完了，文字上改动较多，部分结构上也做了些调整。然后我再次去到A君的学校，把装有书稿的U盘交给了他。

几天后他给我打电话来："小杨啊，稿子我看了，改得非常好，真的非常好！再过两天我的脱产学习就结束了，到时候我请你吃饭，顺便咱们再交换一下意见。"

独 行

  一天下午，A君又打电话来，说晚上请吃饭，还问了我住址，然后开着车到我楼下来接我。我想，当初以为有多烧脑，结果还不算太麻烦嘛，今晚就要吃庆功宴了呀。

  去的是一家韩餐厅。在路上A君打电话给餐厅老板。"一会儿我把车开到后院哈，咱们从厨房进去，就不走大门了。"那阵他还算是一个明星级的人物，走大门怕引起球迷骚动。

  车开到餐厅后院，年轻的老板带着一溜儿员工已经等候多时了。车一停，老板连忙来开车门，跟A君亲切握手，同时用异样的目光不停地打量着我这个从副驾驶室出来的女同志。我被他看得极不自在，心里怒想：看啥子看，来改稿子的！

  A君赶紧介绍："哦，这位是《中国足球报》的记者小杨，我有个稿子请她在帮我修改。辛苦了辛苦了，哈哈，所以我今天特意请她来你们这儿吃饭的……"

  老板立马热情万分地来跟我握手，连说："了不起了不起，我最佩服你们这些文章写得好的人了。"

  从厨房进去，还是被发现了，一些厨师和服务员纷纷跑过来跟A君合影。好一阵儿才忙完，终于进到事先安排好的包间。殷勤的老板忙着请我们就座，一面吩咐服务员端茶倒水，一面忙着给我介绍菜品，还亲自动手给我包菜叶卷烤肉。

  A君笑呵呵地招呼老板："某总啊，那啥，你也别光顾着照顾我们了，你去忙吧，我跟小杨要商量一下稿子的事。"

  老板应声出去了，我心安理得地吃喝起来。吃饱喝足回去睡个好觉，明天又可以投入到我火热的乒乓球生活和新房装修中去了，给他当枪手这个任务就算完成了。

  但是我高兴得太早了。才吃了几筷子呢，A君就开始说正事了："小杨同志啊，这个稿子我仔细地看了，改得非常不错，可读性增加了不少。"说着从

公文包里拿出了厚厚一摞打印好的稿子,"你看,你改过的这些小标题读起来都比之前有韵味多了。"

我客气地笑笑,但他紧接着的话,一下子就严重影响了我的食欲。"我在想啊,咱们要不要把整个结构再重新调整一下?你看是按时间顺序写好呢,还是按工作内容写好,比如把国内联赛、女足、青少年足球、国际事务等各写一章,你觉得怎样比较好呢?"

看他那么认真地望着我,我不认真地回答不行了。我说这个,调整一下也好,我觉得吧,还是按照内容来划分比较好。按时间顺序的话,你一年到头这每一项工作都兼顾,拉拉杂杂写在一起的话,显得没有轻重缓急,读者阅读起来也不流畅,比如正看到裁判风波呢,还没看明白,又说到青少年足球去了……

"哈哈,跟我想的一样!"我话还没说完,A君就大声表示赞同。"当初写初稿的时候,为了叙述方便,我就按时间顺序写的。但是现在越想越觉得那样不行。那啥,那咱们就把它推倒了重来,好不好?"

怎么个意思?意思是我还交不了差,还得接着干?推倒了重来,不就意味着稿子的每一章每一节包括很多段落里的很多句子,都得完全打乱了重新来一遍吗,这跟重新写一本书还有区别吗?房子盖好了,都装修完了,却要全拆了重新盖,那得耗费我多少时间多少精力啊!我撞墙的心都有了。

A君看出了我的不快,一个劲儿给我夹菜,又说:"我车里还给你准备了一条好烟,小杨啊,你帮人要帮到底啊,你一定行的。这个事你帮我再多费费心,等书出来以后,咱们那啥,啊,呵呵呵呵呵……"

他说的书出来后的"那啥",说的就是稿费吧。我想,那稿费怎么也该翻个倍了吧。得!已经到这份上了,再苦再难,也要坚强,还是继续整吧!

回去后,夜以继日地写啊改啊想啊,再写再改再想啊,但那不是要重新写一篇文章,而是几十万字的一本书,除了极个别的章节不用大手术,其他的几乎全要重新写一遍,哪里是个把月就能搞定的。所以,忙了个把月,新书稿还没完成一半的时候,我没力气了。乒乓球已经荒废了好久,新房子的装修还没

独　行

结束，装修师傅三天两头打电话让我去。我要先把书稿放一放，把自己的事情办一办再说。

一天，正在去新房子的地铁上，又接到 A 君的电话，问我书稿怎么样了。我说我要去我新房子里看看，装修师傅又在催。A 君急了："小杨同志啊，你能不能先把你的房子搁一下，先帮我把稿子弄出来呀？今天出版社的同志又在催我了，按原计划这几天都该把书稿给他们了。麻烦你了，真是不好意思啊，你多辛苦辛苦哈……"

漫长的秋天和冬天过去了，在与 A 君又进行了数次沟通并对稿子进行数次修改，又抽了他 N 条好烟之后，书稿终于慢慢接近成熟了。最后一次见面把稿子给他，他看完后拍板说："OK！非常好！就这样了！"并跟我热烈击掌庆祝。我也把自己一直想说但一直没说的想法跟他提了出来，我问他："到时候，能不能在本书编辑一栏，加上我的名字？"

A 君愣了一下，马上回答我："好！这个事儿我跟他们提。"

我虽然厚道，但我不傻呀，因为我知道他这本书肯定赚不到钱。毕竟是官员出的书，且中国足球那几年口碑不好，他执政期间又几乎"得罪"了一大半的球迷，纵然把书写出花来，又会有多少人来花钱买他的书呢？他的书赚不到钱，又拿什么来给我付稿费呢？如果到时候没有稿费，再连名字都没有一个，那我这个"幕后英雄"岂不是当得太惨了。所以，我想要一个署名。

几天后，A 君打电话来，跟我道歉，说他跟出版社沟通了，想把我的名字加在编辑名单里，但对方不同意，说我又不是他们出版社的人，这书只能有一个责任编辑，必须是他们出版社的编辑。署编辑名不行，署作者名更不合适，毕竟这是 A 君的自传，加个别人的名字，就不伦不类了。

唉，好吧，那我就当个"纯枪手"吧。

第二年 6 月 1 日，德国世界杯揭幕当天，A 君的书正式出版。正如我事先

49

预料的那样，该书在读者中反响平平，波澜不惊。虽然书评人李成在当年的《全国新书目录》里对其做了隆重推荐，称读之"有一种回肠荡气的感受。这部书记叙了作者在任职×××××××× 期间的一些经历，也剖析了他在处理一系列重大问题上的思考过程，是一本生动再现这五年中国足球曲折发展历程的好书……一系列成功与失利接踵而至，一下子把人送上喜悦的峰巅，一会儿又把人置入失利的激流旋涡，足球内部的一系列冲突更是让人时有雨云密布、雷电交加之感……"但众多的球迷并不买账，正如一位球迷读者看完后说的那样，"大部分的内容集中于他的'三把火'，青少年足球培养、世界杯出线和亚洲杯申办，对于联赛所暴露出来的问题，比如假球、黑哨等问题却轻描淡写，以一种无可奈何的语气一笔带过。"

这些问题，作者 A 君不愿多说，也不能多说，而我只是替他"改稿"的，我当然就更没法说了，况且有些内幕我也并不清楚。我已经尽了自己最大的努力。作为一名"枪手"，我拿到自己该拿的稿费就可以了。

但稿费果然也没有。

因为"票房"惨淡，A 君后来提都没提给我付稿费的事，只在有一天打电话给我，请我去他新单位的办公室，送了本亲笔签名的书和两条烟给我。落寞的 A 君吞吞吐吐地跟我说："唉，小杨啊，这个事真是辛苦你了，感觉挺对不住你的，耗费了你那么多的时间和心血……那啥，以后你在北京，工作和生活上有啥困难我帮得上忙的，尽管开口……"

我挺失望。但凡事转念一想就想通了，想到他在任上那几年，工作上还是给我提供了很多方便，那几年作为他最信任的记者，我可以随时自由出入他的办公室，每年年末岁初的年度专访，别的足记都访不到，只有我可以发独家。怎么说也算是老朋友了，这个书稿，就算我对他无偿的友情支持了吧。

于是我绝口没提稿费的事。但 A 君自己可能还有点过意不去，后来有一天，突然又打电话给我，问我有男朋友了没有，说想把他一个老朋友的儿子介绍给我，还说"那小孩挺好，刚从国外回来，因为一直忙着读书，没时间谈女朋友……"我说:"谢谢费心,我有对象,你再给我介绍的话,只怕我要挨打哦。"

电话里传来A君爽朗的笑声:"哦,那好那好,你们外地小孩,在北京挺不容易的,得有个人互相照顾着才好。我还以为你是单身,还跟他说了我给你介绍个好女孩呢。那算了哈,不过有点可惜,那孩子真挺不错的。"

而从我这借走书并把书搞丢了的那位律师朋友,还没来得及把书给我找回来,就突然得急病去世了。这就更可惜了。

北 京

我在这里欢笑，我在这里哭泣，我在这里活着，也在这儿死去。

北 京

去北漂

一间四面漏风的小屋，主人拖着疲惫的身躯下班回来，又冷又饿，想弄点吃的，但除了墙角有几个冻僵的土豆、一棵蔫了吧唧的大白菜，什么也没有。窗外北风呼啸，滴水成冰……

早年间，一说到"北漂"，我脑子里能想到的就是这个画面。因此在2001年秋天之前，我从没想过有朝一日自己也会北漂。但事实上，后来我还是北漂了。

其实早在2000年夏天，就有人多次邀请我去北京。当时我的新闻领路人之一、《绵阳日报》经济部原负责人邹晓光去了北京，出任《电脑商情报》主编。没多久，邹老师就打电话给我，让我也去北京，到他手下当记者。

我那时对电脑一窍不通，确切地说，连电脑都还没怎么摸过，所以我怯场，说我不敢去，怕吃不了那碗饭。邹老师说："没问题，你来嘛，保证不到半年你就如鱼得水了。这里毕竟是首都，发展好了前途不可限量。"

然后我就有点动心了。但当我把这想法告诉父母时，却遭到了他们的坚决反对。第二天一大早，我爸就从北川跑到绵阳来了，一见面就跟我说："你妈妈昨晚上一夜没睡着，她不想你跑得那么远天远地的。我们就你这么一个女儿，离得太远，有啥事都没个照应，我们不放心……"

随后，父母火速张罗，一家子凑钱在绵阳买了个四室两厅的房子让我住，节假日全家人都从北川来到绵阳，与我共享天伦。生活安逸，工作也轻松，在晚报记者部当个头儿，朋友多，没事了就呼朋引伴吃饭喝茶。这种情况下，我

实在也没多大兴趣去首都从头开始打拼，所以北漂的念头很快就打消了。

但是当北京第二次向我招手的时候，我没法拒绝了。

说来话长。1996年秋天，我考进《绵阳日报》做了一名记者，与此同时，绵阳历史上的第一支职业足球队——绵阳樊华队也诞生了。因为自己本来就喜欢足球，平时就喜欢看足球类的报纸，所以当自己开始为报纸写的时候，自然而然地就写起了绵阳足球。从最初秦志晖带的樊华队，到后来王亮、王凤珠、余东风带的丰谷队，几年里绵阳足球队一直是我的"自留地"。2000年秋，余东风率领绵阳丰谷队冲上了甲B，次年春天，绵阳俱乐部请来了老帅商瑞华出任球队主教练，带队参加当年的甲B联赛。从这个时候开始，外地各家足球媒体也开始关注绵阳队，并随时需要登载绵阳队的新闻了。因此一些外地媒体主动联系上了我，邀请我为他们提供绵阳队的新闻，如天津的《球迷》、中国足协官方网站和《中国足球报》等。我给这几家媒体当了一年的特约记者，写得十分带劲。但当年底，绵阳队因涉嫌打假球，受到中国足协重罚，被取消了甲B资格。

重创之下，绵阳足球队就地解散，维持了几年的俱乐部也垮掉了。没有足球新闻写了，我有些遗憾，但写足球并不是我的"本行"，只算个"副业"，所以不写足球我还是有很多要写的，时政新闻、经济新闻、社会新闻、文化新闻，每天都有写不完的新闻。

不久后的一天，原来《中国足球报》负责跟我约稿的编辑刘俊生突然打电话给我，一开口就夸，夸得我喜笑颜开。刘编辑紧接着告诉我："我们领导让我问一下你，愿不愿意当我们报纸驻西南片区的记者？"

我有点蒙，驻西南片区是个什么意思？他说："就是负责西南片区三支甲A球队的新闻报道，四川全兴、重庆力帆和陕西国力，每周给我们提供这三个队的新闻。"

写了四年乙级队，写了一年甲B，还从没写过甲A呢，甲A联赛是中国足球顶级的联赛，不想写甲A的足球记者还是一个好足记吗？何况当时四川、重

北　京

庆和陕西的三支队都挺了不得，三地的球市都堪称"金牌球市"，这多让人热血沸腾啊！

但是刘编辑接下来的话当场就把我的"火"给浇灭了。"那就需要你每周都去这三个地方采访，你就不能兼职做特约记者了，得给我们做专职记者。"这就意味着我必须把绵阳的工作辞了。想到每周要往返成都、重庆和西安，而我不会开车更买不起车，这样繁重的任务，我肯定是完不成的呀。于是我果断地婉拒了，算了，我还是继续留在绵阳当记者吧。

又过了几天，刘编辑又打来电话。"我们领导说了，你不愿意当我们驻西南片区的记者，那你愿不愿意来北京，到我们本部来当记者？"

我心跳加快！他们这是在挖我跳槽吗？让我去北京？去一个国家级媒体当记者？他们见都没见过我，就如此直截了当地邀请我，我何德何能啊？

刘编辑说："你知道吗，你能把个小甲B队都写得那么有趣，就应该到北京来，写甲A，写国家队，窝在小地方太可惜了。"

我非常动心。

但动心之余冷静下来又想，毕竟几千公里远，一个人去那边人生地不熟的，一切都得重新开始，而自己又不是十八九岁的少年了，去了万一混不动咋办。于是我说，这么大的事，我得好好考虑一下。

几天后，刘编辑又来电话了。"我们领导说了，我们出钱，帮你把往返机票订好，再在报社旁边给你订好宾馆，请你先过来看看。看了后你觉得可以，愿意来上班，就留下来，不愿意的话，就相当于来北京玩儿一趟呗。"

有这等好事！我还能说啥？当机立断，第二天就坐着《中国足球报》给我订好的航班飞到了北京，直接来到了崇文区（2010年正式撤销，与东城区合并——编者注）北京体育馆路8号。总编辑杨迎明带领副总编辑焦林芳、田金华和编辑部正、副主任热情接待，当天晚上就在报社门口的"咸亨酒店"为我接风，饭后又带着我到报社夜班编辑部和照排室参观，一帮兄弟姐妹正热火朝天地做着第二天的报纸。

《中国足球报》给我的第一印象非常好。

第二天早上，我还在睡觉，刘编辑又打电话来说："糖饼先生说，今天中午还要请你吃饭。"

我问："哪个糖饼？"他说："就是咱们总编杨迎明啊，他的笔名叫唐丙呀。"

"是在广州《足球》报'春来茶馆'写专栏的那个唐丙吗？"我惊问。那可是我特别崇拜的一个笔杆子啊！

刘编辑说："当然是啦，全中国就这一个唐丙。"

于是兴高采烈再去赴宴，再看总编先生，在昨天的和蔼可亲上又多了一层偶像光环。但偶像一点架子都没有，席间给我讲我之前没吃过也没见过的每道满清宫廷菜的来历和做法，还亲自给我夹菜、斟茶。

吃完饭总编问我："觉得北京如何，咱们《中国足球报》如何？"我发自内心地说："挺好，挺好。""那就别回去了，下周一开始上班吧！"他大手一挥，吩咐办公室人员，"马上把入职手续给她办了。"

哎哟，这可不行，绵阳那边我只请了几天事假，还有一堆事情等着我回去做呢。再说了，真要来北京的话，我的待遇问题还没提。总编说："你来，没有试用期，第一个月就直接按正式记者待遇发工资、奖金，房子也不用你自己租，报社帮你解决。咱们报社除了俩天津的全是本地的，就你一个外地的，到时候有啥困难，报社都帮你解决。"总编补充道，"好不容易才把你挖来，待遇肯定要保证。"

这么耿直大气的领导，见所未见，闻所未闻。我当场表态：马上回绵阳办辞职，完了就过来上班。

但是一回到绵阳，回到熟悉的生活圈子，去首都的进取之心就又开始打折扣了。朋友们听说我要走，都依依不舍，家人也忧心忡忡，担心我到那么远的地方万一吃亏了都没人帮我撑腰。单位领导听说我要跳槽，也想方设法挽留，社长兼总编王天柱、副总编余凡和市委宣传部的分管领导，都私下跟我谈过几

北　京

次，真心实意希望我能留下来……各方面的挽留，大大地动摇了我北上的决心，纠结之下我开始把行程一拖再拖。

拖到第二年元旦节后了，见我还在绵阳没挪窝，《中国足球报》副总编焦林芳给我打电话，像个知心姐姐一般跟我聊天，聊到半夜，她的一席话瞬间彻底打动了我。

她说："杨檎，如果你一直待在绵阳，你想象一下，是不是能够看见未来十年，甚至几十年后自己的样子？"我闭着眼睛想了下，是的，我能看见。"但是，如果在北京，你是想象不出来你未来会是什么样子的，未来可能会不如你想象的好，但更可能会是你想象不到的那么好。我大学毕业就来北京工作，现在我都快四十岁了，还对自己的未来充满好奇。"她说，"在北京，一切都是未知的，一切都充满了悬念。"

生活不就应该是这个样子的吗？我大彻大悟，快速办理了绵阳报社的辞职手续，一把锁将绵阳的大房子锁了，跟每个挽留和祝福的朋友拱手作别：后会有期，江湖再见。

飞抵北京时，《中国足球报》副总编田金华带着报社的司机师傅开车接上我，直奔距离报社五百米远的玉蜓桥，将我拉进一个小区，并帮我把行李搬进三楼一套精装修的两居室房子。"这是报社帮你租的，就你一个人住，以后这就是你的家了。你好好休整一下，下周一正式上班。"

当天下午，焦林芳和报社几个大姐都来看我，问我还需要什么，有什么困难就跟她们说。晚上又接到一个陌生的电话，是没见过面的房东大爷，让我把他的电话号码记下来，有什么问题随时给他打电话。然后在电话里耐心地告诉我门怎么反锁、热水器怎么用，厨房里的东西都可以随便用……

首都北京用她的大气和包容，热情地接纳了我，让我心里的紧张和不安一扫而光。休整两天，周一到报社报道，例行的稿目会上，领导将我正式介绍给各位兄弟姐妹："以后大家就是同一个战壕的战友了，杨檎初来乍到，有什么事大家多关心帮助。"

　　几天后，新一年的甲Ａ联赛拉开帷幕，我开始以《中国足球报》记者的身份南征北战，第一站大连，第二站深圳，第三站西安，昆明、上海、青岛、济南、成都、沈阳、天津、武汉，有甲Ａ球队的城市，都很快留下了我的足印。老家的朋友们隔三岔五打来电话，"我在《足球之夜》里看到你了""刚才看中央5套体育新闻，看到你了""在绵阳的报亭里买了你们的报纸，看到你写的报道了"……

　　一切都那么新鲜，一切都让人兴奋，一切都未知而充满悬念，让我好生欢喜。

北 京

体育馆路 8 号

北京东城区北京体育馆路 8 号，向东走三四百米是国家体育总局，向西走二百米是天坛东门，我的新单位就在这里。

《中国足球报》不是个报社，只是中国体育报业总社的一张子报。因此严格说来，我和我的同事们，都是"总社妈妈"的孩子。刚去的时候就有人告诉我，"总社妈妈"的孩子很多，有四张报纸，《中国体育报》《中国足球报》《世界体育周报》和《篮球报》，还有二十多种杂志，包括之前我就在报刊亭里见到过的《新体育》《足球世界》《乒乓世界》《中国钓鱼》《搏》等。

"总社妈妈"很慈爱，也很开放，有人愿养我们的时候就放手让别人去养，没人养的时候就收回去自己养着。当时足球正火，全国各地不少企业都愿意投资足球媒体，《中国足球报》的投资方是上海一家公司，据说实力不俗。

我第一次去上海出差，临行前总编杨迎明跟我说，出虹桥机场后，注意看道路右边我们的巨幅广告牌，那就是我们的投资方做的。到了那儿，透过车窗往外一看，果然看到广告牌上赫然几个大字——"中国足球报"，话不多，却财大气粗，深得我心。

中国足球报人也不多，加上行政后勤和广告发行人员，不超过三十人，直接参与采编工作的编辑记者，不到二十。在绵阳上百人的报社里待惯了，刚来时还有点不适应，觉得过于冷清。但很快就跟大家混熟了，也就一天天感到热闹了起来。

除了副总编焦林芳、文字编辑于彤、美术编辑王青和我，编辑部就没有女的了。也就是说，我是我们报纸唯一要随时外出采访的女记者，苦累可想而知。

但累是经常性的，苦我倒很少有感觉，更多的时候，是"累并快乐着"，因为喜欢这个职业，更喜欢编辑部里"有来头"的各位"战友"。

"来头"最大的，当然是年龄最大、名望也最大的总编辑杨迎明。新中国同龄人，毕业于恢复高考后北京大学首届中文系新闻班，北京体育新闻界的"扛把子"，CCTV体育频道和BJTV体育频道的"座上宾"，中国足协新闻委员会常委，门生遍及各大媒体。杂文写得相当霸道，但从行文风格来看，完全看不出是个40后，更像个稳健锐利的少壮派。

这么德高望重的一个领导，却是个毫不在意名利和排场的人，为人做事都十分低调，低调到在编辑部里连个尊称都没有，除了我叫他杨总外，别人都叫他老杨，或者直呼其名，感觉叫的不是领导，只是个邻家大叔。

老杨同志不爱抛头露面，就直接"便宜"了小杨同志。比如央视搞的首届中国电视体育奖颁奖晚会请他去，他不去，把写着他名字的请柬拿给我说："你去看看，可以的话就写点东西回来。"然后我得以有史以来第一次走进央视1号演播厅，并第一次实地亲眼见到诸多体育界大腕和一大群央视主持人。比如一个大型情景剧开机仪式请他去，他不去，把写着他名字的请柬拿给我说："你去看看，顺便挑个合适的明星过些天到我们报纸来聊聊世界杯。"比如中国女足与其赞助商在人民大会堂召开新闻发布会请他去，他不去，让我去，还说了："以后这种活动，你直接去，不必跟我说了。"

老杨同志哪都不爱去，不爱开会，不爱赶场，不爱凑热闹，就喜欢抽烟，喜欢喝浓茶，喜欢和聊得来的友人坐在他办公室里侃大山。他办公室就在过道边上，最多五六平方米，两个书柜、一张书桌、一个简易小沙发、两把椅子，将个房间堆得满满当当。门口连块牌子都没有，有时外人慕名来访，找半天都不知道总编在哪里。除了自己人，谁能相信那样一个门房似的房间，就是咱们的总编办公室呢。

2002年韩日世界杯期间，我们把原本周二刊的报纸出了一个月日报。老杨同志每天跟我们一起吃盒饭、上夜班，除了统管各版内容，他还亲自操刀，每

北　京

天写一篇足球版《编辑部的故事》在我负责的球迷版上连载，跟早年热播的情景喜剧《编辑部的故事》一个路子，"李东宝""葛玲""余德利"等人天天在《中国足球报》上狂侃世界杯，看得读者们乐开了花，许多不明真相的球迷纷纷来电来信，询问这是不是当年那个《编辑部的故事》的续集。

故事真的有了续集，世界杯结束后，一家影视公司主动寻上门来，想要购买版权，准备将老杨同志原创的足球版《编辑部的故事》拍成情景喜剧以飨观众。后来不知咋的这事黄了，老杨同志也不遗憾，依然每天端着浓茶抽着浓烟坐在办公室会见各路好汉好友，四平八稳，云淡风轻。

老杨同志真是我见过的最有才也最没架子的领导，与他共事多年，习惯了满单位平等共处的氛围，以至于后来回到绵阳，再面对等级比较森严的环境，好久都适应不了。

那一年"黑哨"闹得最厉害的时候，曾经的"金哨"奖得主某某找到我，说想跟我聊聊联赛中的裁判问题，但不让我去找他，说希望到我们报社来谈，又不想旁边有别人，最好能"单独谈"。但我们编辑、记者都在一个大办公室里，大家都要在各自的电脑前忙正事，实在不好"清场"啊。老杨同志知道了，跟我说，叫他过来，去我办公室，我走。

"金哨"很快如约而来，老杨同志把客人请到自己的座位上坐好，把茶泡好，就悄悄地关门出去了。"金哨"在我们的"密室"里跟我讲了一上午，一边讲一边不停地嘱咐我："咱们说好，今天我跟你讲的这些，都不要报道哈。"甚至一见我动笔就紧张，连记录都不让我做，还说，"我今天跟你讲的，就当是朋友间的闲聊，真的不要公开。"

尊重"金哨"个人意愿，当天的谈话我们没做报道。老杨同志贡献了自己的办公室，我却没能写出任何报道来，但老杨同志毫不介意，对我仍像亲闺女一般。这也许正是他的领导艺术吧——从不给下属压力，但总能让大家在宽松愉悦的氛围中自觉地自我加压，并积极主动地将压力转化为源源不断的工作动力。

当时酣醉

办公室里唯一让我感觉到有压力的是编辑部副主任李刚，我亲切地称他为"李一版"。不是他在编一版，一般情况下他编的是二、三、四版，之所以给他起了这么个贴切的外号，只因为他跟我说得最多的话就是"一个版"。

在老杨同志的正确领导下，我们单位简直不开会，只是每周开一个简短的"稿目会"确定下期报纸的主要内容。会议室不分座位主次，更没有所谓的主席台，大家随意围坐在一起，先确定"主攻"方向和"副攻"范围，再把记者"撒"向四面八方，然后就散会各忙各的了。

每次散会后，我回到座位上开始订机票，就见李刚同志笑眯眯地走过来，趴在我办公桌的隔栏上开始发表他的"临别赠言"，言简意赅："杨樾，这期，一个版？""一个版"的意思，就是把他负责的一个版面从头条到倒头条再到边栏，全部承包给我。

一个版几大千字啊，每次我都要挣扎一阵，我说太多了，完成不了。李刚同志就开始夸我："嗨，没事儿，对你来说小菜一碟。你写得多好啊，连小标题都起好的，错别字都少有，一个版直接铺上去就成了，编你的稿子最省心了。"态度和蔼可亲，却坚决不容推辞。

挣扎了也白挣扎，索性我就不挣扎了，后来每次当他笑眯眯地说"一个版"时，我都二话不说就答应了，只是背着他悄悄告诉好友于彤说，我给李刚起了个外号，叫"李一版"，于彤表示赞赏。有时刚散会回到座位上，看到"李一版"走过来，他还没来得及开口，我就先发话："这期，我，一个版。"你瞧，我都会抢答了。

再后来，看到我每次完成一个版好像还很轻松，他再走过来时台词就变成了"俩版？"，有时一个没刹住还会说出"仨版？"这种惊悚之语。好在我越来越麻利，俩版、仨版都能妥妥地接住了，只是对已经喊顺口了的"李一版"这个外号没有再做更改而已。

"李一版""绵里藏针"的期期加压，让我的采访和写稿效率提高很快，同时也让我感觉自己老得飞快，每次在镜子里看到那满脸干纹，都忍不住感叹：

北　京

在这北方，确实不经老啊。

但总有人坚持不老。戴新，编辑部主任，土生土长北京人，高大英俊，刚去时我都不大敢直面看他，太帅了，晃得我眼花。但是没多久就打成一片了。那天早上，我刚到办公室，就见他面带神秘微笑走过来，像"李一版"要我写整版稿子时那样趴在了我的桌子隔栏上，跟我说的却不是工作的事。

"听说，昨晚上你一个人到后海那家大连海鲜馆去吃饭了？"

对啊，我十分不解，我是去吃了，但你啥意思，难道这里不允许个人单独去吃饭吗？

"你吃了些什么？"他继续问。

这就过分了，我吃什么关你何事，我吃自己又没吃你的。心里老大不爽，但想到自己刚来，多少还是维持下关系吧。于是就勉强做了回答："吃虾了，还吃了三种馅的饺子，还吃了一盘素菜……"

"好！我们就喜欢你这样的同志！"他向我伸出了大拇指，"下次去哪吃叫上我们，一起一起。平时你发现哪里有好吃的，也及时通个气……"

虚惊一场！原来是昨天晚上我跟于彤打电话闲聊，说到自己晚上吃了些啥，结果于彤回头就跟戴新做了汇报，说新来这位也是个吃货，所以今天一早他们就决定来拉我"入伙"了。

然后就正式加入了编辑部的"吃喝团"，跟他们一起有空就出去找吃的，从南二环吃到北五环，从西三环吃到东四环，只要东西好吃，破胡同里的苍蝇馆子都可以成为我们的据点。我们最常去的是鼓楼附近一家叫"姐妹火锅"的小店，戴新家离这里不过三五百米，他是店里的老客人了，每次点菜，都只需点半份，但端上来的都是全份。原因很简单，开店的姐妹俩都喜欢又帅又和蔼的戴新，半份菜也会把盘子给我们装满。这就相当于我们每次去吃火锅，都享受了五折优惠。遗憾的是，没吃到两年，"姐妹火锅"就开垮了，让我们惋惜和负疚了好一阵子。

除了帅和好吃，戴新还有一个最大的特点，就是不见老。明明比我们大好几岁，但外面的人都以为他最年轻。大约在2004年，原先赞助我们报纸的上海公司退出了，"总社妈妈"把我们收回去养了一段时间后，河南一家公司又兴高采烈地赶来接手，新投资方把我们办公室从头到脚全换了新，新电脑、新窗帘、新绿植，稿费标准也上了新档次。新老板请我们吃饭，席间猜大家的年龄，把其他人都猜得八九不离十，猜到戴新时，却斩钉截铁地说，24岁。看到我们惊诧的表情，新老板又迟疑地补充："有24了吗？"太过分了，我们差点当场吐出一口老血，戴新他明明就要满40了呀！

我们曾经请教过戴新，如何才能像他一样青春不老？他自己答不上来，因为他也跟大家一样，吃五谷杂粮，经雨雪风霜啊。倒是赵了了的一句玩笑话提醒了我们：人家名字起得好呀，戴新，"带薪""带薪"上班，"带薪"休假，"带薪"出门，"带薪"回家，时时刻刻都带了钱的，心情好，当然不老了。

有道理。赵了了的话一般都有道理，就算没啥道理的时候，也会有很多"内幕"，所以我都听都信。

了了是个高干子弟，也是第一个开着奥迪车采访的足球记者。听说他爷爷早年曾是某大领导的警卫员，其父是八一电影制片厂的导演，他来当足记完全是出于对足球的喜爱，不关乎生计。喜欢唱歌，听说以前还和人一起组过乐队在酒吧驻唱过，亲眼见证过不少明星发达之前在各个酒吧赶场挣钱时的潦倒和落魄。

每天一到办公室，我就习惯性地找了了，他若还没来，就急着等他来。因为他一来，就意味着新鲜出炉的各种八卦新闻又来了。因为这个，我也时常被他们笑批：对八卦这么上心，你该去当个娱记。

我喜欢一边听了了讲八卦，一边跟他抬杠，当然，只是为了活跃气氛而已，并非真刀真枪地对着干。每当我们在办公室你一言我一语吵起来的时候，旁边一个座位上，就会发出忍了又忍但实在忍不住的呼哧呼哧的笑声。那是被我们叫作"胖胖"的小兄弟董博臣在笑。

等我们吵完了，胖胖也笑完了，他总会说："哎呀，最喜欢听了了和杨槠姐

北 京

斗嘴了，就跟听相声一样。"有时候，了了开着他的奥迪车带胖胖去河北香河基地看国家队训练，胖胖一定会强烈要求我也同去。"大老远的，路上不听了了和杨檎姐说相声，我会打瞌睡的。"当然，我也乐意随行，并且一定会满足胖胖的小心愿，让他一路笑个够。

我们办公室还有个大神，刘俊生，就是当初我还在绵阳时负责跟我对接的编辑部副主任。俊生外语超级好，早年曾在旅行社当导游，在编辑部里，俊生负责国际新闻，跟国际足联和亚足联关系十分密切，平时我们有对外事务的时候，都由俊生帮忙打理。

2003年美国女足世界杯时，老杨同志决定派我去美国采访。我怯场，说我外语不行，怕到时候采访不回来东西。本来这届世界杯是定在中国举行的，我是完全可以"承包"多个整版的，但因为突发"非典"，国际足联临时将比赛易地到了美国，我就英雄气短了。老杨同志说：没事，你就时刻跟着中国队，只写跟中国队有关的情况就行了。见我还是不敢接招，老杨同志又说：干脆这样，你住到我闺女家去，让她每天开车带着你去赛场。老杨的闺女长居美国，我只听说但没见过，虽然都姓杨，但哪好意思那样去麻烦人家呢。不能让人看扁了，好歹咱也是个杨门女将，不说了，我去！

然后火速飞回绵阳办护照，又回到北京办签证。这时候"国际通"俊生就派上用场了，忙忙碌碌帮我填写各种表，又将填好的表交到美国大使馆去等待审批。但是，签证还没办下来，中国女足就回来了——小组出线后，在四分之一决赛中0比1不敌加拿大队，被淘汰出局了。

我们的队伍都回来了，剩下的世界杯赛事基本上跟我们没啥关系了，那我也就可以不去美国了。于是这届世界杯我只写了一篇稿子：跟着中国足协女子部的负责人去了趟首都机场迎接中国女足，写了篇关于中国女足铩羽而归的简讯。

除了俊生，编辑部还有一位外语特别好的，那就是凡事都特别爱较真的王晨晖。小王同学编国际版，有次发现自己翻译的稿子被一家大网站转载了，却

当时酣醉

没人给他寄稿费,于是立马开始维权。从对方的编辑到部门头头,再到单位领导,顺藤摸瓜一路摸过去,只要接电话的人说"这事我管不了",他就问"那您告诉我谁能管",打了几十个电话,纠缠了十几天,最后对方终于崩溃认输,服服帖帖把三百多元稿费送上门来,还诚挚地道了歉。

小王同学得胜后维权兴趣不减,查遍全网后没再发现有人侵他的权,就把注意力转移到我们的稿子上来。有一天他跟我说:"杨檎,网上转你稿子的多得很,我大概算了下,你至少可以要回一万元稿费来!"

哇!这么多!但是怎么才要得到呢?小王说:"像我那样啊,一个一个打电话问啊。"我说:"我搞不来,要不你帮我要,要回来我们五五分。"小王说:"可以,但你得写个授权书,我就去帮你要。"

可惜等下一次我出差回来时,发现小王同学已经不在了,听说突然辞职走了,也不知道去了何处。我的万元稿费也就这样泡汤了。但是几年后,一次我试着维了一回权,还真的要回了几千元稿费。

那是2006年世界杯期间,当时我在我们报纸和北京的《竞报》、青岛的《半岛都市报》上开专栏,每天把为这三份报纸写的专栏稿子贴到自己的新浪博客上。没多久河北一个叫"公孙小白"的读者朋友告诉我说,他在网上看到还有好几家媒体也给我开了专栏,有河北的、广东的,还有浙江的,问我是否清楚这事。

我压根就没给那些媒体写稿啊,这是怎么个情况?于是赶紧上网去查,果然,那几家媒体都在天天登我的稿子,都是每天直接从我博客上扒拉去的,还都煞有介事地给我弄了个专栏,有的还配了我的照片,仿佛我是他们的特邀嘉宾。我也不知该找谁理论,就在博客首页发了个简短的声明:"本博客所有内容均为本人原创,如有转载,付稿费,付稿费,付稿费。"

然后,源源不断的稿费单就真的从上述几个地方飞来了,《中国足球报》、杨檎收,附言上都写着"稿费"。

2008年5月12日,伤我到骨髓的"5·12汶川特大地震"发生了。当时

北 京

我正跟同事们在办公室上班，第一时间，不知道震中在哪里，有说是在山西，还有说是在重庆，于是我们忙着跟山西、重庆的朋友联系，询问是否安全。没多久，一位朋友突然在QQ上跟我说："我听说地震是在四川，你老家那边，你快问问家人！"

十万火急地打电话给父母，给哥哥、弟弟，给在老家的亲戚朋友，却没一个人联系得上。心急如焚，当场失控……一夜没合眼，煎熬到第二天上午，终于接到哥哥打来的电话：房子都塌了，父亲不知所踪，母亲和两个侄女受伤，一大家子无家可归……

我和我的家人最危难的时刻，《中国足球报》各位同人在总编杨迎明的带领下纷纷为我慷慨解囊，《中国体育报》记者许晓煜和《篮球报》总编谭杰第一时间为我捐款，总社也连夜组织为我家献爱心，一些外地的同行朋友，深圳的贾志刚、青岛的马洪文等，也通过于彤要到我的银行卡号，直接打钱给我。中国足协副主席薛立、中超公司总经理吕锋等人也请赵了了将他们的爱心款转交给我。当我赶回绵阳将家人带到北京时，报社领导送来厚厚的一摞钱和名单，看着那些熟悉和不熟悉的名字，犹如看到一颗颗滚烫的爱心，哥哥和弟弟流着眼泪跟我说，这些恩情，都要记着，以后要还……

为了帮助我安顿来京的家人，总社在不同的地方为我们提供了三套住房，让我们选一处暂住。但从地震中死里逃生的家人，尤其是两个年幼的侄女，都对楼房有着巨大的心理阴影，不敢再到高楼层的房子里住。

在西三旗我家附近的石油宾馆住了三天后，先生的一位好友，在通州宋庄开厂的温州人金大雄大哥，主动找到我们，说他厂里的宿舍是全钢结构，绝对安全，让我们把家人带过去，并把他自家备用的一套精装修房子让给我们住。

安顿好家人后，我继续支撑着上班，时任国家体育总局局长刘鹏到报社来看望我，请我转达对家人的慰问，并送上五万元慰问金。一位早年移居美国的网球选手回国来，要为灾民献爱心，听我们总编杨迎明介绍了我家的情况后，将两万元善款捐给了我家……

当时酣醉

每一份爱心,我都动情珍藏,每一分善款,我都记在账上。后来统计发现,地震后我们单位和各方爱心人士给我家的捐款,竟有十四万多元。我流着泪,一封一封地给每个爱心人士手写感谢信。后来杨总说,还是打印吧,太多了,你写不过来。于是办公室帮我打印好感谢信,我再在每封信的开头,虔诚地写下对方的名字,在每封信的结尾,落上自己的名字。

地震后,北京奥运会和残奥会先后开幕。考虑到我的状态,奥运会期间单位没给我派多少活。残奥会开始后,我全身心投入,每天采访中国脑瘫足球队和中国盲人足球队,写了一批反响较大的报道。其中印象最深的是,为了报道脑瘫足球队唯一的北京籍球员诸葛斌的成长故事,我专程跑到门头沟区一个镇上,采访了诸葛斌的家人,并自己掏钱买票请他妈妈和妹妹到现场看他的比赛。那场比赛,脑瘫程度最高,在赛场上却最拼命的诸葛斌成了最受瞩目的"明星"。看着从小被许多人当作"傻子"的儿子,在奥运会的赛场上风头无两,诸葛斌妈妈哭成了泪人。场上的诸葛斌特意向看台上的妈妈和妹妹致意,母女俩也因此被众多媒体记者追着采访。事后诸葛斌的妹妹发信息给我:"感谢您给我们创造了这个机会……等我哥哥将来结婚时,我们一定要请您再来……"

残奥会结束后,我也收到了一封格外珍贵的感谢信,附带一个证书,时任国际残奥委会主席菲利普·克雷文爵士和北京奥组委主席刘淇共同落款,中英文致谢:"鉴于您为北京2008年残奥会成功举办做出的贡献,特颁此证,谨致谢忱。"

时间太快,说话间足球就没以前热度高了,足球媒体也跟着不行了。沈阳的《球报》、天津的《球迷》等多家报纸和杂志相继宣布停刊,我们报纸的河南投资商也偃旗息鼓,不再注资,"总社妈妈"又将我们收了回去自己养着,但养得也相当艰难。

2009年初,我决定要一个孩子。高龄怀孕,反应十分强烈,我准备请假养胎。那个星期一,在我开口跟副总编焦林芳提出请假时,她说:"不急,一会儿我们要开个会，宣布暂时停刊的事。"

当天上午，创刊十五年的《中国足球报》，正式宣布停刊。我们被分流到总社旗下的另外几家报纸和杂志，我被分到了《中国体育报》当记者。身体日渐笨重，早晚孕吐，苦不堪言，在《中国体育报》当了一个月记者，实在体力难支，我到总社人事处请了长假，不再上班，每月领基本工资，一直到孩子出生。

2010年元旦，在停刊九个月后，《中国足球报》原刊号、原班人马开办《中国体彩报》。体彩报敲锣打鼓创刊时，我正休产假，日夜不停忙我那初生的小婴儿，对外面的风雨和艳阳都不那么关心了。

四个月产假到期的头天下午，总社人事处主任叶大姐打电话来跟我说："明天你的产假就满了，就该回来上班了，你是想去《中国体彩报》跟原来的同事们继续战斗，还是就在《中国体育报》当记者？"我说："我想辞职，我要带娃娃。"叶大姐说："干吗要辞职呀，你有什么困难就跟我们说，我们能解决的一定帮你解决。"我说："娃娃太小，我想好好照顾她，可能就顾不上工作的事了。"叶大姐说："别着急，我们商量下，明天我再打给你。"

第二天，叶大姐又打来电话说："杨樵，你看这样行不行，你要照顾孩子，那就再给你一年哺乳假，每个月还是给你发基本工资，一年后你再回来上班，可以吗？"

当然可以，太可以了！我在电话这边感动得眼泪汪汪的。"总社妈妈"一直就很关照从外地来的我，地震后对我和我家更是关照有加。怀着满腔感激，我心安理得地又休了一年哺乳假。

但是当一年假满，叶大姐再次打来电话商量上班事宜的时候，我跟她说，我还是不准备回去上班了，我想回老家了。地震中爸爸走了，妈妈年高多病，哥哥、弟弟都在老家，我不想离得太远，我想回去跟他们在一起。听了我的想法，叶大姐说："虽然很遗憾，但我们尊重你的决定。"

2011年秋天，我到总社办理了辞职手续，离开的时候，回望着熟悉的大院

和那些来来往往的身影，心中有深深的不舍，更有永远的感恩。

回到老家后，已经退休的老杨同志打过几次电话来，跟我说："你还是应该到北京来，北京才是你的舞台。"我说："孩子太小，我顾不上。"孩子上幼儿园了，老杨同志又在电话里问我："还是不准备回北京？"我说老了，跑不动了，也不想跑了。后来每次在新闻里得知北川又发洪水了、又地震了，老杨同志总会第一时间在微信上问我：全家安全否？

知遇之恩，关爱之情，无以为报，只有偶尔给他遥寄一罐春茶，聊表寸心。小时候算命先生曾说，我命里有贵人相助，回想走过的每一段路程，确实遇到过不少贵人，而亦师亦友、如父如兄的老杨同志，绝对是我最可珍贵的那位贵人。

2016年，阔别五年之后，我带着6岁多的女儿回了趟北京。退休多年的总编老杨同志更加深居简出，副总编焦林芳调去了新单位，副总编田金华已是《中国体彩报》总编，戴新、于彤热火朝天地编着《中国体彩报》，李刚成了《中国体育报》评论部主任，俊生去了国际足联，当初编辑部最小的兄弟、我离开北京前两年才从北京体育大学毕业到我们报纸来当记者的大宁，调到了国家体育总局反兴奋剂中心，后来又到山西繁峙县挂职副县长，此刻已经结束下派，又回体育总局了。

我与戴新夫妇、于彤夫妇和大宁夫妇轮番相聚。我跟于彤说："蜀地的春天无比漫长，你啥时候才来试试？"我跟戴新说："你再不老，我们就疯了。"我跟大宁说："继续往上升，我看好你哟。"但他们更喜欢围着我女儿转，把她宠得跟个小公主似的，没太把我的话当回事，直到我说出了一句重话，才集体表示出对我的重视，都说："好啊好啊，这个可以有。"我说的是："等我发财了，我要包个飞机，把你们，把《中国足球报》原班人马，都接到我们新北川去玩儿！"

我还说了，北京到北川，不远，就一个字的距离。

北 京

睡在街心公园

8月3日,今年夏天天气最好的一天。天哪,怎么一句话有这么多个天!

没有太阳,没有雨,有微风。于是心旷神怡地,不打伞,不戴墨镜,不搽防晒霜,出门。

下午两点,逛得有点累了。于是掏出电话,打给一个有日子没见面的朋友。

电话通了,那边懒洋洋地喂了一声,好半天没动静。

我问:"你在干啥呢?"

答:"在睡觉。"

我问:"在家啊?"

答:"在街心公园。"

我大笑:"我也在街心公园睡觉呢。"

对方吓醒了,问:"你睡在哪个街心公园?"

我答:"朝阳门的街心公园。你呢?"

答:"我在三元桥的街心公园。"

于是一齐放声大笑起来。笑完了他问我:"你那边风景如何?"

我答:"风景如画。周围睡着许多民工。你那里呢?"

他答:"我这里风景如画。"

看见三米外的凳子上又睡下一人,我决定转移,说"我来找你",然后直奔三元桥。

很快见面。果然风景如画。比朝阳门的清静、幽静、干净多了。因为都没有了睡意,于是坐着聊天。在我先惊叹了他近期的消瘦之后,他接着惊叹我近

期的肥胖，然后互相惊叹各自的沦落，居然大白天不干工作躺在街心公园睡觉。

于是我说，我们应该振作起来，努力工作，努力挣钱，努力买大房子、大车子，努力把每一个存折都存满。然后呢？然后就可以在某一个没有太阳、没有雨的午后，吃饱喝足，找一个风景如画的街心公园，舒舒服服睡觉去了。

还没检讨完，突然发现：今天，现在，咱们不正吃饱喝足了，舒舒服服躺在风景如画的街心公园睡觉了吗？

更加心旷神怡，于是想起了共同的一个朋友，赶紧联系。

拨通电话，我问："在哪呢？"

答："在北太平庄。"

莫非也正睡在北太平庄风景如画的街心公园？心跳得突突突，难道，今天是"国际街心公园睡眠日"？

那边答："没睡，正在馆子里吃面。"不知道是刚从街心公园睡醒了去吃面，还是准备吃了去睡街心公园。

我们在这边快乐地大叫："别吃啦别吃啦，赶紧过来吧……"

然后，三个睡眼惺忪的人出现在三元桥某个著名的中餐馆子里，吃上了。

吃完聊毕，已是华灯初上，于是各回各家。她回她的北太平庄方向，我回我的朝阳门方向，三元桥的将我们送到地铁站。然后，挥手自兹去，萧萧班车鸣。

这是 2008 年 8 月的一天，我写在博客上的一篇日记。里头提到的两位，从北太平庄赶来的，是才女豌豆，另一位在三元桥街心公园等我们的，是财主小砍，但那时他的"财"还未露端倪，他迅猛发迹，是在我离开北京几年之后。

认识小砍，纯属偶然。2005 年 9 月，新浪网开办博客频道，赶鸭子上架让我去当了个"体育专家"。我的博客文章随时被挂到博客首页进行推介，经常有许多陌生的朋友进来留言和评论。不记得从啥时候开始，我的每篇博文下面，都能看到一个网名叫"砍了十年柴"的家伙在说话，不是抢"沙发"抢"板凳"，

北　京

就是催更新。出于礼貌，我一般都会一一回复，时间长了，听出来这是个比我小的兄弟，于是亲切地叫他"小砍"。

那时候与我在博客上互动的朋友，很多人自己也开了博客，空闲时我也会到他们的地盘上去溜达。但小砍却一直没开博客，只是每天坚持到我这里来打卡。我说："你自己也开一个啊，让我们也去你那里抢个沙发、板凳坐坐。"他说："我不行，水平低，不敢跟你们比。"我说："都是朋友了，还谦虚个啥。"

后来有一天，我在博客上说准备去逛地坛书市买点书看，小砍自告奋勇报名说愿意陪我去逛，顺便帮我扛书。然后就约着见面了。小砍略矮，微胖，看不出年龄，貌不惊人，气质朴实。小砍像个跟班一样陪我逛了大半天，我每买一本书他就帮我拎着，后来拎不动了就放肩膀上扛着。

逛完书市我请他吃饭，闲聊中得知他是江苏人，在老家上完大学后来到北京，在证券公司当过交易员，在大学里给老师打过下手，租住在北五环外的一个镇上，听他讲好像收入一直不怎么高，想发财但还没找到合适的门路。我也不知道该怎么帮这个兄弟，但从平时他在网上的言论能感觉到他挺有思想，写东西文采也好，就说：你也开个博客吧，没事就写点东西，说不定哪天你就被人慧眼识珠了呢。

后来，我和豌豆都跟小砍成了生活里的朋友。大家意气相投，天天在线上互动，经常在线下聚餐。每次吃饭，我和豌豆都抢着买单，心照不宣地尽量不让小砍掏腰包，毕竟我们年龄大些，收入也相对稳定一些。有次豌豆的儿子豆苗过生日，小砍约着我一起去豌豆家吃饭，上门前我们去超市分头给豆苗挑礼物，一会儿就见小砍抱了个西瓜走过来，有些难为情地跟我说，"我就买个西瓜去吧……你帮我付一下账哈……"他不是个小气的人，但凡兜里还有点钱，是不可能出现这种情形的。我说："好嘞。"然后赶紧岔开话题，心里却想：大兄弟，你这是穷成啥样子了。

小砍穷，他的邻居们比他更穷。虽然我们都没去过他的住处，但他跟我们讲过他邻居们的故事。他租住的是郊区农民的自建房，把一层楼隔成很多个小

间,中间是过道,租户们都在过道里煮饭吃。除了小砍,一层楼几乎住的都是不务正业的女青年,她们的男朋友,不是建筑工地的包工头,就是附近农贸市场卖菜、卖肉的。"经常在天快黑的时候,就看到某个老板拎着块没卖完的肉,来敲我邻居的门,然后一起在过道里炒肉吃,过着热乎乎的小日子。"

遇着肉老板几天不上门时,女青年们的生活就成了问题。小砍说,曾经还有邻居来跟他借钱,说是没钱吃饭了。我们问:那你借了吗?小砍说:我哪有钱借,我有钱还住这种地方!

小砍的梦想就是"农村包围城市",把租住的地方从五环外一步步推到三环内。为此,他在不断地努力,隔三岔五就听他说又换工作了。

2006年德国世界杯过后,我请年假回四川老家休息了一个月,其间小砍几次在网上问我啥时候回北京,他要请我吃饭。"你发财啦?"我问。他说:"没有,我有话想跟你说。"

休完年假回到北京后,小砍第一时间联系我,说要请我去十三陵水库风景区游玩,还要请我吃鱼。平时早就习惯了我们请他,现在他突然要请我,还搞得这么隆重,这到底是为个啥?小砍说,明天吃饭时详谈。我满腹狐疑,忍不住东猜西想,突然,我紧张起来:这娃,不会是想追我吧?哎呀,那可不行,我比他大十岁,而且,我早就名花有主了呀,我家黑大汉他也是见过的呀。这可咋整,怎样才能拒绝他又不伤他,得赶紧想个办法……

第二天,一夜没睡好的我如约在十三陵水库跟他见了面,心不在焉地陪他逛了几圈,心猿意马地由着他给我拍了好些水边留影,然后心急如焚地坐在饭桌前,一边等鱼,一边在心里排练昨晚就反复斟酌过的"婉拒剧情"。

饭菜上桌,红酒斟满,我不大敢看小砍。唉,一会儿话说完可能就连朋友都做不成了,对不住了大兄弟。

"我要先敬你一杯!"小砍端起酒杯,"你知道吗,我天天都在盼你回来,就是想当面跟你说,感谢你,没有你就没有我的今天。"

到底是怎么回事?别卖关子了,快点把话说全,我才知道我接下来该怎

北　京

么说。

小砍说："我要告诉你一个好消息，我现在是《京华时报》经济新闻部的实习记者了！"

我大吃一惊："怎么没听你说起过呢？"

"今天请你吃饭，就是想跟你说，感谢你平时的热情鼓励，你那次不是让我自己开个博客写文章吗，我后来真的开了一个，只是没告诉你们，悄悄开的……"

我松了口气，专心致志听起了他的"传奇故事"：博客没开多久，他就被一个在网上闲逛的《京华时报》编辑发现了，觉得他有才，那位编辑主动提出让他去报社应聘，然后，他就顺理成章地成了实习记者。

"谢谢你的鼓励，让我找到了自信，并且改变了我的人生。"小砍的话，说得有点严重，也说得格外真诚。

接下来的几年里，小砍同学顺风顺水，在《京华时报》转正后不久，又跳槽去了《21世纪经济报》，并很快成为骨干记者。那时候他的经济头脑就已经显山露水了，随时提醒我和豌豆说："不要存钱，不要存钱，有闲钱就去买金条。"金条？我只在老电影里看到过，我们靠工资吃饭的人，哪里买得起什么金条？小砍解释说，金条有大有小，一千元都可以买一条，还说他每个月发了工资就先拿一千元去买根金条存起来。我说："告诉我你存在哪里了，等你存多了，我蒙面来给你偷了。"

后来小砍来找我们的次数就少了，不是怕我们偷他金条，而是要忙着写稿挣钱。他说，要先写一辆奥迪车出来，二手的也行，再在三环边上写一套房子出来，二手的也行。那时候他已经从郊区搬到了三环三元桥附近，只是房子还不是买的，是租的。那时候我和豌豆都已买房四五年了，豌豆在北五环外的回龙观买的，我在东五环外的管庄买的，北京的房价正一天一个价地往上涨，我们都庆幸自己动手早，要搁现在，只能望而却步了。但小砍充满信心，于是我们对他说："加油吧，小伙子，先写一个奥迪车轮子出来，整车会有的，三环的

房子也会有的。"

后来地震，小砍露面的时候就多一些了，经常和豌豆一起抽空来看我。有时候我们问起他的奥迪车，小砍说："差不多写了一个轮子出来了。"又过了两年，我准备离开北京时，约着吃了顿饭。那天我和孩子爹抱着女儿，豌豆带着儿子，小砍还是一个人，在京郊一个生态园见面。吃饭闲聊时得知，他已经离开报社，不当记者了，正跟人合伙开公司，踌躇满志的，还问我家孩子爹有没有兴趣参与他的创业大计。孩子爹很谨慎，说：隔行了，我还是干我的老本行算了。吃完饭各自回家，出门时才发现小砍是自己开车来的，真的开了辆奥迪。"小意思，二手车，才不到二十万。"小砍轻描淡写，但还是把我们惊着了。

更让人吃惊的事发生我回四川的第六个年头。那一天，豌豆突然问我："你还记得小砍不？"我说："当然记得，前两年还在微信上让我给他刚开的公众号写东西，我看了下，是个财经号，我不懂，也不感兴趣，所以就回绝了。"豌豆问："那你知道他现在的情况不？"我说："不知道，因为他天天在朋友圈发些我看不懂的财经内容，烦得很，所以我早就把他屏蔽了。"豌豆说："快打开看看，成功人士了。"

赶紧打开微信把他"释放"出来，只见他的朋友圈内容还是无一例外地天天谈财经，其间夹杂着一些很厉害的招聘启事，全招博士，硕士他都懒得搭理。这是个什么情况？赶紧再去百度，又看见央视财经频道和许多财经杂志对他的专访，看见他在各种大型论坛上发表演讲，许多媒体说到他，都称其为彼圈新锐、身家过亿。

"你火了呀！"我在微信上跟小砍说。对话框里，露出一个志得意满的大笑脸，"正在筹备杭州的分公司，下一步准备去深圳、香港开分公司。"

早已实现三环买房梦的砍总此刻已娶妻生子，老婆是外企高管，女儿已经一岁多了。想当年我还悄悄帮他物色过对象，但别人一听他条件就婉拒了，这才几年时间，当初的小砍就已经混成结结实实的老砍，砍遍业界无敌手了。

想到我最喜欢的北京女作家赵赵曾写在她书里的一句话，大意是，"你见过我出道时的青涩模样，我没灭你口就算客气了"。于是在随后的岁月里，我选择了继续悄悄地隐身。

如今，每天在朋友圈看到老砍在刀光剑影的资本江湖里横冲直撞，分公司到处开花，看到他在国内国外满天乱飞，貌似还准备到纳斯达克去敲钟。看到他在健身房里狂锻炼，已把自己练成了个型男。不由得感慨：生活，真的是一场魔法秀，而北京，真的有一双玄幻的魔术手。

只是，功成名就的他，应该不会再有闲心去睡街心公园了吧。

当时酣醉

"黑社会"

我曾经被我的前婆婆叫作"黑社会"。也许到今天，我仍然是她眼中的"黑社会"。

（一）

那年春天，我认识了前婆婆的儿子。四川人，比我小，黑大汉，"挨踢"人士，听说我热爱打乒乓球，就号称自己也是乒乓球迷，随时有空就别个拍子从北四五环跑到南二环来找我。打得不咋好，但陪练精神可嘉。那就打嘛，反正闲着也是闲着。打着打着我看出来了，这娃明显是在追我。

我可不想姐弟恋。我把这事告诉了远在四川老家的我爹，爹表示允许他追，还说了：年龄不是问题，只要他正直正派，对你好，就处嘛。好吧，看在他比较帅又热情的分上，我决定处处看。

没等我开口问，黑大汉主动坦白了自己的家世：父亲早逝，自己早年在四川工作时就主力赡养母亲，在北京站住脚跟后又把母亲接到北京生活；哥嫂几年前相继去世，留下一个正上小学五年级的儿子，一直由他养着，目前正在老家上中学；有一个前女友，因为跟他妈处不好，所以分手了；一年前在北五环外买了套小两居，就他和老娘住；有个姐姐，嫁到北京的，住得离自己家不远。

条件不错呀，我开始有点动心了，哈哈。当然，条件好都是玩笑话，话说我哪里是这么俗气的人。

对他的坦白陈词，我总结了三点：一，你走到哪里都带着老妈妈，说明你

北 京

孝顺，好！二，哥嫂不在了，你毫无怨言地抚养侄子，说明你有家庭责任感，好！三，你女友跟你妈处不好，你分手是对的，女友可以重新找，但妈只有一个。那，她们两个具体是怎么处不好的呢？

黑大汉说：主要是她这个人对老人没啥孝心，态度不好，又自私，给自己的妈买东西从来都不给我妈买……我听不下去了，我说晓得了，我最讨厌这种人，无论男女。然后我安慰他说：这么不孝敬老人，你还要她干吗？吹了是对的，好男儿何患无妻？一边说一边心想，嘿嘿，你运气好，吹了个差的就遇到了我这个好的。

随后他有意无意地补充了一句："我妈脾气也有点怪，她不喜欢别人去翻她的东西……"我问："啥意思，难道前女友还爱去翻老太太的东西？"他说："嗯。"我说："老年人脾气怪正常嘛，年轻人让着她不就是了，还去翻老年人的东西，这前女友还有点奇葩呢。"

后面的事以后有空了再说，还是直奔"黑社会"要紧。

说话间就到了我该上门见婆婆的时候了。好像是端午节期间，约好了第一次上他家去。他说：我妈几天前就开始准备她的保留节目了，我们老家的"待客三宝"，丸子、滑肉，还有很多，反正是一等贵宾才有的待遇哟！我说：你妈妈爱穿裙子不，我去给她买套漂亮的裙子。

背着一套比我身上的衣服贵几倍的裙子就上门了。老母亲见了我，热情得很，摸我手，摸我脸，摸我屁股，嘴里一个劲儿说："好个女儿哦，嫩好个女儿哦！"又摸我带给她的裙子，"这是啥料子的哦，是缎子吧，我一辈子都没穿过嫩好的衣服哦！"

见了准婆婆，我第一时间确认她儿子的帅肯定是遗传自他爹，她跟儿子只有一个共同点：黑。老太太不但黑，还爱板脸翘嘴。板着脸翘着嘴时可以入选年度最丑老太太百强，并且极不爱收拾，不收拾自己，更不收拾屋子。但心地善良，看到电视里好人遭罪都要流泪。总之是个好人，朴实得好，单纯得好，不讲究得好。人好就比啥都好，我想。

81

对他家，我还有一点很好奇：为啥每个窗户都上了锁？窗玻璃、防护栏上都挂着大大小小的明锁。黑大汉说：我妈弄的，她就喜欢研究锁。

（二）

随后就开始了和老太太的近距离相处。

从来不让我去做饭，甚至厨房都不让我进。我虽然生性好吃，但并不热爱烹调，不喜厨房油烟，一个人时迫不得已了才生火做饭。这不正合我意。但老太太厨艺实在不好，做的饭菜大都有盐没味，并且每顿饭几乎都能从各个盘子碗里吃出头发。有时我忍不住了想自己进厨房煎炒烹炸点什么解解馋，黑大汉都会劝我说：算了，让妈做吧，厨房是她一个人的阵地，她觉得买菜做饭才能体现出她的价值，你就别去争抢了，不行咱们就出去吃吧。

老太太胃口倍儿棒，食量惊人，但从不吃我买回去的熟食。每次我从外面买回去什么好吃的请她吃时，她都两手抱着膀子，表情暧昧地微笑着说："不吃。"看我和黑大汉吃得香，老太太会不停地给儿子使眼色，嘴里喊着："金江，金江（黑大汉的名字）……"欲言又止，似乎内心十分痛苦。我说咋了？黑大汉解释说："妈说我肠胃不好，别贪吃。"

除了买菜，老太太一般都不出门。盛夏时节，吃过晚饭，我们去楼下花园乘凉，我每次都要招呼她一块儿去，但她坚决不去，抱着膀子坐在沙发上，一脸神圣的表情："你们去，我不去，我把屋守着！"每次回来，都看到门窗紧闭，屋内炎热难耐，但客厅和卧室的墙壁上，都有刚泼过水的痕迹。面对我的疑惑，黑大汉每次都解释说：妈不懂，她以为这样可以降温。我说：为什么不开窗户呢？老太太抱着膀子冷笑："开窗？哼，开了窗子黑社会好进来！"

有一天打完球回来，我把发夹随手一扔，要扎头发时发现找不到发夹了。黑大汉到处帮我找了找，没找到，就随口问了句："妈，你看到杨槚的夹子没？"老太太白了我们几眼，说：我可没看到。

小事一桩，没找到就没找到，重新找根皮筋扎着就行了。但老太太把它当成了个大事，黑着脸翘着嘴在屋里来来回回地走，最后终于忍不住开始骂人了，"我可不会去拿谁的发夹，哪个拿了你去找哪个，自己的东西自己不收拾好，让黑社会拿了还想怪我……"我瞠目结舌，黑大汉迅雷不及掩耳地跑过来，忙不迭地把老太太推回她屋里去了。

我委屈！我不服！我说我没说什么呀，我随时找不到东西，一个发夹算什么，她骂我干什么呀？黑大汉说：她不是骂你，她是看你的东西不见了，着急上火。

老太太不上火的时候还是挺可爱的。每次我和黑大汉从外面回来，用钥匙永远打不开房门，只能等老太太从里面给我们开门。房门还没法直接打开，因为门后横着好几根钢筋，得先费力地把一根根钢筋取下来，再用钥匙从里面一转一转地扭开防盗锁。每次老太太打开大门后的第一件事，就是对我们挨个儿仔细审视。只要看到我们脸上或者手上、腿上有什么印子，都会关切地询问这是怎么了，那是怎么了，是不是被人打了。有一次我胳膊上不小心划破了个口子，老太太第一时间就发现了，拉着我不停追问是被谁打的。我说自己划破的，她意味深长地笑了："自己弄的？只怕是黑社会打的哦！"

黑大汉嘿嘿笑着，跟我说：你看妈多心疼你。我心中不由得涌起一阵阵暖流，亲爸亲妈不在身边，婆婆把我当亲女儿，真好。但"黑社会"这个日益频繁出现的词语，让我满腹狐疑。有一天我问黑大汉，老太太为啥这么爱说"黑社会"？黑大汉嘻嘻哈哈地说，她平时天天在家看电视，可能港片看多了。

（三）

终于有一天，"黑社会"正式登场了。

那天黑大汉上班去了，我休息，就在家洗衣服。手洗，正洗得起劲呢，就

见老太太走过来了，抱着膀子靠在卫生间的门上，看我洗。我有点紧张，心想婆婆大人这是要检验我的劳动能力吗？我侧过头，憨厚地朝她笑了笑。然后就听她发话了："你莫笑哦，杨榀，我今天硬要跟你谈谈。"

我吃了一惊，从只上过小学一年级，把"冯"都要认成"马"的老人家嘴里，竟然说出了"谈谈"这样的字眼，"谈谈"前面还有个"硬"，可见事情正式和严重到了何种程度，也可见老太太憋了已经有多久了。

谈什么？我停下了手。

横看竖看了我好几眼，又斟酌了一阵措辞，老太太终于开口了："你上门之前，我问过李大姐（李大姐是小区里一位退休的教授，也是老太太在整个小区里唯一崇拜和信任的人），我说文化人会不会被黑社会收买，她说不会，我就放心了。这之前你好像是没被收买，但是现在……我看你还是被他们收买了……"

收买？怎么个收买？被谁收买？我怎么不知道有这事？要说收买，唯一有印象的就是去年有次在工体采访时认识了个日本记者，互留了名片，后来给我打过几次电话，听说我是四川人，就要邀请我去吃川菜，还说他也一直热爱川菜。我还没去吃呢，一个老乡听说有日本人约我，就吓我说你千万别去，万一他是个间谍，你就糟了，说不定第一次见面你就被国安部门盯上了。吓死我了，然后用各种借口婉拒了日本朋友请吃。又打过两次电话，听说我不是在加班就是在出差，人家也识趣，就再也没联系过我了。从那以后我就再也没有过被人收买的机会了。

"被哪个收买？被黑社会收买！"老太太义愤填膺，"这段时间我都在注意你，你说你那天买回来给金江吃的那个黑乎乎的东西，是啥？你抹了什么在上面？"黑乎乎的东西，我不记得了呀，我这么好吃的人，随时都在买东西回来吃，我咋知道说的是哪一次？我也不知道那些零食糕点上面人家涂些啥呀，好吃就行。

"那天就不说了，今天你又在搞啥？""搞啥，我洗衣服呀！""洗衣服，盆子里的水为啥是黄的？"因为昨天下雨，裤脚沾上了泥巴呀，洗出来的水当然有颜色了。

"哼，你还狡辩！我看你就是黑社会派来害金江、害我的，你已经被他们收买了！"我天旋地转，背皮子发凉，不由自主地往四周看了看，仿佛到处都站满了穿黑西服、戴墨镜的黑社会。

老太太说："金江一直不许我说你，为了他，我就忍，忍了这么多天，我看你是越来越过分了，我再不说你只怕就要把他害死了。"见我不作声（我不是不想说，我只是千言万语不知从何说起呀），老太太及时收兵，警告我说："你如果想跟我儿子好生过，就不要再害他，老老实实的。"

好吧，我老老实实的，什么都不说了，一个人坐下来静静地胡思乱想。

黑大汉下班回来，老太太一改黑脸翘嘴的面容，又对我慈眉善目，但他一转过身，老太太就跟我使眼色，见我不懂，又忍不住见缝插针地悄悄警告我："你莫跟金江去乱说哈……"

不说不行，憋得慌，在某一天老太太又一次莫名其妙发飙之后，我背着老太太没好气地问黑大汉："你妈是不是有精神病啊？"

黑大汉的回答差点吓我一个倒栽葱："是啊，就是精神病，她有强迫症。"

（四）

在我的凌厉审问之下，黑大汉终于如实相告：在他七八岁时，父亲因病去世，后来他上初中时，经人介绍，他妈带着他改嫁给了邻县农村一个做木材生意的小老板。住过去（因为没办结婚证，所以不能准确地叫"嫁过去"）第二年，她不知得了一种什么病，动不了了，吃喝拉撒都只能在床上。但继父既没有带她去治病，也没有尽到日常照顾的责任，依然在外面忙他的生意，还跟外面几个女的不清不楚。几个月后他妈又不治而愈，莫名其妙地好了。痛定思痛，狠下决心离开新家，又带着儿子回到了老家，但从此落下了心病，总觉得继父有

钱有势，会派人来收拾自己和孩子。

既然在他身边时他都那样不管不顾，说明他压根没把她当回事嘛，也许还巴不得她走呢，怎么会再去找她麻烦？"我妈说我们走了让他很没面子，所以要来找我们报仇。"黑大汉说。

2000年，因为大儿子和大儿媳在一年之内先后意外去世，老人家受到了前所未有的打击和刺激，心病越来越严重，随时都觉得自己被人盯梢，觉得到处都潜伏着杀手。她把所有值得怀疑的人，统称为"黑社会"，而那个继父，就是黑社会的总头目。

我说："这是病，得治呀，你怎么不带她去治病？"黑大汉说，治不了，因为她认定医生也是被收买了的，给她开的药都是毒药，吃下去就会一命呜呼，所以无论如何她都坚决不吃医生给她开的药。"除了我，她不相信任何人，包括姐姐有时回来看她，坐不到半小时她就会催姐姐快走，担心姐姐也被收买了，在家里待得越久她就越危险。"黑大汉惯会苦中寻乐，又跟我开起了玩笑："我妈心里有一份黑名单，现在你也光荣上榜了。"

我很生气，问他："你当初为什么不告诉我？"黑大汉说："我怕我说了你不跟我。""天！这种事你怎么也应该事先跟我说清楚啊，说清楚了我跟不跟你让我自己定夺啊，为什么要瞒着我啊？"黑大汉十分动情："我喜欢你，爱你，我一定要跟你在一起。我保证，结婚后一定不让妈跟咱们住在一起，单独给她安排住处。"见我不作声，又说："如果你不嫌弃我妈，愿意让她跟我们住在一起，那这辈子我最感激的人就是你了，一定用一生来报答你。毕竟，她是我妈……"

是啊，毕竟是他的妈啊！想着一个农村寡妇，在那么穷困的时日里，独自抚养大三个孩子，还要独自承受那些在别人看来是无稽之谈，但她自己却真真切切时刻都能感受到的无边的恐惧，这得有多难啊。既然在一起了，那咱们就一起扛吧，于是我也动情地回复他："算了，不要让她出去，以后就咱们三个一起生活，相互包容，相依为命吧！"

黑大汉的眼镜片后，有泪光在闪烁。"你放心，我会随时看着她，不让她疯得太过分。我的话她还是听的,因为她啥都指着我,她害怕我一生气就不养她了。"我说:"好嘛。"又随口问了句:"前女友可能不是不孝顺,是因为这个才分手的吧?"镜片后泪光不闪了,黑大汉无声地表示承认。

(五)

后来的事实告诉我,我想得太美了。

看在我好说话的分上,老太太就更不好说话了。

一切都要听她指挥:不能开窗户,因为黑社会随时会爬上我们位于十三楼的阳台,一开窗户就会杀进来;买猪肉不能买盖了章的,因为那是黑社会在上面做的手脚;不能带朋友来家里,因为那些外人都是被黑社会收买了的;晚上我们睡觉不能关房门,因为她半夜会不定期地进来检查;要随时泼水洗墙,因为黑社会在墙上洒了药,肉眼看不见,但真的有药;下水道堵住了不能只找物业来疏通,还要坚持问责,问他们为什么要把黑社会放进来祸害我们,应该给我们减免物业费;要防着厨房对面那家人,一不注意他们就会从窗户缝里给我家厨房放毒气……

总而言之,对一切都要严防死守,当然,最重要的还是要防我,因为这家里就我一个外人,我最方便对她和她儿子下手。

心情好时,我当这些都是老太太的游戏,由着她玩儿吧。心情不好时,我会想,苍天啊,大地啊,这好让人窒息,我需要空气啊!黑大汉及时跟进:"你就当我妈是空气,当她不存在,她说她的,你别听。"

我说:"但是她大清早就拽着我衣袖哭诉,说:杨槠啊,我跟你无冤无仇你为啥要半夜三更往我房间放毒气?她伸出手来硬要让我看她手背上根本就不存在的窟窿,还问我为啥要往她手上钉钉子,硬要说我脸上这个不是痣,是黑社会给我做的记号,这些时候我该咋办啊?"

黑大汉说:"我在家她不敢,我没在家时你也尽量少待在家里,出去玩儿,出去打球,等着我一起回来。""好吧,但我有时候要在家电话采访,每次打电话时她都在旁边眼鼓鼓地盯着咋办啊?"黑大汉说:"没关系,她听不懂。""她虽然听不懂,但是她听到对方是男的就问我,'你趁金江不在家,又在跟哪个男的商量?是不是又要害我家金江?',这又咋办啊?"黑大汉也一筹莫展了,抠了抠脑壳说:"那就发挥你的聪明才智,跟她斗智斗勇!"

秉承着"能躲就躲,能让就让,实在躲让不过就智斗"的原则,我跟老太太相处得还算融洽,至少没酿成什么大的事故。但后来不久发生了一件令人惊叹的事,让我们明白,原来老太太早就不满足于只在家里搞防守,她已经主动出击,把战火烧出门去了。

那段时间,物业接二连三地打电话来,催我们去交水费。以前都是他们上门来收,我们把钱给老太太让她交,为什么现在要让我们去办公室交了呢?有一天恰逢我休息,黑大汉就安排我去办公室交费。

一位三十多岁的女工作人员接待了我,交完费给我写单子的时候,她有意无意地把我看了又看,欲言又止,最后实在忍不住了问我:"你家老太太,还跟你们住在一起吗?"我说:"嗯,还住在一起。"她又问:"那是你妈妈,还是你婆婆?"我说是婆婆。又问:"那,你们处得——还好吧?"我诧异地说:"好啊,怎么了?"

貌似鼓足了很大勇气,她开始噼里啪啦地讲起来:"上次我去你们家收水费,老太太一个人在家,把钱给了我,我正给她扯回单呢,她突然问我,说:'你们收我们这么多费用,为啥不叫保安把大门守好,要把黑社会放进来打我?'我说,大妈,不会吧,谁打你呀?她哇地一下就哭了,伸出手说:'你看,你看,这到处都是钉子眼儿,天天往我手上钉钉子!'我吓了一跳,她手上好端端的,哪有什么钉子眼儿啊!我说,大妈你可别乱说,我们小区安全工作搞得可好了,什么坏人都不会放进来的。她说:'那就是我儿媳妇了,是她给我钉的,你们也应该管!'越说越哭得厉害,我说,这是你们家的事,我们物业管不了的。她突然哗啦一下就把裤子都脱了,又哭又比画说:'你看,这里这里这里,都是她打的！'我吓死了，赶紧往外跑，大白天的，要让别人看见一个老太太光着大腿跟我哭，这叫个什么事儿啊！但她不让我走，一把抱着我，又哭又闹，说：'你们一定要管。'我好不容易才挣脱了跑出来。回来后我还跟同事说，她那儿媳妇看着挺面善的，不像个虐待老人的样子呀……"

我的妈呀！不带这么坑我的呀！怪不得这个月人家突然不上门收费了。怀着满腔委屈和愤怒，我晕头转向地走回了家。黑大汉还没回来。见我一脸怒火，老太太毫无愧色和惧色，一副大义凛然的样子与我对视着，以这么久我对她的了解，我知道她的潜台词：有啥都冲我来，要害就害我一个人，不许碰金江和这个家！

讲道理是没法讲的，我还能和她打一架不成。没办法，一屁股坐下来自己慢慢消化吧！

（六）

受不了这个婆婆，但我跟她儿子已经处出了深厚的感情，眼看就到了谈婚论嫁的时候。想起当初他主动承诺说结婚后一定不让老太太跟我们一起住，却被我给挡住了，好后悔，现在我多么希望他重提一下这个事啊！但他始终绝口不提。

后来我试探性地跟他商量，说：我们可不可以在外面给妈租个房子，让她单独住，我们每周休息的时候去看她。黑大汉通情达理，想了想答应了，说：那我们跟姐姐商量下，在她家附近给妈租个房。

姐姐是个明白人，最了解自己的亲妈，知道这两年我们深受其苦，很爽快地就同意了。

说干就干，很快就找到了合适的房子。姐姐所在的小区位于城北郊区，附近村里几乎家家户户都有空闲的房子。考虑到老太太的具体情况，完全不适宜与任何外人共处，就给她找了个单独的农家小院。两个房间，厕所、厨房都是

独立的，仅供她一人使用，院门也由她一人把守，得不到她的允许，别人休想出入这个小院。

买好家具、家电，置办好锅碗瓢盆柴米油盐，请老太太亲自来验收。这次老太太不抱膀子了，两手背在身后，把屋里、屋外、院前、院后挨个儿检查了几遍，笑容满面地当场拍板："可以，就这样。"

那个周末，我们找了辆小货车，把老太太连同家里她要的所有东西，一起搬到了小院里。中午姐姐掌勺，一家子热火朝天地聚在一起吃了顿团圆饭，同时欢天喜地地开启了老太太的新生活。

刚去那几天，老太太挺满意，因为姐姐每天下班后都会去瞧瞧她，我们也随时打电话嘘寒问暖，有空就跑过去看她。但没住到几天，老太太就不干了，每次打电话都问："金江，你啥时候接我回去呀？"再后来就发展到每晚主动打电话回来，"金江，快来接我，我在这里睡不着觉。""金江，我走了有没有人害你？我要回来守着你。""金江，你不要我了吗？我是你妈，是你亲妈啊……"

黑大汉工作繁忙，既要养自己和老妈，还要管哥哥的儿子和姐姐与前夫生的儿子，几乎每天下班回来的第一件事就是打开电脑加班。面对着老母亲一个接一个的电话轰炸，黑大汉焦头烂额，但每次都耐着性子安慰她："要你，要你，咋会不要你了嘛！你快睡，明天我们就来看你。"

再一次去看老太太时，刚走到院门口，就碰到了房东大叔。原本十分和蔼的大叔，那天脸色相当难看，跟黑大汉说："你过来一下，我跟你商量个事。"不一会儿黑大汉回来了，气呼呼地宣布："走走走，今天就搬回去吧！"

原来，房东大叔叫黑大汉去是跟他摊牌的，说：麻烦你们把你母亲接回去吧，房租退给你，我这里可不敢让她住了。原来，刚住进去的第一天，我们走后，老太太就找到房东大叔跟人家约法三章：我是个清白人，我从来没害过人，你也不要害我，不要来撬我的窗户，不要来偷我的米面油，不要给我院子里放毒气，不要……不要……原来，住在那不到一个月，老太太已经隔三岔五去找了房东大叔好几次，硬说人家也是被收买了来害她的……

北　京

　　老太太"得胜回朝"。
　　夜里，她在小房间里鼾声如雷，黑大汉却少见地难以入睡，第一次长篇大论地跟我进行"血泪控诉"："这么多年了，我妈真的是把我拖惨了……那些年她一个人在老家，随时跟邻居闹，说这个整她的门，那个偷她的米，跟她自己的兄弟姐妹都闹得鸡飞狗跳……在老家待不住了，我把她接到城里，也闹腾得不行，我去上班，她说我在外面要被别人打，她在家里又说别人上门来打她……后来我到了北京，一站住脚赶紧又把她接过来，你知道我买房之前搬了多少次家吗，每次都住不到半年就把房东、邻居什么的全得罪光了……每次她在前面数落别人偷她东西、打她害她的时候，我又不敢当面跟人解释说她有病，只能站在她背后跟别人又挤眼睛又努嘴作揖地赔礼道歉，搞得人家以为我也是个精神病……好多时候看到新闻里那些不孝子女，住了父母的房，用了父母的钱，还把父母赶出家门流落街头，我就在想，他们为什么就那么狠得下来心，我为什么就该老老实实地承受这些……我从十几岁就开始养我妈，她喝的每一口水、穿的每一根纱都得我给她挣，她为什么就不能替我省省心……好些哥们都说我是愚孝，有时候我真的也想把她弄出去让她自生自灭，但我做不到啊……我真的好想她要疯就全疯了，疯得连我都不认识就好了，那我就把她送到精神病院去住着，大不了每个月多花点钱，但她除了那根筋不对其他哪里都对，她就不全疯啊，就这么折腾我啊……"
　　黑大汉边讲边哭，我边听边哭。窗外凄风苦雨，窗内老太太的鼾声和黑大汉的啜泣声，让我第一次有了离开的念头。但我舍不得他，他又舍不得她。我该怎么办？怎么办？最后还是横下决心：硬着头皮，继续往下熬吧！
　　煎熬中也有愉悦的时候。老太太偶尔会冲破黑社会的层层封锁，回到很久远的以前，跟与我素未谋过面的公公相会。那时候我公公和她都还年轻。
　　"那天我正在扫街沿台台，一个人从台台下过路，问我：'你可不可以给我一碗水喝？'那时候我还刮年轻了，梳两条长辫子。那个人雪白，长得刮好看了。"年轻的我婆婆虽然长得黑蛮难看，但她是住在乡镇街道上的城里妹子，

讨水喝的小伙儿虽然是农村山上穷人家的孩子，但他长得细皮嫩肉一表人才。一碗水的工夫，两个人一见钟情了。

从老太太断断续续的回忆和黑大汉偶尔的讲述中，我知道了后面的故事：年轻的我婆婆不顾父母和所有亲朋好友的反对，义无反顾地嫁给了我公公，从街上搬到了山上，并先后生下了三个孩子。虽然常常穷得揭不开锅，但她穷开心，因为"刮好看"的公公对她情深意长，"他还会扯二胡，扯得刮好听了"。

可惜好景不长，相亲相爱的穷日子只过了十多年，公公就因病去世了，婆婆一生的苦难也就开始了。"朝堂（公公的名字）你个死鬼，你要不死那么早，我哪个会遇到雷大爷（就是那个'黑社会总头目'），哪个会天天被他们祸害……"

每当这时，我总有忍不住想抱抱她的念头，但我不敢。因为一伸手，她就会怀疑我要害她，要给她钉钉子、灌毒气，或者要直接上手掐脖子。

（七）

苦辣酸甜的日子继续过着。这期间我和黑大汉结了婚，但说好了不要孩子，因为他要帮着养哥哥、姐姐的两个孩子，更因为和老太太一起生活不方便要孩子。我也无所谓，因为我虽然年纪不小了，但一直觉得自己都还是个孩子，当不来妈。我们经常跟另外几个同样丁克的朋友开玩笑，说这世界够挤的了，到处交通都这么拥堵，我们就不再多生个孩子出来给世界添堵了。

背负着原生家庭的重重压力，黑大汉非常上进，从公司跳出来，跟朋友合伙开了个公司，又筹划着自己再开一个。"我要多挣钱，哪一天没挣到钱我就没有安全感。"这是他常常挂在嘴边上的一句话。我呢，依然不太上进，但对本职工作还算兢兢业业。

一天，正是盛夏桑拿天，我正在报社编版子，突然接到黑大汉的电话。"我简直要疯了！我马上往回赶，你忙完了也过来，直接到回龙观派出所！"我惊

北　京

问何事，手机中传来他欲哭无泪的声音，"我妈！又惹事了！"

十万火急地赶到回龙观派出所，从所长到干警，都用异样的眼光看着我们。老太太正跟副所长撒泼："你们凭啥子要给我儿子打电话！你们是警察，警察不是保护人民的吗？你们不保护我，为啥还要把我儿子牵连进来……"

他们安抚、问询、做笔录，我们解释、解释、解释，天都快黑了，才由副所长亲自护送，把老太太接回家。进小区后尽职尽责的副所长又去物业、各个邻居家了解，确认我们不是虐待老人的子女，确认真的是老太太自己精神有问题，最后又让我们签订了一系列的责任书，我们才算"洗脱罪名"。但老太太愤懑难平，一直叉着腰在那里骂骂咧咧。

还原一下这之前的情景吧。当天午饭后，回龙观派出所突然来了一位面色凝重的老太太，用难懂的椒盐普通话告诉警察，她要报警，有人害她。一说就哭，惨不堪言。这还了得！青天白日，朗朗乾坤，谁敢害一个无辜的老妈妈！干警拿出本本准备记录，但没法记呀，问她姓名年龄，不说；问她家住何方，不说；问她打哪儿来，还是不说。只说黑社会天天跟踪她，打她，给她身上钉钉子，给她屋里放毒气，还打她的儿子。有儿子，这就好办了，干警说："那你告诉我们你儿子的单位或电话吧。"坚决不说！"我要保护我儿子，我不会告诉你们他在哪里，你们也休想去打搅他！"

这就难办了。更难办的是老太太坚持不走，说："你们不把黑社会抓起来就是不行，我也是人民，你们必须给我撑腰。"还能咋办？那就查呗，先确定老太太的身份再说。

这个说一口椒盐普通话、大概是四川人、体型矮胖、发白面黑、口口声声闹着自己被黑社会迫害的老太太到底是谁？地毯式搜索，把辖区内各小区搜了一遍，没搜到吻合的对象。于是扩大搜索范围，请求周边兄弟所支援。联系到西三旗派出所时，有了！对方回话：肯定是我们辖区的，来我们这儿闹过几次了，马上联系他们小区！电话打给小区物业，物业回话，是的，是某楼某号的某老太太，绝对是她，到我们物业闹过多次了，马上联系他儿子！于是，一路

93

顺藤摸瓜，最终摸到了黑大汉。

原来这是老太太新创的"跨区域打击黑社会"。无语凝噎。黑大汉恨不得当场下跪。"妈，你能不能给我省点心啊！"但老太太倔强地表示："谁让小区和我们派出所不管的，我只有去找别的派出所，他们不管，我还要找。"

从那以后，每到过年过节，尤其是国庆节来临，回龙观派出所的高副所长都会给我们打电话：这几天把老太太看紧点，别让她出来晃哈！黑大汉悄悄跟我说："我妈一天把这个打进黑名单，把那个打进黑名单，却不知道自己已经上了派出所的黑名单。"

（八）

日子水一样流走，老太太的"黑社会情结"越发严重。为了让我们相信家里确实进了黑社会，她把一大瓶辣椒酱埋进大花盆，烧死了郁郁葱葱的发财树，告诉我们是黑社会干的。为了躲避黑社会投毒，她把一大口袋面粉藏进我们衣柜的上层柜子，某天我拿衣服时突然扯下来一个东西，瞬间满卧室白面粉飞扬，好不容易把床铺、地板收拾干净了，我却被她骂成了"败家子"。

各种离奇的剧情轮番上演，但她始终是他妈，黑大汉不能真跟她急眼，我呢，神经强大，外加自己能找乐子转移情绪，所以也还扛得住。

但突如其来的一场变故，让我突然就扛不住了。2008年5月12日，汶川特大地震发生，我家所在的北川县成了极重灾区。这个世界上我最爱的人——我的爸爸，在地震中遇难了，尸骨都无处可寻。天塌了，我再也笑不起来，每天哭，上班哭，下班哭，走路哭，回家哭，睡着哭，醒来哭，原本快乐的人生变成了行尸走肉。

老太太心地善良，也为我爸流过好几次泪，还摸着我的脸说："可怜女儿，嫩好个爸爸，莫得了。"

但大部分时间，她依然处于黑社会全天候无死角的攻击之中，我也依然必须无法选择、无法逃避地在她的臆想中一次次沦为黑社会的打手。在她心中我会爬墙、会打地洞、会投毒、会钉钉子、会撬锁、会拆房子，无所不能，还极有可能会在黑大汉半夜熟睡中将他掐死。有时看到我和黑大汉如此恩爱，她又会暂时忘记我的卧底身份，把我当成她的好儿媳，要让我和黑大汉一起藏在她强健的翅膀下，受她保护。如果不积极支持她的工作，不听从她的安排进行防御，我立马又会被打进更黑的黑名单。

爸爸不在了，妈妈迟早有一天也会离我而去，我第一次感到了真正的恐慌，不知道接下来该何去何从，不知道自己活着还有什么意义。这种情绪支配下，我第一次有了想生孩子的冲动，并且这种愿望越来越强烈。此时，黑大汉的事业也有了极大的起色，不愁钱了，但总觉着还欠缺点什么。看着他的兄弟伙一个个都当上了爹，他也想有个孩子了。

但老太太在身边，我们确实是不方便有孩子的。绞尽脑汁，我首先想到了一个好办法：她天天闹有黑社会，黑社会的总头目就是雷大爷，如果雷大爷死了，岂不是再没有人来害她了？那我们现在就告诉她，说刚从老家那边传来消息，雷大爷死了，她肯定一下子就好了，那我们的日子也就好过了！

黑大汉拍案叫绝。

"他安逸死了！"我们假传的消息，当场就被老太太识破。原来她随时跟老家那边保持着密切的联系，她有闺蜜，有眼线，知道雷大爷还硬朗得雷都打不死，还知道他前不久才到北京他儿子这边来过。怪不得前段时间家里窗户上的锁又换了几把新的，门后的钢筋又加粗了一些，并且好些天老太太连菜都不去买，我们还以为是她身体不舒服懒得出门。

一计不成，黑大汉又施一计。"要不，我们想办法把她送回老家去生活一段时间？"好！我和黑大汉击掌相庆。然后天天跟她讲老家，讲着讲着老太太真的动心了：十来年没回去了，确实有必要衣锦还个乡了。

黑大汉思来想去，把目标锁定在他幺舅身上。"幺舅家刚新盖了房子，幺舅妈和儿子都长期在外面打工，就幺舅一人留守家里，幺舅从小就跟妈的感情

最好，他应该可以接纳她。"

于是火速跟幺舅商量，黑大汉说："让我妈回去跟你住段时间，我每个月给你打两千块钱生活费，足够你们姐弟两个生活了，你也就不用再天天去找活干了。"幺舅竟然同意了。我们激动得热泪盈眶。

那个冬天，黑大汉亲自护送老太太回去。给幺舅买了很多东西，又承诺每个月一定准时把生活费打回来，麻烦幺舅好生照顾妈妈。幺舅一个劲儿拍胸脯："她是我亲姐姐，你把她交给我是对的，放心！"

随后传回来的信息，果然让我们很放心，老太太在老家生活得很惬意，没多久还有人给她介绍对象，说她条件好，儿女都在北京，要介绍一个退休工人给她做老伴儿。然后又听说，老太太开始跟人约会了。

老太太的新生活开始了，我们也可以有自己的新生活了。我欢呼雀跃，跟黑大汉说："太好了，支持支持，说不定老人家有了老伴儿，心病自然就好了，到时候他们谈成了，我们就出钱在老家给他们买套房子，每个月给他们生活费，每年我们回去和他们一起过年。"黑大汉却当头泼过来一盆冷水："别高兴得太早了，你知道妈那个情况，她跟谁能处长久啊？"

果然，没过几天，就听说老太太失恋了。据说是对方大爷先提出分手的。我们很是失落，一面让幺舅多安慰她，一面热切地盼望着上天赶紧再派一个大爷踩着七彩祥云来拯救我们的老母亲。

老太太走后的一天，我第一次走进她的卧室，大扫除。在打扫床头柜时，发现上面有个用针线将一摞白纸连在一起缝制的大本子。打开一看，竟然是本厚厚的控诉材料，用各种不同颜色的圆珠笔写的，一看就知道不是一次性写成，而是经过很长时间才写完的。字迹歪歪扭扭，错别字很多，语句也不通顺，但大意我看得懂，大意是说，自己天天被黑社会迫害，求有关部门做主。举了各种例子，比如小区的狗不咬别人偏要咬她，买菜回来过马路的时候一辆公共汽车硬要来撞她，昨天阳台窗户上的锁又被谁拧过，厨房对面那家人的油烟里有一股奇怪的味道，杨琴（把我名字写错了）今天又买了一包黑色的东西给金江吃，等等，等等。

黑大汉晚上回来，我说："妈写了本日记，你知道吗？"他说："不知道，我妈小学一年级都没读完，她会写啥呢？"我把本子拿给他看。翻完之后，黑大汉长叹一声："这才是真正的'狂人日记'！"

第二年春天，我怀孕了，我就职的《中国足球报》也停刊了，报社人员全部分流到体育报业总社下属的其他报纸、杂志，我被分到了《中国体育报》做记者。作为一个高龄孕妇，我出现了各种早孕反应，实在吃不消白天到处采访，晚上熬夜写稿，于是在怀孕第二个月就请长假回家养胎了。

与此同时，老家的幺舅开始隔三岔五给我们打电话，控诉老太太的种种"恶劣行径"，要求我们把她带走。"我宁愿不要你们的生活费了，也不想跟她住在一起，我就想清静点。"每一次，黑大汉都耐心地安抚幺舅，求他看在她和他一母所生的分上、看在我们未出世的孩子的分上，再收留老太太一段时间。幺舅还算好说话，劝着劝着就又忍了。

能拖几天就算几天吧，能拖个一年半载甚至三年五载更好，我暗自祈祷。

（九）

还真的拖了一年多。这段时间里，我生了孩子，产假到期后，单位仁义，又给了我一年的哺乳假，发放基本工资允许我继续在家休息。

女儿一天天长大，慢慢地长牙了，会叫爸爸妈妈了，会跟熟人打招呼了，有时看到我辛苦，还会抱着我安慰我了。我心甚慰。

与此同时，老家幺舅"求带走"的电话却一天比一天催得急。我很紧张，原先没孩子时，老太太再闹腾得厉害也不碍大事，毕竟我们是两个大人。但女儿这么小，正在开始学着说话，天天面对着一个精神不正常的人，她会受到怎样的影响？我不敢想。想着当初她爹"以后有小孩了，一定不让妈跟我们住在一起"的承诺，我又稍微放心了点，心想他都当爹了，怎么也得顾着我们这个

小家，会想出一个科学的解决办法吧。

但是有一天，当我抱着孩子回家时，发现老太太又结结实实给了我个"惊喜"——她没打招呼，自己坐着火车，突然从四川老家回来了！

看到我和我怀里的孩子，老太太扑过来，摸孩子的脸，摸她手，摸她屁股，嘴里一个劲儿吆喝："我孙，我孙，嫩好个女儿哦！长得好乖哦！"又转头摸着我的脸："杨檎，你辛苦了，把金江给我养嫩胖，还给我生嫩乖个孙……"

真的让人惊喜，老太太好像比以前正常了。会不会有了小孙女后，她的病就好了呢？我天真地想。

晚上，孩子她爹跟我谈心，说："幺舅实在受不了老太太了，给她买了张火车票把她送上了车，都上车了才打电话过来让去接站。在路上我跟妈说好了，说我们有孩子了，让她以后不准那么疯了，不然我们真的要把她赶出家门不管了。她郑重地表示同意。"

好吧，还能怎样，先努力过吧。

也许是一年多的"发配"生活让她知道自己必须要隐忍了，也许是回来的路上儿子给她打的"预防针"起到了一定的警示作用，老太太明显变了。刚回来的那几个月，她不再动辄黑社会，只是有时儿子不在家时小规模地表示一下，用无比复杂的眼神望着我和孩子，其中满含着愤怒、哀怨、痛苦和无助。简而言之，她一直在硬憋。

硬憋啊硬憋，不在硬憋中灭亡，就在硬憋中爆发。最终，老太太审时度势，选择了爆发，因为再不爆发，她觉得她和儿子的家、他们的命，就真的保不住了。

那一天，卫生间的下水道又堵住了。孩子爹不分白天黑夜在外忙事业，只得我去请物业来疏通了。一位师傅来到屋里，检查了一阵，说一个人搞不定，又去叫了一人来。两个人研究了半天，说堵得厉害，小工具通不了，又回去拿了大电钻来钻。

两位师傅蹲在那里忙得热火朝天，刺耳的电钻声中，老太太狂躁不安，在

北　京

客厅里不停地走来走去，一直盯着两人的眼睛里充满了仇恨的怒火，嘴里叽里呱啦骂着亘古不变的内容："谁让你们不把小区大门守好，又把黑社会放进来整我的房子！"

师傅们没工夫搭理她，也听不懂她骂的什么，继续认认真真地钻着下水道，告诉我说里面有好多凝结着的水泥和碎砖块，已经把下水道都快封严了，必须把这些东西钻烂了掏出来才行。"你们装修房子时是不是得罪人了，人家才故意把这些东西放进下水道的？"我说："我不知道啊！"我确实不知道，装修房子的时候我还不认识孩子她爹呢。

说时迟，那时快，突然就见老太太抓着晾衣叉子冲过来了，照着其中一位师傅的脑袋就开叉。另一位见状火速跳开，但那一位已经被叉中了，耳朵顿时流出血来。

"你干什么呀？你疯了！我们招你惹你了！"师傅们无比惊诧和悲怆。老太太说："我干什么？我打死你们这些黑社会！"我一把抱住她，转头跟两位解释："对不起，对不起，她有病……"两位师傅电钻都来不及拿，夺门而逃。

我竟然掩护黑社会逃跑了，我竟然还当着黑社会的面说她有病，这一下，我彻底把篓子捅大了。以前黑大汉还安慰我说，你还好，你是文化人，老太太还是尊敬文化人的，只会跟你动口，不会动手，不像前面那一位，"武力解决"过好几次。我也以为，至少她不会打我吧？但是今天，历史改写了……

风波太大，实在难以平息。事后面对老太太的血泪控诉和我的愤怒委屈，孩子爹第一次显示出两难的表情，谁都不想听，谁都懒得理，最后用一句简明扼要的话试图大事化小、小事化了："再怎么说，她是我妈。"

（十）

我觉得我有些抑郁了。看着一天天长大的女儿，我不想她在这样的屋子里成长。她爹也意识到了这个问题，就跟我商量，要不我们再去买个小房子给老

99

太太住，或者就让她住在这里，我们搬出去。

我狂热响应。于是立即行动。先后看了好几套房子，最终在城南相中了一套合适的。万事俱备，只欠老太太点头了。

那个晚上，孩子爹踌躇了半天，终于鼓足勇气。"我去跟我妈进行一次深刻的谈判，让她认识到事情的严重性，告诉她再这样下去，她孙女都没法健康成长了。"

怀着荆轲刺秦一样悲壮的心情，孩子爹进了老太太的卧室。我哄着孩子，等得神志都不清了，他才回来。我问："谈完了？"他说："嗯，谈完了。""谈得如何？""谈得很艰难。""最后呢？她认识到问题的严重性没？""认识到了。""她同意了？同意出去住了吗？"

"她自己想了个办法，她说这样就把问题解决了……""什么办法？""孩子跟妈住，各人的孩子跟各人的妈住。"我没听明白，什么意思？

"就是说，让我跟她住，你带着孩子自己住。我跟她住这里，你和女儿出去住，或者你和女儿住这里，我和她出去住。"

天哪！我问："那你怎么跟她说的？"他说："我无语。"

后来他真的越来越无语了。即使偶尔有语，跟我说的也只是"我妈年龄越来越大了，脑子也越来越糊涂了，我实在不忍心让她单独住""你看我妈，好可怜哦，生怕我不要她了一样"之类的话。

时值盛夏，我的心却越来越凉。

终于，在老人家三天一小闹、五天一大闹、十天一特大闹的某次特大闹之后，我跟孩子爹说："算了，各回各家，各找各妈吧，你在北京好好地陪着你的妈，我回四川陪我自己的妈去了，我妈还能好好地帮我带孩子。"

自从我爸走后，我也真的不太想继续待在北京了，我想和妈妈、哥哥、弟弟住得近一点，要回已经变成废墟的北川老县城去看爸爸时，也方便一点儿。还有，如果再发生什么不测的话，我希望能跟他们死在一起。

先去单位辞了工作，又联系中铁快运，把我和女儿的东西打了几个大包，花了五百多元运费，托运回了四川。然后，买了两张机票，背着两岁的女儿，风萧萧兮易水寒，壮士我一去不回还了。

走后的几个月时间里，孩子爹多次打电话说来接我们，我说："接回去又怎么办，你能怎样科学地解决这个问题？"他继续无语。我说："干脆离了吧。"他说"不"。

一个深夜，他给我发来短信："对于把我们小家搅散这件事，我妈表示压力很大，多次在我面前流露出要买包耗子药死了算了的想法。"

我说："别别别，你好好照顾她，让她长命百岁吧，别怪她，她不是故意的，她有病，每天每分每秒生活在恐惧当中，她比谁都痛苦，比谁都可怜。"

说这话时我脑子里又浮现出那个画面，我年轻的婆婆放下扫把，端着一碗水递给年轻而帅气的我公公，在川东早春的阳光下，四目相对，情定终身。多么美好啊！但如果那一天她没有遇到我公公，接下来的这几十年光阴，她，以及她身边所有人的遭际，是不是都会不一样呢？缘分，是个多么不可思议的东西啊……

后来，我和女儿在老家过上了平静的日子，虽然没有爸爸的陪伴，但女儿在我和娘家人的精心照顾下，生活得很好，非常阳光。

再后来，她爹告诉我他要再婚了，找了个在北京某中学教英语的离异女人。我说："你别急着把人家娶回去，先把你妈的问题妥善解决好再说吧。"他说："我知道。"

再后来，听说老太太最终还是离开了她离不开的儿子，一个人住在给她租来的房子里。不知道是孩子的爹痛下决心，还是新媳妇杀伐决断。也不知道在租来的房子里，老太太一个人过得怎么样，是不是依然有"黑社会"在日夜搅扰。

当时酣醉

女儿快上小学的那个暑假，我带她回了趟北京。我回去看望过去的几个好友，她回去见她两年没见的爸爸。孩子爹跟我说："我妈很想见见孙女，我想安排一起吃顿饭，把我妈、姐姐、姐夫和侄女叫上，你把孩子带过来，行不？"我想了想说："行吧。"

那个夜晚，在北五环的一个大鸭梨烤鸭餐厅外，阔别几年的老太太再次隆重登场。原先花白的头发已全白，黑脸上的皱纹更多更深，眼神依然随时保持着高度的警惕。一见面就扑过来，摸女儿的脸，摸她的手和屁股，说："我孙，我孙，长嫩大了，你妈妈把你带得嫩好……"又转过来摸我脸，"杨櫇你辛苦了，你把宝宝带得嫩好，杨櫇你是个好女儿……"

但一看到孩子胳膊上被蚊子咬了的一个红疙瘩时，老太太又立马警惕起来，问她爹，问我，这是谁打的？嫩小的孩子也不放过？看我的眼神里，又出现了那种我无比熟悉的质疑和恐慌。我知道我又上黑名单了。

孩子已经完全不认得眼前这个又哭又笑的老太太是谁了，面对老太太的热情，好奇地看着我。我说："叫奶奶。"

是的，无论我在她的"黑名单"上存在了多少年，无论我对她有多少不满和怨怒，她毕竟是孩子的奶奶。毕竟，她也不是故意的。

足　球

　　曾把爱好变成职业，十年。曾写字数百万，但现在能找到的，只有不多的几篇。

我所认识的阎世铎

一个多月前，我采访阎世铎的时候，就感觉到，他可能在足管中心主任和足协掌门这个位置上坚持不了多久了。

那之前，虽然早已盛传阎世铎即将离任，但我还是坚持认为，那些都不过是谣传，阎世铎还将长时间地搞足球工作，因为感觉他还有一些关于足球的想法和计划，并且他应该还有一些机会。

不过当天的采访还没结束，我就明显地感觉到外界的传言并非空穴来风。一个半小时的谈话过程中，阎世铎不再像以往那样充满激情，出口成章，有的只是疲惫和欲言又止。我问他："你能坚持到什么时候？"他答："坚持到最后。"我又问："什么时候是最后？"他沉默了半晌，才答非所问地说："努力工作，听天由命。"

走出阎世铎的办公室时，我不由自主地回过头去跟他郑重地又说了一次再见。阎世铎心事重重地站起来送我，手上仍然夹着香烟，脸上是勉强的苦笑，样子显得十分苍老，并且了无生气。我蓦然间觉得，这似乎已不是我所认识的那个阎世铎了。

我所认识的阎世铎，头脑是睿智的，说话是很有感染力的，随时都是活力充沛的，不怎么懂足球却对足球是有着高度热情的，总之在阎世铎身边站上半小时，就算你再不喜欢足球也会变得喜欢起来。

我是从2002年世界杯后才开始接触阎世铎的。那时候中国队刚从世界杯上一败涂地地回来，社会上对阎世铎的骂声日渐高涨。但那一次跟着阎世铎等人去"足球西部行"的时候，我吃惊地发现，当球迷们看见了真正的阎世铎"活

105

人"时，居然是那样地拥护他。

在甘肃兰州一个小学校里，成百上千的球迷拥挤着要看阎世铎，要和他握手、合影和交流。一个三十来岁的球迷拉着阎世铎，硬生生地聊了近半个小时，学校门口，等着送阎世铎去机场的小车等得"花儿都谢了"，阎世铎还在人群中没有出来。甘肃足协的同志本来安排离开兰州前，先带阎世铎去黄河边上一家著名的牛肉面馆吃拉面，后来时间来不及了，只得放弃计划，听任阎世铎在兰州机场吃了碗白水面就匆匆登机。

后来在飞机上，我跟阎世铎开玩笑说："牛肉拉面泡汤了。"阎世铎的回答一本正经："拉面可以不吃，球迷的话不能不听，他们当中有很多好的意见和建议，多和球迷交流，更有利于今后的工作。"

都知道阎世铎是一个长袖善舞的人，很多人因此认为他爱出风头，或者说他政治上有野心。这些尚且不论，就我所看到的和了解的，是阎世铎真的为足球费了一些苦心。

那次跟随阎世铎一行去新疆参加一个青少年足球夏令营活动，活动是国外一家大公司赞助的，几百名少年第一次穿上了世界名牌运动服，踢上了世界杯用的"飞火流星"，孩子们的激动、喜悦无法言表。中国足协设宴感谢那家外国公司的几名代表，其中国区经理是个在国外长大的华裔，中国话一句不会，阎世铎在席间一直拽着身旁的李晓光，半句、一句地边学边用英语和那个年轻的经理交谈，谈高兴了，那个经理高叫着要和阎主席喝酒，喝了白酒，喝洋酒，直喝得阎世铎脸红得像关公，眼睛充了血才罢休。喝完酒，那个经理来了兴致要跳舞，拉了满座的女宾一个都没拉起来，关键时刻阎世铎再次挺身而出，主动拉着经理离座跳了好几曲，直到经理尽了兴，连说OK，还说下次要把夏令营搞到西藏去，阎世铎才步履蹒跚地回到座位上坐下。

饭后在电梯里我与阎世铎偶遇，周围没人，阎世铎跟我说："你可别把喝酒、跳舞的细节写出去噢。"我还没来得及回答，他又接着自语："有时候真是身不由己。"

足 球

　　我表示理解。我更理解的是，他那些酒和舞都是为中国足球喝和跳的，阎世铎的"长袖"，很多时候真不是为他自己舞的。

　　印象比较深的另外一件事发生在"非典"期间，我"奉命"去中国足协，看看"非典"期间的阎世铎在忙什么。街上都冷清得没几个人了，很多单位也放了假，到处人心惶惶，阎世铎却在办公室照样忙得风生水起，声称正好利用这段时间静下心来认真读些东西、做些安排、想些问题，闲暇时仍然去别的办公室串门谈笑风生。据说全国所有从事足球运动的从教练到队员到业余球员到各级官员，没有一个染上"非典"的，阎世铎因此非常自豪，意气风发地告诉我说："'非典'让人们看到一个健康的中国足球形象，只要踢球了，锻炼了，就不怕'非典'，不管是对自己的身体，还是对自己的心理，我们都有这个自信。"

　　那时候中国足球的公众形象并不理想，更多的人选择了不为所动或者高声谩骂，或者落井下石。而阎世铎依然乐观地挣扎着，想用每一个细微的情节来为中国足球树立一些正面的形象，实在可谓用心良苦⋯⋯

　　现在阎世铎终于走了，在他离开的时候，很多人调侃地朗诵起了他常说的那句莎翁名诗："当爱情的小船被风浪打翻，请让我们友好地说声再见。"我却只想得起那一句："一朝春尽红颜老，花落人亡两不知。"

（2005年2月）

当时酣醉

集体看一遍《花木兰》

中国女足在东亚四强赛上丢盔弃甲一败涂地的时候，分管女足工作的中国足协副主席痛心疾首地表了一次态：需要彻底革一次命了。

这句话让很多人产生了很多想法——彻底革命是什么意思？是以后干脆不办女足，放弃这块牌子算了？不可能，还指着女足2008年争光呢，不搞女足了全国人民都不会答应。是重新到广阔天地里去发现人才？也不大可能，原料就那么点儿，几拨厨师来回几圈了也就端了那么几盘菜上来。

那能是什么呢？革什么样的命？也许领导不过是顺嘴说说，自己也不清楚表达的是什么意思。但还是有呕心沥血热爱女足的人士有了新感觉：应该是要走"女足男性化"的路子吧，看这一年内三次大败，全是被男性化的女足给撂倒的，从哪跌倒从哪爬起来，咱也得改做男人了。

这也跟裴恩才的想法比较对路。不要以为输了几场比赛老裴就真那么一无是处，好歹也是吃了几十年足球饭，眼观六路、耳听八方，并且极其爱学习的一个人，看着世界足坛风起云涌的"女足男性化"，老裴赶紧拿中国女足"开刀"是十分正确的。我的领导唐丙先生也是裴恩才"女足男性化"的坚决拥护者，他的意见很干脆：世界女足早就进入了"木兰时代"，而裴恩才下决心把中国女足打造成花木兰，让所有的人"安能辨我是雄雌"，绝对不是个错事。

就"男性化"这个问题，中国女足的姑娘们知道的应该不比杨一民、裴恩才少，也许早在马良行、张海涛时代，她们就清楚该走这个路子了，因为从那时候起她们就经常被"男性化"的欧洲女人打败了。要想不被"男性化"的女人打败，只有自己也"男性化"，并且比对方男性得更彻底才行。

为什么千百年来人们那么崇尚花木兰,连美国人都掩饰不住对她的喜爱,专门拍了部可与《狮子王》媲美的动画片来向全世界推广?最大的原因就是,那是一个十分男性化的女英雄啊。花木兰从军十二年,没让战友们认出自己是女人,这样的"男性化",多么动人心魄,杀起敌来更是可想而知,要不战后可汗也不会对她"赏赐百千强"了。但从战场上下来的花木兰是什么样子呢?一回家就立即"脱我战时袍,著我旧时裳,当窗理云鬓,对镜帖花黄",整个一温柔可人的美女,哪里还有半点战场上生龙活虎、豪气冲天的影子!

不晓得领导们是否已想好了革命的方向和道路,建议在革命号角吹响的时候,尤其今天这个"0比8"一周年的时候,先组织姑娘们集体看一遍《花木兰》。当然,美国好莱坞版的电影还是不看为好,那个电影虽然好玩,但容易把人教成生活里的"二尾子"。最好看纯中国版的,才能教会姑娘们,该像男人的时候像男人,该像女人的时候像女人。把这一点搞明白了,再练"男性化"不迟。

(2005年8月)

当时酣醉

皇家马德里约等于皇家宁荣府

西甲贵胄皇家马德里再一次成为世人瞩目的焦点。卡纳瓦罗、埃莫森和范尼相继加盟，本来就大腕云集的皇马更如烈火烹油、鲜花着锦，活脱脱一个三百年前曹公雪芹笔下的宁荣二府，尊荣无比，盛极一时。

端庄贤淑、温良仁厚如薛宝钗的，是齐达内；才气过人又敏感脆弱像林黛玉的，是小贝；享尽荣华却莫名早亡的，是秦可卿一样的菲戈；而从小在荣府中长大的正宗皇亲，人人都又敬又怕的，是探春一样的劳尔；早年就嫁过来，任劳任怨的长嫂李纨，是罗伯特·卡洛斯；身世显赫又嫁入豪门，为婆家干了最多实事同时也受到最多非议，复杂得像王熙凤的，是罗纳尔多。

至于卡西利亚斯、拉莫斯、萨尔加多、古蒂等人，不是迎春、惜春一样，或者性格怯懦与世无争，或者看破红尘清心寡欲的庶出小姐，就是鸳鸯、晴雯一样或者温柔贤惠或者傲气泼辣的家生丫鬟，都只能是配角，即"副册""又副册"中的人物。

而当卡纳瓦罗、埃莫森、范尼等人蜂拥而至皇家马德里时，分明就是李纨的妹妹李纹、李绮、邢夫人的侄女邢岫烟一同走进了大观园。这时候宝黛一帮才女已经咏过了海棠，咏过了柳絮，新才女们来了，于是开始"芦雪庵联诗"。皇家马德里跟皇家宁荣府，同步进入又一轮高潮。

还有一个人没来，卡卡，长相甜美、才情四溢最受"老祖宗"疼爱的薛宝琴一样的卡卡。跟薛宝琴早许了梅翰林家一样，卡卡也是名花有主，AC米兰便是梅翰林。但"老祖宗"还是一门心思想挖墙脚。曹雪芹后来还是让琴姑娘仪态万方地走进了大观园，芦雪庵联诗，宝琴是个不可或缺的角色，不知道皇马的"老祖宗",是否也能像贾母一样,就算最终挖不成墙角,也能拉着琴姑娘的玉手,来大观园里走上几遭,让流光溢彩的皇家豪门故事,达到高潮中的高潮?

像看皇家宁荣府一样,看皇家马德里,看到的是锦衣玉食中的才女盈门、名角争艳,但正如秦可卿莫名其妙赴死前所说的一样,"月满则亏,水满则溢""不过是瞬息的繁华,一时的欢乐,万不可忘了那'盛筵必散'的俗语"。而像秦可卿一样过早离开皇家豪门的菲戈,在离开马德里时,回望那满眼的繁华,以及繁华掩映下的嘈杂离乱,内心是否也在叹息:盛筵必散,须要退步抽身早啊!

而比起皇家宁荣府来,生活在皇家马德里的名角们,盛筵必散只是远期的一个隐患,摆在他们眼前的最迫切的问题是在盛筵正盛之时,如何竭尽所能地操起筷子,夹起一块可以放到自己嘴里的茄鲞或者鹌鹑蛋,免得像刘姥姥一样,一不留神就得饿了肚子。生活在现代的皇家豪门,可不像在曹雪芹笔下的大观园里那般浪漫宜人,可以不食人间烟火。

(2006 年 7 月)

当时酣醉

守望的幸福戛然而止

天天都有球员受伤。但是，在又一个球员受伤的时候，我心里终于第一次响起了如此清晰的"咔嚓"声，仿佛被撕裂的不是他的韧带，而是我并不脆弱的一颗心。

因为，这一次伤了的，是希勒，全世界独一无二的那个希勒。因为，这一次受伤，极有可能让希勒提前宣布退役。虽然他铁定的退役日期就在下个月。但对这样一个在足坛内外都是稀世珍品的人来说，我们巴不得用秒来计算着他离开的倒计时。而提前一个月，将抽走我们多少守望的幸福啊。

十几年前就开始守望他了。那时候他还被叫作"舒亚纳"，有全世界最凌厉的脚法和全世界最羞涩的笑容，让并不十分热爱足球的我牢牢记住了"布莱克本"这个名字。后来他被叫作"希勒"，又跟着"希勒"牢牢地记住了他的纽卡斯尔。

他创造的辉煌无与伦比，但是无与伦比的他却似乎一直生活在别人的光芒之下。先有莱茵克尔，后有贝克汉姆，夹缝中左冲右突的他不是偶像，却有着比偶像更摄人心魄的魅力。200个入球的联赛纪录只是一个方面，更打动人的，是他几十年如一日的低调和谦恭。除了在球场上，没见他在任何场合下表演过，到现在没见过他妻子的照片，到现在没听到他有任何的绯闻。唯一的花絮是在少年的时候，因为有着东方人的含蓄和羞涩，曾被他的队友们叫作"中国人"。而这唯一的花絮，更加深了我对他的好感和亲近，这个遥远国度里的球星，仿佛亲人一样，让人总有抑制不住想疼爱他的感觉。

而这个春天，最疼爱的那个人就要离开了。他甚至不能等到一个月后的夏

112

天，据说热爱他的人们已在夏天为他准备了许多丰富多彩的离别曲目。在最正式的离别来临之前，他用一种非正式的方式提前和我们告别，似乎是冥冥之中注定了的——他的离开，也将像他的为人一样，含蓄、憨厚、不事张扬。

虽然他马上就36岁了，事实上早已进入暮秋了，离开是天经地义的，并且就算退役了，我们也仍然能够在球场边经常性地看到他作为教练员的身影，就像他之前的克林斯曼、古利特和范·巴斯滕，不会从此销声匿迹。但是，毕竟有些不一样——他驰骋在球场上时，一切都是现在进行时，而一旦他离开，以另一个身份出现，那些如水的年华，那些如歌的岁月，就只能是往事了。

而世间最残忍的事情，就是你最疼爱的人明明还在你眼前晃动，你却只能在往事中去回忆他了。

（2006年9月）

当时酣醉

向老金致敬

10月31日中午,跟成都足协秘书长辜建明聊天。在成都把青少年足球,尤其是校园足球搞得风生水起的辜建明说得最多的一个词语,就是"体教结合"。表情丰富的辜秘书长咂巴着嘴,甜滋滋地说:"我们现在已充分尝到了体教结合的甜头。当你看到校园里几百名学生一齐为自己学校的队伍呐喊加油时,那种快乐和幸福的感觉,真是无法形容。"

几小时之后,又一个比辜建明还幸福的人出现了——金志扬,这个挥着帅旗带过国家队、打过甲A,去过天南地北,最后只身打进校园,又带着大队人马打出校园的著名的老教练,在10月31日那个平常的下午,创造了一个不平常的奇迹——他的北京理工大学队,结束乙级历史,冲甲成功了。

又一个"体教结合"结出的硕果(感受一下北京理工大学乃至全国的理工大学那激动、狂热的庆祝氛围,我认为完全可以将他们的冲甲成功称之为"硕果")。如果说辜建明描绘的美景还稍显抽象和模糊的话,那么金志扬是实实在在让我们看见了挂在树梢上的硕大的果子。

因此有必要再一次庄重地向这位老人致敬,绝不仅仅因为他技艺高超,更因为他胸中那个一直不曾磨灭的梦想。凡是认识和了解金志扬的人都应该清楚,他最大的梦想,不是中国足球如何尽快腾飞,而是中国足球应该更有文化。在此之前,他率领北京国安拿过联赛第三,拿过足协杯冠军,创造过"工体不败",几乎都属于"神话"范畴。对一般教练来说,有了这等辉煌的经历,完全可以仰天大笑退休去,逍遥度过后半生了。但金志扬没有,在一系列辉煌成为历史之后,年高体弱甚至还被癌症折磨的他,选择了走进校园,带学生队,教有文化的人踢足球，或者说，让足球沾上文化味儿。

　　这是一个崇高的事业。一直为崇高努力的金志扬，终于在这个秋天得到了回报，8个研究生加22个在校大学生，用他们的脚，更用他们的脑子，为金志扬描画出了一幅最动人的蓝图。

　　当然，蓝图之外，还有许多具体的问题需要解决。比如，冲甲成功之后，这支队伍是卖了"壳"继续当学生，还是脱下学生装去做真正的职业球员？再比如，一队书生，如何在一群全副服装的"职业杀手"的"围剿"下生存？

　　但那些都是后话，现在最重要的，最大快人心的是中国足球有了文化。从某种意义上来说，这并不亚于五年前我们的国家队冲进世界杯。

（2006年11月）

金陵十二钗与阵型 442

都在演绎《红楼梦》，我也不能闲着。我整了个 442，让金陵十二钗踢球。当然，我整的只是正册。442 菱形站位，国际流行。

守门员：贾元春

后卫：李纨、贾迎春、贾惜春、妙玉

中场：秦可卿、王熙凤、薛宝钗、贾探春

前锋：林黛玉、史湘云

板凳队员：贾巧姐

下面是本教练的排阵思路：

前锋：林黛玉

林妹妹体弱多病，如果要搞 YOYO 体测，不一定过得了关，但足球场上不是以体力论英雄的，譬如高峰、郝海东，都是谈体测而色变的主儿，但谁敢说高、郝二人不是优秀的前锋？主要还得看技术和意识，以及临门一脚。很显然这三个方面林妹妹都不欠缺。

林妹妹冰雪聪明，天资过人，球场下读《西厢记》能过目成诵，球场上阅读比赛自然也是一把好手。林妹妹性子直，说话很少拐弯抹角，脚下当然也不会拖泥带水。最重要的一点，林妹妹的"进球欲望"很强烈，属于比赛型选手，元妃省亲之夜，林妹妹就一心要力压群芳证明自己的存在。这样的前锋十分珍贵，一旦有球落到她的脚下，就只管听那破门时咣当的一声脆响吧！

前锋：史湘云

史大妹子最显著的一个特点是大气，不使小性儿，并且勇猛刚强，这是做前锋的必不可少的一个品质。不但脚头过硬，还十分注意与队友间的配合，史姑娘在大观园中与上至贵族小姐的薛宝钗、林黛玉，下至奴仆丫鬟的平儿、袭人等乐呵呵地打成一片，便足以证明这一点。如果说林黛玉这个前锋稍显"独"，能破门时要破门，不能破门时也要强破门的话，那么史湘云正好弥补了林黛玉的不足，这样的人才，教练不喜欢都难。

还要补充的一点是，史大妹子体能出众，芦雪庵"割腥啖膻"，撩开袖子大吃鹿肉时便可见一斑。这样的身体打满全场丝毫不成问题，并且史大妹子向来喜好男儿打扮，大观园女足要想"男子化"，想必首先也还得依靠史大妹子。

中场：王熙凤

红楼梦中最著名的管家婆，连老谋深算的珍大哥都视她为管理奇才，大观园一园子的人被她管理得服服帖帖，要带好球场上的十几号人当然不在话下。性格开朗但心术复杂，谈笑间机锋暗藏，十足一个阴谋家，最厉害的是，她卖了你，你还得乐颠颠地替她数钱，迷惑对手堪称天下第一。苦大仇深的尤二姐，也只在断气前才彻底看清了凤辣子的真面目。有这样一位"阴谋家"坐镇中场，哪一池春水是她搅不皱的？

当然凤姐打中场也不全靠阴谋，虽然她让恨她的人恨得刻骨铭心，但她一旦亲近起人来，那也是可以惊天地泣鬼神的，譬如曾经被她亲近过的刘姥姥，祖孙几辈人都忘不了她的好处。中场选手王熙凤也是有人格魅力的，这一点谁也无法否认。

中场：薛宝钗

宝姐姐识大体，顾大局，貌似木讷忠厚，实际心头敞亮着呢。视野开阔，没有什么是她看不到的；心思缜密，没有什么是她想不到的。关键时刻狠得下来心，金钏跳井后那一席"失足"论，听得王夫人都目瞪口呆，继而佩服得五体投地，滴翠亭边"嫁祸"林黛玉，虽然让几个世纪的拥黛派们耿耿于怀，但又不得不服她的急智。平常不显山露水，一旦被"欺负"急了，也能来个"机

117

带双敲",敲山震虎之下,一切人等均不敢再在她面前稍有造次。

宝钗的管理能力不可小视,贾探春协理大观园时,若非宝钗的偶尔指点,估计探春也不一定能理出显著的效益。协理大观园时宝钗只是个替补,一旦"首发出场",相信没有人不为她折服。

前腰:贾探春

俊眼修眉、顾盼神飞、见之忘俗的三姑娘,是贾家四春里面最出众的一位。文能写诗作赋,武能管家治园子,逼急了还敢一巴掌掴向王善保家的。无论是掴向王婆子的那一巴掌,还是亲舅舅死了坚决不肯多拨一两银子、毫不手软要拿自己亲娘"开刀"时的那些高论,都表明这是一个极具"侵略性"的选手,这样的人当然是打前腰的最好人选。

三姑娘似乎一直很委屈,因为庶出,又因为自己的女儿身。三姑娘曾经无限委屈地说:"我但凡是个男人,可以出得去,我必早走了,立一番事业。"大观园内有此志向的女子仅此一人,可惜纵然她心比天高,终究还是没能了却夙愿。为了弥补三姑娘的巨大遗憾,特此封她为红楼女足"第一前腰",并且誓不换人!

后腰:秦可卿

后腰的最大作用就是未雨绸缪,哪怕前面已经连下三城了,后面的人还得小心谨慎力保自家大门不失。前面要强攻,后面要死守,而后腰,便是"死守"的第一道屏障。纵观十二钗,只有秦可卿能担此重任。

不要以为"擅风情,秉月貌"就是秦可卿的全部写照,其实这位早逝的小媳妇儿是相当有头脑的,临死前告诫凤姐的一席话,连自以为脑子最好使的凤姐听了,都不由得"心胸大快,十分敬畏",足可见秦氏的见识不是一般人可以比拟的。"于荣时筹划下将来衰时的世业""常保全",简直就是足球场上的"防守宝典"。只可惜秦氏死得太早,否则的话,不但可以帮助大观园女足大创辉煌,退役后,还可当个防守型主教练呢。

后卫:妙玉

妙玉生性高洁,也可以说是孤僻,虽自称"槛外人",但对"槛内"的一切也并非毫不心动。给宝二爷送生日贺卡,给宝姐姐、林妹妹喝"梅花上的雪",与林姑娘、史姑娘飙诗等,都可看出妙玉姑娘的凡心未泯。但所有凡心还是敌不过一颗向佛之心,用流光溢彩的青春,固守着佛祖菩萨,直守得地老天荒,守得王孙公子纷纷慨叹无缘。这样的人不用来打后卫,简直就是浪费资源。

后卫:贾迎春

贾家二小姐,仁慈而懦弱,温柔又愚钝,不计较得失,不争夺名利,奴仆偷卖了自己的首饰,身旁人都看不下去了,自己却依然若无其事。这样的人只能放在后场,充当个右后卫。别指望她也能偶尔来个助攻,下底传中给林妹妹、史姑娘一脚好球,她能守住自己的地盘都不错了。遗憾的是二小姐偏就连这一点都做不到,漏球、漏人是经常性的,要是有人可以换,队长王熙凤早让她下场歇着去了。

后卫:贾惜春

贾家四小姐最适合打盯人中卫,是十二钗中最具有钉子精神的一个,兴趣不广泛,就爱画个画,长年累月把自己"钉"在画布上。后来对佛教感了兴趣,成天想着要出家,主意定了九头牛都拉不回来。"盯人"水准极高,盯准了贴身丫头入画有问题,二话不说坚决扫地出门;盯准了哥哥、嫂子败坏门风牵连自己,也二话不说坚决要求脱离关系。这样的人才去打盯人中卫,不把对手盯崩溃了才怪。

后卫:李纨

寡言少语,沉稳可靠,为人不张扬,处事很得体,德高望重,大局观强,珠大嫂子李纨是"自由人""清道夫"的不二人选。要抚养儿子,要教姑娘们绣荷包、纳鞋底,要在老祖宗吃饭时端盘子递碗,要在三小姐改革时充当坚强臂膀,要在诗社经费紧张时带领社员们向上级要钱粮,总之,十处燃火九处都有她抱着灭火器冲锋陷阵。如果二十年前大观园女足与德国男足来一场热身赛,估计马特乌斯都得惊叹:那大嫂,太强了!

守门员：贾元春

贾府荣耀显贵，汗马功劳在宁荣二公，但到大观园兴起时，荣华富贵与衰落倾颓只系于一人，大小姐贾元春是也。元春荣则贾府荣，元春衰则贾府衰，贾元春的一双大手和一副身板，支撑着宁荣二府的高楼大厦，一旦元春失手，她身后的大门也就轰然倒塌了。元春是个尽职尽责的守门员，可惜她的队友们要么技术太差，要么心不在焉，最终只留下她在禁区内跟对手单打独斗，寡不敌众，被人攻破大门当然是迟早的事了。

替补：贾巧姐

由于年龄尚幼，巧姐只能长期坐板凳。当她终于长大可以上场一试身手时才发现，大观园女子足球队，早就解体了。

（2007 年 3 月）

足 球

上辈子他肯定是孙悟空

　　孙悟空取经途中因为不听师父的话痛打了白骨精,被盛怒中的唐僧撵了,伤心之下跑回自己的领地花果山,受到万千猴儿的热烈欢迎。穿金衣,蹲宝座,一呼百应,至尊无上,日日尝佳肴美味,天天沐野花山泉,小日子过得要多滋润有多滋润。但心中还是放不下西去的师父,以及跟师父一样庄严神圣的取经大业。某日,唐僧又遇妖精,危急中二师兄一路小跑到了花果山,气还没喘匀,还没来得及细述详情,美猴王就知道师父有难,二话不说扛着金箍棒就下山了。

　　现在的徐根宝,就正在演绎着足球版的"美猴王重下花果山"。

　　2002年夏天,徐根宝在联赛中途从上海申花队主教练的位置上下课,黯然退回崇明岛,半隐居式地待在自己的根宝足球基地里。当时我去采访,热情接待我的徐根宝神情有些感伤,但绝不颓废,不谈甲A、甲B、国家队,只谈自己的基地。带我去看他的球场,他的球童,他的正在结果的玉米林,看他刚刚修建的钓鱼池,中午请我吃新钓的大鱼、新掰的玉米棒子,说:"这里都是自给自足。"

　　在游览了休闲山庄一般的徐氏基地,听他介绍了自己的各种想法之后,我说:"你这里好像孙悟空的花果山。"徐根宝一拍掌:"对!我就是美猴王回到了花果山!"

　　我问他:"美猴王最后还是下山继续取经去了,你也会再出去吗?"

　　徐根宝当时给我的回答是:"我不会再去当主教练了。"

　　那时候徐根宝的接任者吴金贵正带着申花队在甲A赛场上打得龇牙咧嘴。我问徐根宝:"他跟你联系过吗?你对他提供过什么样的帮助?"

徐根宝说:"我现在都很少再看联赛了,他联系过我,但我已经没什么话说了。"

那时候我以为年近六十的徐根宝会就这样走完自己的足球生涯:选一些有天赋的娃娃,在基地里培养几年,长成后"卖给"各大俱乐部,挣一些钱,还账,然后养老,六根清净,与世无争。跟我几乎同时去看他的电视主持人曹可凡悄悄跟我说,徐指导太不容易了,大半辈子的钱全投到基地里了,还贷着几千万的款,每个月还利息都看得人肉疼。

那时候我最大的感慨就是:这些娃娃快点长大吧,长大了赶紧把老人家的账还了。

那时候徐根宝也跟我谈起过他的明日计划,但不像现在的"曼联计划"喊得这样响亮,这样条理清晰,这样激动人心。而今天,当他的娃娃们终于出落得人见人爱,当他的"曼联计划"终于喷薄而出,才知道,原来他静默地隐退,只是为了更张扬地复出。像回到花果山的孙悟空,终于还是忘不了去西天。

孙悟空经历了九九八十一难终于取回真经,立地成佛。不知道徐根宝要经历多少磨难,才能打造出他想要的"中国曼联"。一切都还是未知数,现在我只知道一点:徐根宝,上辈子他肯定是孙悟空。

(2007 年 11 月)

足 球

别跟大太太比

就像旧时一个老爷讨了好几房太太，太太们虽然年纪、长相、身世、性格各不相同，但大多数时候都是同一条战线上的，从事的工作大体一样：想着法儿从老爷的口袋里哄银子花，或者想着法儿阻止老爷娶更新的太太回来。表面上貌似一团和气，实际上太太们是有高低尊卑之分并且都在暗中角力的。

最尊贵的自然是大太太，大太太就算再老再丑，老爷的红灯笼一年到头也难得有一次挂到她的院子里去，但在一院子娘儿们里头，她的地位永远无人能够撼动。

大太太的地位一般靠娘家支撑。比如，娘家有钱，老爷周转不灵的时候常常会有求于岳父或大、小舅子；再比如，娘家有权，一屋人都是京城里的高官，用得着的时候尽管用，用不着的时候可以拿来炫耀；或者娘家爹仅是个落寞的老秀才，但毕竟是饱读诗书之人，让没什么文化但一定要冒充文化人的老爷敬重得紧。

聪明的姨太太们都知道，如果要在这院里活人，就不要跟大太太争，不要跟大太太比，否则老爷会给她好看。

但总有初生牛犊不怕虎，总有年轻貌美的姨太太仗着老爷宠爱，忍不住要去挑战大太太，在大太太呼天抢地"不活了不活了"的喊声中，自己闹得更凶，直接拿着床单就把自己往房梁上吊，一面吊还一面冷眼瞅老爷：看你是舍不得那人老珠黄的，还是舍不得我这娇艳欲滴的？哼哼。

哼哼两声就死了。这是任性的姨太太不可避免的结果。而大太太，早在老爷手忙脚乱的安抚之后破涕为笑了，笑房梁上那已经死了却还不好放下来的姨

太太：跟我比？你还太年轻了，不知道这些年我就是这么过来的吗？寻死只是手段，活着才是目的。

  而旁边战战兢兢的一排姨太太，更坚定了一个信念：不要跟大太太比，尤其不要跟大太太一起去寻死。

  当年当月当日，因在联赛中不满裁判判罚，某小俱乐部跟着某大俱乐部一起闹退出。结果，某大俱乐部被柔情安抚，某小俱乐部被果断退出。

（2008 年 10 月）

政治家的政治

亚足联主席哈曼又发飙了。一竿子过去，打翻了日本、韩国、沙特阿拉伯、科威特和巴林足球协会的几船人。目的其实很简单，就为了参加 5 月份将要进行的国际足联执委选举。虽然竞争对手只有巴林足球协会主席萨尔曼一个人，但日本、韩国、沙特阿拉伯、科威特等国足协都明确表示要支持萨尔曼跟哈曼对着干。

中国足协的处境因此再一次十分微妙起来。手上只有一票，只能投给哈曼和萨尔曼中的一个。投哈曼吧，显然就得罪了近邻韩国和日本。投给萨尔曼吧，那得罪的也绝不是哈曼一个人。

怎么办？翻一翻前掌门阎世铎留下的"外交宝典"，你会发现这其实很好办。

2003 年 10 月，哈曼也这么搞了一次。那一次的亚足联代表大会上，新官上任的哈曼连燃几把火，大刀阔斧地准备进行改革，但遭到了韩国、日本为首的诸国足协的强烈反对。会前韩国、日本足协负责人向到会成员广发"传单"，请求声援，中国足协领导阎世铎和张吉龙"有幸"接到了最大的一张"传单"。

怎么办？是力挺哈曼，还是支持日本、韩国？面对日本、韩国兄弟深情凝望的眼神，阎主席想得头痛，后来干脆不想了，直接制定出一个"三不方针"：不支持、不反对、不公开表态。随后卡塔尔首相专车邀请阎主席去首相府做客，回来后阎主席依然代表中国足协保持缄默，不说挺你，也不说反你。

随后的情况急转直下，会议前夜哈曼举行晚宴，在宴会上宣布：让步，针对自己与日本、韩国等国足协四个有分歧的问题，双方各退两步！结果哈曼与

当时酣醉

韩国足协主席郑梦准等人的剑拔弩张当场春风化雨,看得一旁喝茶的龙哥惊出一身冷汗:幸亏咱们一直没有表态。

回到房间后阎主席与龙主席击掌相庆:好悬!我们走了一着险棋,但这招棋走对了。

两年之后阎主席在他的自传《忠诚无悔:我与中国足球》里,回忆起这段惊心动魄的往事,不无自豪地说:这是政治家的政治。

而我现在之所以旧事重提,也只是想说——面对亚足联错综复杂的政治斗争,我们有的是政治家。所以,不怕。

(2009年2月)

足 球

天地间只剩下徐明

9月11日,中国棋王常昊和韩国棋王李昌镐将在湖南凤凰进行"巅峰对决",争夺2005天下棋王。这两天全中国的棋迷都很激动,随时打开电视机都能看到许多情绪高涨的棋迷声嘶力竭地对着镜头喊"常昊加油!"

毫无疑问,中国的棋迷们都希望常昊能登上天下棋王的宝座,一统江湖,然后,四海之内皆手下。但同时每个人心中都很清楚,这个美梦不一定就能成真,因为在很多时候,越是人心所向的事情,它越不容易办成。

而有些事情,你越不希望它发生,它却越要发生。换句话说,美梦总是容易破碎,而噩梦却总能一再地成真。最有说服力的例子,就是徐明那事儿。不久前才听说他又动起了深圳健力宝的脑筋,许多人心怀恐惧,恨不得日夜祈祷希望这样的事不要发生,但不幸的是,当月黑雁飞高,健力宝夜遁逃,还没逃出门外,就又撞上了徐总裁的妖刀,只好乖乖地束手就擒了。

万众一心希望常昊君临天下的围棋界还在"城头变换大王旗",十万众一心反对派系的足球圈内,越来越多的诸侯却开始向一个姓徐的胖子跪地称臣,实德的旗帜正在逐一插上东南西北的各个城头。

世事就喜欢这样和大多数人的意愿背道而驰。既然没有人能够反抗,更多的人也就只能选择不抱怨。当足球的天地间只剩下徐明,不要以为天就塌下来了,换一种眼光,也许你能看到想象不到的一些风景……

当天地间只剩下徐明,足坛新风景会层出不穷。别怕到时候没人看足球,"我的地盘我做主",就算看台上一个球迷没有,无妨,不就是两个队打一场比赛吗?不是还剩了十多支队伍闲着吗?全弄上看台当观众,摇旗呐喊,为两边

加油，不出力的不发工资。也别怕没人赞助，徐总发动有钱人掏点钱出来还不是小事一桩？

　　反正现在的联赛没法看，还不如让徐总把它推翻了重新搞。这么一来，徐总一统江湖也跟常昊一统江湖一样有道理了。只是不知道除了徐总本人，还有没有人也那样盼望"天下归一"。

（2009 年 9 月）

足 球

我就是个胜要骄败不馁的人

记者： 在这之前，你有多久没回崇明岛了？这次回来和以前回来心情是否不同？

徐根宝： 心情肯定不一样了！以前带申花队时我很少回来，就算偶尔回来一次，心里也一点都不轻松，老想着那边球队的事，特别是成绩不好的时候。这次宣布"下课"的第二天我就回来了，外面没什么牵挂了，轻松呀，因为我终于解脱了。你们都知道，在这之前我一直是坐在火山口上，受煎熬啊，现在终于逃离了，我可以轻轻松松、一心一意地来搞我这个基地了。

记者： 这几年你不断地"上课""下课"，应该说你每次"上课"或者"下课"动静都挺大，你是否对这种事情已经见惯不惊了？心里是越来越难受还是越来越没感觉？

徐根宝：（很不痛快）什么叫不断地"下课"？我也就"下课"了两次嘛！"上课"的时候还是要多得多。有什么难受的？"上课""下课"都很自然，李嘉诚在发财之前还曾经倾家荡产过呢！对我来说，"下课"已经不需要任何心理准备。

记者： 这么说"下课"了你反倒轻松了？

徐根宝： 是轻松。但这轻松不是我自己找到的，说到底还是无可奈何退下来的。

记者： 好像你仍然心有不甘？

徐根宝： 说实话，如果俱乐部叫我继续干我肯定顶得住。球队成绩是不好，但队伍本身并没有太大的毛病，无非就是队员有伤、人员不整，还有在场上自

己出现失误，运气也不好，点球罚不进，没什么大不了的，再顶一顶可能会有转机。

记者： 那么你认为是谁顶不住了？

徐根宝： 俱乐部顶不住了，球队成绩不好，球迷也顶不住了。没办法，只能换人，换个人换一下手气。

记者： 你后悔吗？现在想来当初接手申花队是不是个错误的选择？

徐根宝： 没有后悔。我做事从来不后悔，有什么好后悔的？当初接手之前我也前思后想，应该说做了充分的思想准备，我并不是盲目接手的。当初考虑到执教申花队可以为老家出点力，之前有好几家俱乐部找过我，甲A、甲B都有，但我没答应，因为我不想离开上海，不想离我的足球基地太远，所以后来申花队请我时我就答应了。

记者： 俱乐部定的目标是进前三，这个目标是不是定得太高了？

徐根宝： 进前三的目标不是俱乐部定的，是我定的。我这个人自尊心极强，搞队就要搞前三名，不然我不干，另外，当初我觉得申花队这帮队员比去年实力强，去年第二名，今年进前三应该没问题，但后来一些老队员走了，吴承瑛又出国训练，人员不整，再加上超霸杯获胜后盲目自信，造成了今天这个局面。但我决不后悔，当初接手申花队的选择也没错，完全正确，只是工作中出现了一些疏忽。

记者： 是否人走了心也走了？对你的继任者吴金贵，你有什么忠告？

徐根宝： 当然，既然我不再是申花队主教练，还想那么多申花队的事干什么？说给吴金贵忠告谈不上，但有一点我可以告诉他，那就是首先要把防守的问题解决好。总之我希望上海的足球在今后能够取得好成绩。

记者： 作为申花队的总教练，今后你还到申花俱乐部上班吗？

徐根宝： 他们给我留着办公室呢。但我不去，去干什么？影响人家工作啊！

记者： 这么说以后也不准备为申花队出力了？

徐根宝： 我都不是主教练了，还能出什么力？不过只要吴金贵打电话来，我还是会帮他出一些主意。

记者：听说你离开康桥基地时一个朋友送了本《论语》给你，希望你能学得中庸一点，你看了这本书吗？感受如何？

徐根宝：谢谢他给我送书，但我没看，不看。不看我也知道这个道理，但是我为什么要改变我的性格？我又不是搞政治的！我也明白刚柔相济是最好的，但说实话，就算要改我的性格也改不了了，要不怎么说江山易改本性难移呢，所以我还是不改为好。

记者：很多人觉得你的性格有问题，你自己反省过没有？你觉得有反省的必要吗？如果改一改你的火爆脾气，你也许会比今天更成功。

徐根宝（笑）：我承认自己有失败，但我也有成功，我的成功多于失败。成功与失败我们普通人能做到五五开就可以了，哪怕四六开也不错啦。我没必要向谁服软，不过要说反省，实际上每次失败过后我都要总结，我是个善于总结的人，通过不断总结可以不断地取得成功。

记者：现在总结出来了吗？今年带申花队成绩不好，毛病出在哪里？

徐根宝：具体是在人员组合上，关键是前卫。当时认识到申花队中场实力不足，于是一口气引进了三名中场球员，右前卫刘军，左前卫霍日宁，还有外援索萨。但队伍面貌并没有起色，前锋线上的奥兰多、马丁内斯本来相当不错，但中场传不过去球，没办法。这个责任在我，应该算今年最大的失误吧。

记者：你是什么时候意识到这个问题的？

徐根宝：中途。

记者：实际上你和球员真有那么大的矛盾吗？

徐根宝：每个球队里教练和球员之间不可能没有矛盾，只是队伍成绩好的时候矛盾就被掩盖了，一旦成绩不好，矛盾就明显地暴露出来，都这样。我运气不好，队伍成绩差了，我和队员之间本来很正常的关系就被人家说成有大问题了。其实我和队员有什么不得了的矛盾呀，就是人员没找好而已，并不像外面说的那样有大矛盾，也并不是我的方法他们不接受。在每个球队里，教练要

当时酣醉

求队员都是常事,队员有时候不服气顶几句嘴也很正常,可惜那些记者一看到,就说徐根宝和队员又干仗了。

记者: 还会出去当主教练吗?

徐根宝: 再也不去了!我永远都不离开上海。

记者: 如果上海的球队再请你去呢?

徐根宝: 上海就这么两支队,中远队、申花队我都待过了,还去哪里啊?你说我还可能回这两个队里去当主教练吗?我现在什么也不想,就想着怎么把我这批小球员培养成才。我这里有94个小球员,都是我亲手挑来的,个顶个的好苗子,现在我每年要为一个小球员倒贴一万多元,至少要贴个五六年吧,五六年后就能见到效益了。到时候我会为国家队、国奥队和各个俱乐部输送一大批优秀球员,那样我就又成功了。

记者: 你那么肯定就能成功?

徐根宝: 也许会失败,但是你看看,我像是要失败的样子吗?肯定会成功的。我这个人就这样,自信,而且胜要骄败不馁,只要我成功了,我一定会骄傲,失败过后我决不会气馁,就像现在,我会总结,再去寻求新的成功,不过当新的成功来临时,我又会忍不住骄傲,然后新的失败就又来了。我这个人就这样,一直在成功与失败之间感受快乐和痛苦。

(2002年7月28日)

足　球

余东风的十年河东十年河西

2008年12月4日上午11点40分，当我打通余东风的手机时，他正在外面洗车。听说要让他聊聊往事，就跟我商量："十分钟后好不好？十分钟后你直接打到我家里来，我们慢慢聊。路上聊不清楚。"

十分钟后，我如约打通了余东风家里的座机，接电话的正是刚进家门的余东风。我跟他客气："已经中午了，要不你先吃饭，吃了饭我再给你打过来？"余东风说："不用不用，就现在吧。"我说："咱们这一聊可要不短的时间哦。"余东风笑着说："没关系没关系。"我说："那咱们先聊着，一会儿饭做好了你吃你的饭，你边吃咱们边聊。"余东风呵呵笑着答应了。用不着太多的客套，我们直接就将话题拉到了二十多年前。后来我听见电话里他边说话边吃东西的声音，应该是他夫人把午饭给他端来了吧。

骑着"凤凰"去踢球的"大款"

1979年，改革开放的第二年，余东风刚好20岁。这一年的他跟前一年有了很大的不一样：他的月工资从6元涨到8元了。整整涨了两元，这在当时可是一个不小的数字。

并不是改革开放在他个人面前起到了立竿见影的效果。那时候改革的春风刚刚开始吹起，作为一个踢足球的专业运动员，单从经济效益上还体会不到太多改革的味道。其实最根本的原因是，1979年下半年，已经在四川省足球二队踢了5年前锋的他，被调进一队了。

余东风 1975 年进入四川二队，担任主力前锋和球队队长。在他的印象里，在二队每月的工资是 6 元。进入一队后，涨到 8 元，后来是 10 元、12 元，一直不停地涨，球员时代他的最高工资是每月 160 元。"我是健将级运动员，我的工资在队里算是最高的。"

每个球队一队球员的工资都比二队要高，这是天经地义的，但到 20 世纪 80 年代中期，余东风的工资已经高达 180 来元，他认为这是托了改革开放的福，"要不然不会涨这么快的。那时候国家调一次工资，我们就涨一次钱。"多年过后想起当时工资"节节攀升"的"盛况"，余东风还有点忍不住兴奋。

除了涨工资，还有一点令他兴奋的，就是住宿问题。"以前我们是 8 个人住一间屋，这还是主力球员的待遇，有一间宿舍里还挤了十几个人呢。"进入 20 世纪 80 年代后，虽然还是住在老旧的省体委的运动员大楼里，但已经开始享受两人一间，跟以前完全不可同日而语了。

当了两年一队的主力球员之后，余东风的生活又有了巨大的变化：他有了一辆"凤凰牌"自行车。已经记不清具体是什么时候买的了，只记得攒了好久的钱，光有钱还不行，还得要票。余东风是他们队里第一个骑车去训练的球员，这辆"凤凰"余东风一直骑了十多年，直到 1993 年他换了车，又换了一辆自行车，永久牌的。

这么多钱不晓得该怎么花了

1993 年，34 岁的余东风成了四川队的助理教练，主教练是他踢球时的老师李英璜。那时候他的工资已经接近 200 元，在当时国内处于中下等水平。"四川队实力不行，第二年打甲 A 我们都是作为'候补队员'跟江苏队一起扩充进去的，所以四川队的球员和教练工资水平在全国也只能算是中下等水平。"

但月工资近 200 元，足以让他有能力更换坐骑了，并且将这辆新换的永久牌自行车改装了一下，改成了当时成都非常流行的"火巴耳朵"——车后安一个椅子，可以载客。当然余东风的"火巴耳朵"不是用来拉客的，而是专门用来给老婆坐的。"那时候娃娃小，我骑车，娃娃坐前面，老婆坐后面，搭着娃娃去幼儿园，接送老婆上下班，一家三口都坐在这车上，在成都街上到处跑。"

余东风以为这辆永久牌自行车又要像上一辆"凤凰"一样，一骑就要骑个十来年。他做梦都没想到的是，紧接着而来的足球职业联赛，彻底改变了自己和所有像他一样的足球从业者的命运，跟随着职业化迅疾的脚步，他们也在一夜之间彻底有钱了。

1994年，中国足球职业联赛开始，年轻的余东风被扶上了全兴队主教练的宝座。"让我当主教练我觉得没什么，反正我年轻嘛。"没想到这一当，把他给吓着了——

1994年4月17日，中国足球职业联赛在四川成都拉开帷幕，揭幕战便是由余东风领军的甲A新军四川全兴队迎战1993年全国足球锦标赛冠军、著名的"老牌霸王"辽宁远东队。余东风说，比赛之前唯一想的就是少输几个球，万万没想到的是，四川队居然跟对手打平了。比赛才开始了12分钟，四川全兴队就获得了一个点球，魏群主罚命中，打进了中国足球职业联赛历史上的第一个进球。

"没想到平了辽宁队，更没想到的是，咋个会那么热闹哟！人山人海，四万个座位的成都体育中心坐得满满当当的，以前我们哪见过这么多的球迷来现场看球哦！看台上到处是彩旗在飞，几乎所有的中国足球界要员和名人都来了，那是啥阵仗哦！我都不记得自己当时具体怎么指挥比赛的了，只记得我在教练席上坐立不安，一会儿站着一会儿蹲着，好不容易把90分钟熬够了，现在想起来都还晕……"是幸福的眩晕，也是紧张的眩晕。余东风说，早晓得场面那么热闹，全兴队那么争气，自己也该穿件西服去指挥啊，结果那天只随便穿了件旧运动服，实在太不讲究了，现在想起来都遗憾。

"以前只晓得从1994年起就要打职业联赛了，但我们从来没想过职业联赛跟以前会有啥子不同，直到真的打起来了，才搞明白：哦！原来这就叫职业联赛啊！"

让余东风和他的同行们明白什么叫"职业联赛"的,不仅仅是场面上的改变,更重要的是,他们突然一下就变得有钱了。"当时给我定的工资是每个月3000元,魏群他们几个主力球员比我还高,都三四千。以前我领100多,不到200元,他们每个月才几十元,突然一下领这么多钱,都吓到了,都不晓得该咋个花了。后来才知道,北京、上海、辽宁队那些队员,比我们的钱还多……"

1994年的3000元就把余东风吓着了,但当后来越挣越多,从月薪1万到年薪60万时,他和大多数跟他有同样经历的职业教练一样,终于见惯不惊了。

职业足球给了他们空前的富足,也给了他们空前的磨难。

职业联赛开始后,余东风率领的四川全兴队在全国刮起了一股"黄色旋风",球队受到了无数球迷前所未有的追捧和热爱,四川球迷用来给球队加油的口号"雄起"也响彻了大江南北。不但在球场上受追捧,球场下余东风和他的球员们也成了明星。"那时候足球突然一下火了,我们都跟着吃香了。几乎天天有人请,职业化以前我们也出去吃饭,但都是跟朋友去,吃便宜的,下普通馆子。职业化以后不一样了,经常有商家、老板啊请客,认识不认识的都来请,经常被请去出席各种活动,商场开张啊,企业剪彩啊,都请我们去,不谦虚地说,那时候我们都是明星啊,去了给他们撑门面啊。有时候自己跟家人朋友出去吃饭,吃完了结账时,服务员说,已经有人悄悄给结了。球员出门打的,也总是被司机认出来,坚决不收钱,但不收我们也一定要给,而且都多给。因为我们有钱了,我们挣得多啊!不但总有人来请吃请喝,还老有人来找我们教练,找球员,要提供赞助,有门路的直接找俱乐部,跟俱乐部搭不上线的就来找教练、球员,大到空调、彩电行业,小到衣服、袜子行业,都是主动找来要赞助的。"

再后来,球队里开始有人买汽车了。最早有车的是黎兵和马明宇,都是转会去了广东队后在广东买的,后来"兵马入川"时两人都带着自己的汽车到了成都。随后魏群、姚夏、邹侑根等人也纷纷买了汽车,余东风本人也在1997年花20多万买了辆"蓝鸟王"。

但风光背后也有压力,职业足球在带给余东风幸福享受的同时,也给他带来了从未有过的残酷感觉，1995年，四川全兴队成绩不佳，到联赛下半段，终于开始为保级发愁了，而且在这个时候，他听到了以前从来没听到过的一个口号："下课！""那一次我们主场输给了上海申花队，上半场就被他们打进了两个球，我突然听到看台上有球迷在喊'余东风下课！'。开始只有小部分人在喊，后来全场人都跟着喊了起来。"铺天盖地的"下课"声让余东风如五雷轰顶，赛后的新闻发布会，他都是被两位熟识的记者搀扶着进到新闻发布厅去的。"球迷的爱恨很分明，那时候我才彻底搞明白，球迷追星不是说你是个搞足球的他就喜欢你，就追捧你，如果你不能把足球搞好，他们是不会买你的账的。"

继余东风被喊"下课"之后，"下课"像当初的"雄起"一样迅速在全国的甲A赛场上流行起来，许多战绩不佳的教练都被球迷毫不客气地要求"下课"。两周后的一天，余东风接到时任国家队主教练戚务生的电话："东风，你的'下课'已经影响到我啦！"

余东风是第一个被球迷喊"下课"的主教练，但他却不是第一个"下课"的甲A主教练，当其他各队主教练纷纷"下课"走人的时候，余东风还在四川全兴队坚挺着，跟山东泰山的殷铁生一起被球迷戏称为"甲A不倒翁"，直到1997年。

1997年从四川全兴队主教练位置上下来后，余东风和那个时候的不少职业教练一样，去了国外"充电"。1998年他去了德国学习，回国后在1999年担任四川全兴队领队，在享受了一年年薪60万的"贵族生活"之后，他开始真正品尝"下课"的滋味：2000年执教乙级队绵阳丰谷队，在带队冲上甲B之后被"下课"；2001年下半年开始执教成都五牛队，因著名的"11比2"（后引发更著名的"甲B五鼠"案）被中国足协罚停止教练工作一年；2003年再次执教成都五牛，赛季后再次"下课"；2004年执教中超重庆力帆，第一阶段结束后"下课"；2005年第三次执教成都五牛，两个月后再次离任，从此以后再没有机会出任过球队主教练。

有人统计说，余东风是"下课"次数最多的本土教练。就跟当初执教四川

全兴队4年创下中国职业教练在同一球队连续执教时间最长纪录一样,余东风在不经意间又创造了"下课"次数最多的纪录。

大起之后的大落,是中国职业足球的缩影

自从2005年离开成都五牛队主教练位置后,余东风像很多跟他同时代的球员及教练一样,回归成了普通人,很少再出现在媒体上。但是一年之后的2006年5月,他却再一次成了"新闻人物",不过这一次不是出现在体育版,而是出现在"社会新闻版"——5月9日晚上,余东风驾驶的沃尔沃汽车在成都街头与另一辆汽车相撞,虽然另一辆汽车的车主是无照驾驶,并且是无照汽车撞了余东风的车,但媒体一致放过了那辆无照汽车而将"枪口"对准了余东风,"余东风酒后撞车乱言""余东风酒后驾车肇事""余东风被行政拘留7天"的新闻比比皆是。

事实上余东风确实是酒后驾车,并且在被撞了之后被几位警察"押解"着去做了酒精测试,然后被罚款、扣分再加拘留。余东风本人很听话,清醒之后一切听指挥,甘愿受罚绝无二话。

现在的余东风是四川足球俱乐部的顾问,帮着魏群打理今年参加中甲联赛的四川队。余东风说,现在球员和教练的待遇都比不得前些年了,自己和教练们一个月也就三四千块钱的收入,主力球员最高的也就四五千,少的每个月只有几百块。"四川队的工资在中甲不算最高,但现在中甲平均也就这个水平了。中超球员收入都那么低了,中甲又能高到哪里去。现在足球不景气,投资的人也都冷静和理智了。"

闲暇之余,余东风在帮着四川足协编纂《四川足球百年史》。"我算是最直接见证了这三十年的,尤其是经历了职业足球的大起大落,所以这一段历史我有发言权。"

(2008年12月)

散 落

我的兄弟们啊,散落在天涯。

散　落

D 长风

凌晨时分做梦，梦到头上有根白发，对着镜子拔呀拔呀，终于拔下来了，居然像篾块一样宽，再看镜子里面，头发都要白完了，而且千奇百怪的形状，没一根像头发的……

一下就醒了，窗外乌漆墨黑，一看时间，才 6 点 23 分。再也睡不着了，躺在床上东想西想。想起了很多年前、很多人，想起了那些散落在天涯的，我的兄弟们。

从来没写过他们。

在这个将老未老、未老将老的冬天，我决定写写他们。

第一篇，就写 D 长风。

认识 D 长风是在 1999 年，不记得具体的月份了。

那时候我在晚报当编辑，编头版，每天晚上等稿子等到半夜。无聊得很，照排室的小姑娘们就帮我申请了个 QQ 号，并教我加好友、聊天。

不记得是我先加的他，还是他先加的我。那时候他的网名叫"刺痛你心"。说了几次话，觉得这个兄弟比别人好耍呢，就跟一起上夜班的校对姑娘们说，快加他，"刺痛你心"。一个姓黄的姑娘后来也跟他成了经常聊天的好友。

聊得久了，知道他是重庆人，在重庆生活。有一天，我问他："你叫啥名字？"他打出三个字母——DCF，说："这三个字母是我名字拼音的第一个字母。"

我说：D 长风？

他顿时就吓着了，说："你肯定认识我！你是哪个？"

我说："难道你真叫 D 长风？"他不回答，一个劲儿问我："你到底是谁？

当时酣醉

熟人？来网上惹我耍嗦？"

我忙解释，说真不认识他，看到那三个字母，瞎猜的，就觉得"D长风"最好听，所以脱口而出了。

他还是不信，坚持认为我肯定是他熟人。没办法，我只好告诉他，我真不认识他，我叫杨櫹，在绵阳上班。最后他终于信了，半信半疑。

一天下午，办公室电话响了，接起来，一个讲歪普通话的男声问：这是绵阳晚报社吗？我说是。他问：请问杨櫹在不在？我说：我就是，你哪位？他说："我是绵阳市社保局的，要重新给你们单位办社保卡，跟每个人核对一下身份证号码，你的号码后几位看不清，麻烦你跟我报一下你的身份证号码。"

我说"好好"，一面在心里想，社保局咋找这么个人来问哦，这普通话也歪得太离谱了，一面老老实实在电话里告诉他：510702……对方说："等下，等下，我记一下。"记完了，我正要挂电话，那边又说话了："杨櫹，嘿嘿，哈哈，哈哈哈！"

我一下子反应过来，问他：你不是社保局的吧？你谁？他说：你猜。我说：D长风！

电话里笑得天花板都要塌了，D长风上气不接下气地说："你嘴巴那么嚼哒，结果这么好骗嗦！幸好我不是坏人，不然把你娃骗去卖了你还帮我数钱！"

后来就成了好朋友。

每天在网上聊天，晓得他在他表哥开的摩托车配件厂搞销售，也晓得他的漂亮女朋友很爱他，但他觉得自己没钱，硬要让女朋友嫁给一个使劲追她的老板。我说：你疯了吧，你们那么好，你干吗让她嫁给别人？他说：你不懂。

再后来，我有啥心事也都跟他说，有一次说着说着我不打字了，他问："跑哪去了？"我说："坐这儿在哭。"他说："莫哭了，给你一根开脚帕。"我问："啥叫开脚帕？"他说："擦脚的帕子啊，给你擦擦眼泪啊，你们绵阳人不兴说开脚吗？"

哈哈哈，"开脚帕"，心里的不快一扫而空，我都要笑倒了。

再后来，每天约他一起跑到联众里去下围棋，下五子棋，下象棋。那时候单位一到中午下班就断网，于是吃过午饭后我雷打不动地跑到单位门口的网吧去接着跟他下棋。那时候联众生意好得很，经常跑进去半天找不到座位，我们在各个房间乱窜，看到有空桌子就大喊"快来，快来"。有人问我："你是不是在搞网恋哦？"我说哪有闲心搞什么网恋，我在忙着下棋。我的棋艺就是证明，尤其是五子棋，那段时间周围就没有谁下得赢我。

那时候D长风经常跟我说：你什么时候来重庆采访，我请你去重庆最好的荟宾楼（还是宴宾楼？记不清了）吃饭。我说我们一般都不出省采访呢。

2002年春天，我跳槽去了《中国足球报》。过完春节还没去北京报道，单位领导就通知我，说东亚四强赛在重庆打，让我先从绵阳去重庆采访。

我告诉D长风：我终于要去你们重庆采访啦！他说：来来来，我隆重接待。然后告诉我坐车到菜园坝车站下，他来接我。

那天第一次一个人去重庆，坐到菜园坝。还没下车电话就响了，是D长风。我说：你在哪？我到菜园坝了。他说我都来了好久了，脚杆都"姑麻"了。

刚下车，就看到一个个子奇矮、气焰特嚣张的小伙子走过来了，貌似还有点端着架子，问我："杨橼？"我说："啊，D长风，你真是个矮子啊？"他说："再说老子打你！哈哈。"

然后服服帖帖地跟在他屁股后出站，上出租车，然后到球队下榻的酒店。他帮我把行李扛到房间，说："你快去忙，晚上荟宾楼，我安排好了。还有我妹妹和他男朋友，还有我女朋友，不过现在她是别人的老婆了。"

我说："这么排场啊？"他说："有啥办法，我说不赢你，我妹妹能说。我

143

当时酩醉

又说不来普通话，但是我那女朋友说得还可以，正好可以跟你交流嘛。他们都晓得你，都想见你……"

那天晚上，我见到了 D 长风的妹妹和她男朋友，还有他的前女友，当然还有喜欢把外套披在身上不穿袖子的 D 长风。再见面的时候，我跟他说："你在膝盖上补两个补丁，再端碗稀饭蹲到那喝，简直就是个生产队队长了。"

"黑老大"D 长风说："你懂不懂？这是我们'黑谁会'的操法！"

但是他妹妹和女友都认为我说得太对了。

酒足饭饱之后，他们说带我去唱歌。他前女友一个劲儿在那唱情歌，眼泪都唱出来了，哀怨得不得了，D 长风坐在边上高深莫测地吞云吐雾。我跟他说："你们两个彼此那么喜欢，为啥不在一起呢？"他说："我没得钱，我不能给她幸福。"我说："没钱还在荟宾楼吃啥子饭？"他说："我借的。"

离开重庆之前，我跟 D 长风说："你跟那个女孩儿和好嘛，只要你愿意，她肯定马上离开那个老板回你身边来，没钱你们吃差点就是了嘛。"他说："不不不，你走你的，莫管。"我说："你怎么这么俗啊？这么好个女孩儿，你放走了，以后哪个女娃子跟你啊，你这么矮。"

他说，要是我发财了，我就去找她。

后来我到了北京，还是经常在闲暇时间跟 D 长风聊天，也经常去联众下棋，但是不知道他是否发财了。

再后来，单位让我去采访力帆队的一场联赛，顺便对力帆队主教练塔瓦雷斯做个专访。去的时候，D 长风已经帮我在大田湾体育场外订好了宾馆，又帮我把行李扛进房间，说："我看比赛去了，你忙完了给我打电话，晚上请你吃饭。"我问："要不要我帮你找票？"他说："要你找哦！我买的套票。"

比赛结束后，D 长风又把晚饭包了。我说我还要在重庆待两天，还要采访塔瓦雷斯。他说："明天我要去璧山，中午你等我吃饭。"

那天晚上，我朋友力帆队球员贾劲的女朋友跑来跟我住，聊了大半夜，第二天上午睡完懒觉起床，她要请我吃饭，我说："不要你请，一会儿我的网友要来请,你也别走,一起吃饭。"

她笑了,说:"那我走了,我就不跟你一起吃饭了。"我说:"别走,一起。"她说;"你的网友来请你,我在这里不好吧?"我说:"你想偏了,他不是那种网友。"那些年一说到网友,大家条件反射就会以为是玩暧昧的,我表示理解她的想法。

中午时分,D长风同志从璧山赶回来了,跑来找我吃饭。还是把外套披在肩膀上,跟个生产队队长一样,见到球员的女朋友,依然端着,跟个黑社会大哥一样。

饭桌上,纯兄弟D长风噼里啪啦的笑话把小姑娘笑坏了,不时地悄悄跟我说:"现在我相信他真的是你的好朋友了,不是一般的'网友'哈。"

第三天,我成功地对塔瓦雷斯做了专访。D长风来找我,说:"走,今晚我请你去蓝滨路吃海鲜。"

坐出租车去蓝滨路,我们在车上天南海北正聊得欢,突然听到后排的D长风大喊:"停到!给老子停到!老子抖你!"

我吓了一跳,回头去看他。D长风已经拉开车门下去了,站在马路上,指着司机:"下来!老子要抖你!"司机惊问:"你咋了?"是啊,他要干啥?啥意思?我也一头雾水。

D长风说:"你还给我绕路,信不信我把你苦胆打出来?"

司机分辨:"我哪在绕嘛,本来就走这里嘛……"D长风怒吼:"你还嘴嚼?给我出来!"说着伸手就来拉司机的车门。

我吓着了,要是真打,他那一"抓抓",打得赢个啥啊!就是我也上去帮忙,也打不赢这个大块头司机啊!于是我跑出来劝架,说莫闹了莫闹了。D长风说:"你是不是看到她是个外地妹儿?你不晓得我是本地的啊,这点儿路你还绕?你找死!"

司机被D长风的嚣张气焰吓到了,说:"我不绕了嘛,一会儿你不给钱行了

吧。"D长风说："开！老老实实给我开，该给你多少钱一分不少你的！"

那天晚上我们两个吃了一大堆海鲜，但我不知道饭钱是不是他借的。因为闲聊的时候我感觉出来，他表哥的厂子效益不好，貌似要倒闭了。

离开重庆的时候，我说："D长风，如果你到北京，一定要来找我，我要请你吃饭……"

一年多后的某一天，我在北京，突然收到一个短信："那天坐火车经过北京。"D长风发的。

我忙打过去，他已经在重庆了。我问："你去哪了？"他说："去天津办事，从北京回来的。"我生气了，说："你怎么不给我打电话？我要请你吃饭呢！"

他说："等我下次来请你。"

又是一两年后的一天，又收到一个短信："去沈阳，从北京过。"

我赶紧又打过去，他正在沈阳。我说："你去沈阳干吗呀？"他说："赌钱。等我回来，请你吃饭哈。"

结果他回来路过北京的时候，并没有找我。

他回到重庆后，在网上聊天，我说："你咋没来找我就回去了呢？"他说："输光球了。下次有钱了再来找你。"

我真气着了，我说："D长风，你龟儿不落教，两次路过北京都不跟我说，我要请你吃饭！"

他说："等下次你到重庆来哈，还是我请你。"

后来我没再去重庆采访过，也就再也没见到过D长风。

他没以前那么爱上网了，也没以前那么爱开玩笑了，也不爱去下棋了。有时候在网上聊天，问起他的情况，他说他表哥的厂子垮了，他的女朋友已经生娃娃当了妈了。

越来越没有D长风的消息了。地震那年，收到过他的短信，问我家里人好不好。我简短回了两句话，说了家里的情况。他又回信："莫哭。"

又过了几年，那个叫"刺痛你心"的头像，再也不亮了。他的电话号码，依然保存在我北京那个卡里，只是回来后的这几年，我没再开过那个手机。

D长风，不知道你最终有没有发财，有没有找到心爱的姑娘。

你一直在我的好友里。你是我真正的朋友，我的兄弟……

当时酣醉

W 震龙

W 震龙也是网友，是跟 D 长风前后脚认识的。天津人。

刚认识他的时候，他 23 岁，大学毕业没多久，在天津一个什么铁路设计院还是设计所工作。

他的网名叫"心如刀割"。我每次都叫他"心如刀绞"，他多次抗议，说"老大，我叫心如刀割，知道《心如刀割》吗？我偶像张学友的一首歌的歌名！"

但他的抗议从来无效，因为我觉得"刀绞"比"刀割"更厉害，更好耍。所以他必须叫心如刀绞。时间长了，他也不再反抗，说："老大，你说了算，绞就绞吧！"

从那以后，他一直叫我"老大"，一直到现在。

W 震龙没有 D 长风那么有气场（虽然他告诉我说他有一米八高，长得还挺精神），所以经常被我欺负。但后来他老大老大地叫我，我就不好意思再欺负他了，既然是他的老大，就得护着他不是。

刚认识的时候，W 震龙刚失了恋。他在江西上的大学，女朋友是江西人，毕业后他回了天津，女朋友留在了江西，所以两人就分了。但他有点儿伤感，因为那是初恋。我说："莫哭了，好男儿何患无妻，况且那个江西姑娘肯定也没那么好看。"他破涕为笑，说："老大，你咋知道她没那么好看的！"

我说："我还知道你是 1976 年出生的呢。"他问我咋知道的，我说从你名字里推算的，1976 年不是唐山大地震嘛，一震就震出了一条龙，那不就是你嘛。W 震龙惊得差点滚到椅子下去，说："老大，你太厉害了，这辈子小弟我就跟你混了！"

散 落

  W震龙爱唱歌，经常参加他们单位组织的唱歌比赛什么的，有时候单位搞合唱，他还担任领唱，上台前还突然给我打电话："我马上要上台了，有点儿紧张，先给你唱几句你听下效果哈！"
  W震龙爱骑山地车在街上跑，有时候给我打电话说："老大，刚才我穿个黑风衣骑个赛车从街上过，回头率那个高哦！"我问为啥，他说："因为我长得精神呗。"我很奇怪，一个人有点儿精神，走在街上就那么多人看吗？
  2001年秋天，北京的单位挖我，给我定了往返机票，还在报社旁边订好了宾馆，让我先去考察一下。思前想后，我同意先去看一下。
  去之前，我跟W震龙说："我要去北京考察新单位。"W震龙说："真的啊，那我要请假过去看你！"我说："好，到时候老大请你吃烤鸭。"
  到北京的第一天，跟单位领导和同事见面，从老总到副总到编辑部主任，都对我十分满意。吃晚饭的时候，老总跟我大概说了下待遇情况，然后问我："你觉得我们这里环境如何？"我客气地说："好。"老总大手一挥："那你就别回去了，下周一就开始上班吧！"我说："那不行，我那边请的事假，我还是要先回去。"
  第二天上午，刚起床没多久，就听到有人敲门。开门的瞬间，听到一个声音在喊："老大！老大！你是在这儿吗？"
  开门一看，服务员领着个高个子帅哥站在门前。一看到我就吆喝："老大，原来你是这样儿的啊！""老大，你原来这么矮呀！""老大，你怎么把头发染这么黄啊？"
  说了要请他吃烤鸭的，决不食言，于是就出门往烤鸭店走。
  出门之前，W震龙说："哎，老大，我看看你的字究竟有没有我写得好，咱们写写看呗！"平时在网上聊天时，我跟他瞎吹过我写字好，他好像不太服。
  我说："比就比，谁怕谁。"于是在房间书桌的稿笺上就开始写，一人写几个字，拿到一起来比。他蹲在那儿抓脑壳："写啥呢？"
  我说："就写天津分舵主W震龙拜见总舵主吧。"

当时酣醉

他说"好",然后认认真真在纸上写出了这句话。

我看了下,简直比我写得差远了。我在下面跟了两个字:赐座。

W震龙说:"老大,你真的写得好哈,比我写得好多了!"我说:"火车还能是推的吗?"

吃完饭去逛天坛。天坛东门就在五十米远的地方。在天坛里,W震龙说:"老大,我给你唱首歌吧。"然后就唱了起来。"老张开车去东北,撞了,肇事司机耍流氓,跑了……"

唱完了,我说:"这什么歌啊,这么难听。"他说:"啊,你没听过吗?这歌现在可火了,《东北人都是活雷锋》啊。"我说:"这歌可太难听了。"

W震龙说:"那你教我说点四川话,我回去好跟他们显摆。"我说:"手伸出来,我教你这些手指头分别叫什么。"

他伸出手,我说:"跟我念——大指猫儿、二指猫儿、中指猫儿、小指猫儿……"

还没念完,W震龙就差点笑断了气,说:"老大,你太嗝儿了,你要笑死我啊!"

我说:"什么叫嗝儿?"他说:"就是好玩儿、有趣、搞笑的意思。"我说:"哦,那我们四川人都这么嗝儿。"

随后的一路上,W震龙一直在不停地念叨,"大指猫儿、二指猫儿、中指猫儿、小指猫儿",后来终于发现问题了,指着无名指问我:"那这个叫什么指猫儿?"

我想了想,想不起来,我说:"好像没叫啥指猫儿,就叫无名指猫儿吧。"

后来我到了北京上班,W震龙有空的时候就跑来北京找我玩儿,还跟我的同事以及后来在北京认识的朋友都一起玩儿过,当然,也包括后来的孩子她爹。

我跟W震龙开玩笑说:"以后咱们帮会的总舵就设在北京了,你们天津分舵离这里很近，你要把分舵治理好，我随时要去视察。"W震龙笑得稀里哗啦的，说："老大放心，肯定没一点儿问题！"

2002年夏天，我去天津采访联赛，一个也在北京上班的女老乡休假闲着没事，我就邀请她跟我一起去天津耍，吃住我包。然后我通知W震龙："明天我要去天津视察，请接站，还要拉横幅，上面要写个'热烈欢迎总舵主视察天津分舵'。"他说："好好好，小的马上去办。"

第二天，带着女老乡出了天津火车站，太阳火辣辣的，女老乡问："你的手下在哪啊？"我说："让我手搭凉棚来看一看哒。"

正说着，就见一个大高个儿挥舞着双手嘴里叫着"老大，老大"就跑过来了。我问："怎么没拉横幅呀？"W震龙说："总舵主见谅，昨晚上本分舵发生火并事件，小的一直在处理这个问题，来不及拉横幅了……"

哈哈哈，笑死人啦，我说："没关系，这位也是总舵的人，你喊何姐就好了。"

然后一起打车，去W震龙事先帮我们订好的宾馆，路上我问："那宾馆在哪啊，条件好不好？"W震龙说："叫××酒店，就在劝业场步行街那，没进去过，外面看着还可以。"

一路上车子不时颠簸，到处都在修房子、修街道，乱糟糟的，女老乡没来过天津，显然很失望。我说："W震龙你怎么治理你这地盘的？你看看窗外，到处像什么样子？"W震龙连说："对不起对不起，都是我的错，下次你们再来，绝对不是这个样子了！一定尽快治理好，让老大满意！"

我估计出租车司机肯定在心里怀疑，以为我们几个都是精神病吧。

去到宾馆房间，居然发现房顶角落在滴水，我说："W震龙你咋搞的，外面街道烂，屋里这房子也烂，太气人了，来人，拉出去剁了！"

W震龙忙着假装求情，说："老大息怒，千万莫杀我，杀了我倒没什么，但是我们帮会的人就更少了呀，就只剩下你一个了呀！"

我想了想也是，说那好，就先不杀了。

女老乡说："哦，原来你们总舵、分舵加起来就你们两个人啊！搞得这么热

闹，我以为都几千人了嘞！"

女老乡又问："你们帮会叫什么名字？"我们想了半天，哎呀，好像忘了起名字啦……

2005 年还是 2006 年，W 震龙调到北京，参与地铁几号线（记不清了）的设计和施工工作，在北京一直工作到 2008 年汶川地震之后。这期间他在天津结了婚，并生了个儿子。但生活的改变并没有让我们的友情有所改变，我依然是他的老大，他依然是我的好兄弟。

他在北京的那几年，我们时常一起吃饭。他是个超级球迷，有比赛的时候还经常一起熬夜看球。2006 年我跟孩子爹（那时候还不是孩子爹）分手了一年，一个人住到自己新买的房子里，有空了就跑到小区附近的乒乓球馆里去打球，经常整个下午和晚上都泡在球馆里。

一天，W 震龙给我打电话闲聊，问我最近忙什么，是不是还天天去打球。我说不去了，最近在球馆里遇到两个叫"新平"的瓜怂骚扰我，烦不胜烦，不想去那家球馆了。W 震龙说："怎么回事，你咋不早点跟我说，让我去会会他们！"

那天下午，W 震龙一下班就跑来找我，说要跟我一起去打球。"让那两个'新平'看看，保证他们一看到我就不敢惹你了！"我说："好，给他们点儿厉害看看，他们再来纠缠，你就直接给我开扁！"

我们全副武装雄赳赳气昂昂地跑到球馆，两个'新平'都没来，W 震龙说："咱俩先打，边打边等他们！"

然后一会儿看见他使眼色，一会儿又努嘴巴，都是问我："门口刚来那个是不是'新平'？"我说都不是。又打了一会儿，他干脆把球衣脱了，光着上半身跟我打，还说："我让他们看看我背后的文身，看到他们就尿了！"

我说："啥文身？你转过来我瞧瞧哒。"

他转过来，我看到了，背上全是红圈圈，应该是刚拔过罐。

散　落

　　那天两个叫"新平"的瓜怂都没露面，W震龙意犹未尽，说："改天我再来给你撑腰！"

　　结果后来没轮到他来撑腰，黑大汉知道了，扑爬跟斗来撑的腰，也跟W震龙一样，天天陪我去球馆打球，其中一个"新平"就消停了。

　　"5·12"汶川特大地震后，W震龙很快就晓得我家里出事了。过后几天，我把家里人接到北京，把老人、小孩安顿好后，弟弟、弟媳妇就要回北川抗震救灾，没有身份证，坐不了飞机，W震龙帮我买了两张火车票送过来，还买了一大包常用药，让弟弟、弟媳妇带上。跟我一起把弟弟他们送上火车后，W震龙说："老大，我陪你走走吧。"

　　走到军事博物馆附近一个小胡同里的时候，周围没人，W震龙说："老大，你哭一场吧。"

　　坐在墙边的台阶上，挨着我的好兄弟W震龙，我放开声音哭了起来……

　　我离开北京的时候，W震龙去了沈阳，听说沈阳又要修地铁了。从那以后，跟W震龙就再没见过面了。

　　但他依然会给我打电话，一打通，还是乐呵呵地叫我"老大"。最近的一次电话，好像是去年了，我们在电话里聊了很久，他很感慨地说："老大，想起来好快啊，我们都认识快二十年了。认识你那会儿我刚大学毕业，现在我在单位都成大叔了。"

　　我说："是啊，老大是看着你长大的。"

　　每年过年，都会收到短信，再陌生的号码，只要一看到开头两个字"老大"，我就知道，那是我兄弟W震龙发来的。

弋　哥

弋哥不是我的网友。

他曾经是多年前成都一张叫《足坛》的报纸的主编。

我认识他大概是在2000年。

有一天我在绵阳南河体育中心附近一个报摊上买报纸杂志，突然看到一张花里胡哨的叫《足坛》的报纸，就拿起来翻了翻。还没翻完就觉得好耍，比《足球》《体坛周报》这些不正经多了，有点儿类似当时的《南方体育》，但完全是四川风格。我喜欢。

于是买了份《足坛》回去，翻主编的邮箱，想给他们投稿。我看到主编是个奇怪的名字：弋哥。而且这弋哥还亲自操刀，跟一个叫"老马"的家伙在评论版东拉西扯，骂这个损那个，肆无忌惮的，还都挺幽默。我当即决定，去这个报纸上耍。

过了几天我的稿子就登出来了。给他们写了几天绵阳足球队的新闻后，我跟主编要求："我可不可以写评论版，跟你和老马一起扯？"他说："欢迎，欢迎一切敢扯筋的。"

之后我就开始在评论版跟他们扯起来了，并且晓得弋哥常驻成都，老马是个老陕。

后来弋哥可能越来越赏识我，不但让我写评论版，还几次把分析人物的整版拿给我整。我记得他亲自分析过李响，我分析过"大炮"徐根宝，都很叫座。

弋哥的稿费总是来得很准时，并且标准较高。但是一段时间之后，稿费来得不勤了，这就直接影响了我扯筋的积极性。

散 落

　　后来有一天,好像是在深秋,我突然接到一个陌生的电话,一个操着歪普通话的男声叫我名字,我问:"你哪个?"他说:"H 弋"。我问:"H 弋是谁?"他说:"弋哥。"

　　他告诉我,他们把省足协得罪了,这张报纸要办不下去了。

　　弋哥说,在报纸咽气之前,他要把所有拖欠的稿费都发给作者,翻了一下,我的最多,而且绵阳离成都很近,所以他要亲自把稿费给我送过来。况且,他失业了,正好出来转一转。

　　我说:"要得,到时候我用稿费请你吃饭。"

　　他果然就来了。那时候他还没有车,我当然更没有。所以我徒步从安昌河畔走到位于会仙路的长途汽车站,迎接从成都赶班车来绵阳的弋主编。

　　刚见面的时候,还是惊艳了一下,居然这么嫩气,长得还不错,就是太矮,估计也就跟我差不多高。

　　拿到了拖欠的稿费。中午我请他在公园口吃肯德基。他说他还不走,要在绵阳考察考察,我想,那只有晚上再含恨请一顿火锅了。

　　晚上在南河坝一家土灶火锅店吃饭。弋哥直接就喝多了,这可咋办,就算我扛得起他,我也不想就这么把他扛起走啊,而且,扛哪去?扛我家不行,扛酒店,还得我掏住宿费,不行。

　　关键时刻,他醒过来了,说了一句话又睡过去了,他说:"我有个大学同学在你们这某某单位工作,你帮我给他打个电话。"

　　一会儿,那个眼镜同学就来了,把这个当初睡在他上铺的兄弟扛走了。走之前眼神复杂地看了看我,可能觉得我是个撂挑子的人,弄醉了就撒手不管了。

　　第二天,弋主编神清气爽地又来找我,说要跟我到我们报社去看看。

　　他不是想到我们报社来应聘吧?我有点儿慌神,他应聘倒没什么,但是万一别人误以为他是我男朋友咋办啊?我又不好拒绝,只得带着他去了我们单位。他在我办公室周围到处溜达,看墙上的评报栏,还去阅览室考察了一圈,然后神秘兮兮地问我:"你们没有弄足彩啊?"我问:"足彩是什么?"他说:"足

155

球彩票啊！"我说，我们连足球都基本上没有，还有什么足球彩票。他说："南方搞得可火了，四川这边还没动静，过几天我去广州那边看看。"

他回成都没多久，就听说他拉了一伙人，又搞起了一张报纸，专门弄足彩。年代久远，我已经记不起他那报纸叫什么名了，只知道后来在四川火了几年。

现在想起来了，我应该是在2001年认识他的。因为第二年开春，我就去北京了。

那个冬天，我差不多已经决定要去北京了，但绵阳的交接工作还没做完，我跟绵阳这边的老总答应了的，把这一年干完再走。年末的时候，中国足协的某个大会在成都举行，我的新东家《中国足球报》说："我们就不派记者过去了，你去采访，把稿子都写了哈，写个三四个版就行了。"

《绵阳晚报》正好也要派我去采访这个事，那阵我们记者、编辑都还没有自己的手提电脑，晚报老总把他的私人笔记本拿出来给我武装上，让我去成都打个漂亮仗。

到了成都，进到开大会的全兴酒店。第一次采访比赛之外的足球，看到那么浩大的场面，看到传说中的李大眼被一帮哈戳戳的小喽啰簇拥着进进出出，看到张吉龙、杨一民等足协大佬洋歪歪地走来走去，我蒙了，拿谁下手啊，我一个小地方来的无名小卒！

后来突然想起，当年吉米说过，他和张吉龙最早都在国家体委的国际司当过翻译，关系很好。于是我给几年没联系的吉米打了个电话："我想专访张吉龙，你帮我联系一下嘛。"他大吃一惊，问我："你怎么当起足球记者了？"我说："说来话长，你先帮我联系一下吧。"

没多久，吉米回电话来，说："跟龙哥说好了，晚上八点，你直接去他房间，他等你。"

于是就成功地专访到了张吉龙。后来想起，我那些仓促的、一点都不专业的问题，不知道有没有吓到龙哥。但老好人龙大爷啥都没表露出来，和善得不得了，耐心得不得了，相当于直接帮我完成了一个整版的稿子。

散 落

  龙哥的专访有了，但是只有一个版，加上常规的会议新闻，最多能凑够两个版。剩下的怎么办？那些转会，那些什么什么什么，我简直还懂不起啊，想到要给两个报纸写，而且手提电脑我也还不咋会弄呢，咋办呢？咋办呢？急死我了。

  危难时刻，猛然想到了弋主编，这么高大威猛的人我咋忘了呢！足球不是他的专长嘛，他不是蹲地上眯着眼睛就可以写几个版的嘛。简直是天赐良人啊！于是一个电话打过去，弋主编正好有空闲，一会儿就脚下生风地跑过来了。

  弋主编领着我在人群中挤来挤去，几个回合下来他的身段就被人潮淹没了，但他的思想是淹没不了滴！他胸有成竹地告诉我："分分钟帮你搞定。"

  夜幕降临了，弋主编说："走，我们吃饭去，吃了饭去酒吧耍。"我说："我的稿子……"他说："嗨，耍安逸了再说。"

  那好吧，跟他去吃饭。他请的，吃得好撇！就一个路边小饭馆，夫妻俩一个炒菜，一个端盘子，旁边还有个流着清鼻涕的娃娃跑来跑去。墙上挂了台电视，弋主编边吃饭边跟我吹世界风云，眼睛还不时地往墙上瞟，看电视里正在播放的国内外新闻。

  吃着简陋的饭菜，想起他在绵阳时我请他吃的，我眼泪都快出来了。

  饭后他嘴巴一抹说："走，去喝酒！"我是不喝酒的，但想到吃这么撇，再去喝他一顿，也算报了点仇。于是就又跟他去了酒吧。

  居然是那么漂亮、有味的酒吧啊！喝酒的时候他一点都不抠啊！喝得醉眼蒙眬的时候，他说："你还去啥子北京嘛，就在四川，也别当啥子记者了，你干啥都不合适，最好就是开个酒馆。"请注意，他说的不是酒店，不是酒吧，是酒馆。我脑子里顿时就闪出古龙小说中的那些小酒馆来，古道残阳，破落茅屋，穿得筋筋梭梭的酒馆老板娘……

  但是，就算那样没啥成本的小酒馆，我都还开不起啊。我说："我要去北京，我挣够了本钱就回来开酒馆，到时候你们来喝酒，都不准赊账。"

  第二天晚上我就回了绵阳，然后就蹲在屋里写啊写啊，一面写，一面盼着

他帮我写的两个版早点飞来。他的主业是足彩报，帮我写稿只是友情客串，我又不好催。相信他，相信他，人家毕竟做了那么些年足球新闻，不可能对付不出这两个版来。

果然，他的稿子如约而至。确实写得好，比我写的好多了。我擦干激动的眼泪，把他写的和我写的一起打了个捆，分别发到绵阳和北京的两个报纸。这边漂亮地结了个尾，那边弄了个开门红。

报社编辑根本就没发现这是两个人写的。莫法，风格太像。

第二年春天，春节假期结束后的第一天，我开始在北京上班。

一去，领导们就直接把我当成了顶梁柱，每周出差，到全国各地采访联赛，每到一处，不仅要写比赛新闻，还要对俱乐部老总或主教练或球员做专访，一个月三分之二的时间都在外面。最多的一次，一个月内坐了八趟飞机，从北京飞云南，从云南飞深圳，从深圳飞西安，从西安飞沈阳，这里的采访一结束，马上又飞往另一个城市，准备采访下一场联赛。

这样下来的直接后果就是，我睡不着觉了。

有一次，连续七天晚上没睡着，不是一般的没睡着，是基本上一分钟都没睡着。半夜三更睡不着觉，都快疯了，想给父母打电话，怕吓着他们。给老家的几个好朋友打，人家都关机了。把手机里的号码翻了一遍，觉得打给谁都不合适，再从头翻一遍，就是他了！

打给弋哥。

他睡得正香，接到电话迷迷糊糊问我："你啥子事啊？"我说："我睡不着，都七天晚上没睡着觉了！"他惊叫起来："那你还不去看医生？"我说："没空，明天又要采访。"他说："你要不要命啊！喊你莫去你不听，北京有啥子好的……"

他也不是医生，听完我的症状，只好说："那咱们聊天吧，一直聊到你睡着。"我破涕为笑："好啊，现在就开始聊嘛。"他说："但是我瞌睡香得很，如果一会儿你听到我打呼噜了，你就使劲喊哈，把我喊醒接着聊，实在喊不醒的话，你也就睡吧。"

散 落

这个偏方还有点管用,有时候聊着聊着我真的就睡着了,但也有的时候,我还清醒得很,就听见那边传来了如雷的鼾声。

聊得久了,我有点儿不好意思,说:"你有没有媳妇、女朋友什么的,会不会影响到你?"他说:"没有,有了的话我告诉你。"

还没等到他娶亲,我就不失眠了,半夜用不着找他聊天了。但是他心善,说:"你刚去那边,没啥朋友,我给你介绍个朋友,让他没事来请你吃饭,他有钱,你尽管放开了铲,还可以带上你的美女同事一起去铲。"我说:"好哦好哦。"末了他说:"哦,就是原来跟咱们在《足坛》上扯筋的老马。"

果然没过几天,西安人老马就盛装出场了。装倒是很盛,但牙齿漆黑,一笑就露出满嘴的大黑牙,直接影响了我们铲饭的积极性。

老马做药品生意,刚从广州转战到北京,第一次见面就跟我说:"我们公司离你们报社不远。"但我一直觉得他不是个在公司工作的人,因为从来没看到有人管过他,貌似自由得很。每天快到午饭的时候,就跑我们报社门口来,打电话说:"我才起来,早饭都没吃,快点儿出来,今天吃哪一家?"我跟我的女同事于红彤彤,一个月内都长了好几斤,都是老马坑的。那些天,我们报社方圆两公里之内的大小馆子,被我们地毯搜索式轰炸了一个遍。

不久之后,2002年世界杯开始了。我们报纸要做世界杯特刊,出日报,老大让我负责编两个版,其中一个是球迷版。老大让我好好想想,球迷版做成什么样子。我说:"能不能弄个扯筋的?"老大没听懂四川话土话,问我啥叫扯筋,我解释了半天,说:"请两个人来,一个南方的,一个北方的,让他们每天在版子上侃,叫'南腔北调'好不好?"说这话时,我脑子里装满了弋哥和老马。老大说:"好啊,能找到合适的作者不?"我说:"有了。"

当然,球迷版不只他们两个表演。另外我还请了绵阳的画家龚旭画了一个月的足球漫画,每天登一张,还有全国各地球迷的各种声音,后来我们老大还亲自操刀写了足球版的《编辑部的故事》天天连载,我的球迷版办得风生水起。

当时酣醉

弋哥跟老马，在他们侃死了《足坛》一年之后，又开始在我们报纸上侃，侃了整整一个月。侃到中途，我发觉弋哥明显后劲不足，不如老马出彩了，我说："你莫给我们四川人丢脸哦，雄起！"

他说："我忙不过来啊，又要看球，又要弄报纸（他主编足彩报，确实比在我们报纸上写评论要紧得多）……"然后他支支吾吾地问："你帮我写行不？"

那咋可能，用他的名字，稿费发给他，却让我来写？但是想着他曾经那么仗义地帮过我，现在他忙不过来，那我就帮他写嘛。于是后来他名下的好些散打评论，都是我抽空写的。

世界杯结束了，弋哥、老马和老龚，分别从我们报纸挣了几千元稿费，弋哥和老龚是纯赚，老马亏惨了，他请我们吃饭的钱远远不止那点儿稿费。

没多久之后，老马又要去另外的城市卖药了，走之前跟我说："你不是天天吃喝要减肥吗？你这么吃还减什么肥，我告诉你一个最有效的办法，每天晚上别吃饭，就吃黄瓜，不管吃多少，直到把肚子吃饱。我一个医生朋友这么吃了半年，减了五十斤！"

老马的偏方，我一天都没试过。我饿不起，光是黄瓜，我也不喜欢吃。

2002年秋天，有次弋哥给我打电话，说他隔天要去上海，我说我正好这周也去上海采访，好久不见，在上海碰个头哈。

我到之前，他已经到了，住在八万人体育场旁边的什么酒店，我当然也就订了那家。刚见了面，我的行李都还没去放，他就神秘兮兮地说，有人来接他了，他要出去。我问："你是来上海相亲的吗？"他说："不是，是上海几家人请我过来给他们讲彩票，昨天是一家，今天另一家又来接我。"

哎哟，半年多不见，他又成足彩专家了！我说："你莫豁别个哦，你有那么凶，咋不自己中个几千万啊？"他说："我是技术分析，你们女人不懂这个。"说完，分析师弋哥就匆匆忙忙地出门了，外面几个上海彩迷，正叽叽喳喳热情洋溢地等着他起驾呢。

然后就到了2003年非典型肺炎肆虐的那一年。"非典"过后弋哥也想来北

160

京，他的足彩报纸眼看着也要不行了，他老人家想出来走走散散心。我说："来嘛，到时候我陪你去挤故宫、挤八达岭。"他说："算了，我去你那给你煮几天饭吧。"我说："正好，跟我合住的姑娘啥菜都做不来，你来了我就可以吃现成的了。"他说："好，去之前给你电话。"

但是我再接到他电话时，他说的却是不来给我们做饭了，因为他已经在成都开了个广告公司，业务繁忙，暂时来不成北京了。

我说："你把节奏搞得太快了，我简直跟不上趟啊。"他说："莫法，人这么聪明，不搞点啥哪得行呢。"

一天，弋哥打电话过来，问我："你听过刀郎的歌没有？"我说："《2002年的第一场雪》？"他说："是啊。"我说："咋没听过，满大街都在放这个。"

他说："你知道啵，那娃是我高中的同班同学。那天无意中在他的碟子封面上看到照片，一眼就认出来了，又跟几个同学核实了下，都说就是他，罗林。高中毕业就没见过了，后来听说他追随一个妹儿去了新疆。"

我说："没听说刀郎是成都人啊！"弋哥说："我也不是成都的啊，大学毕业后才来成都的，我是资中人哒。"哦，想起来了，当初半夜睡不着隔空闲聊时听他讲过，他高中毕业后从老家考到重庆读大学，老先生讲诗词课的时候，他还披着长发，坐到地上听。

2004年春天，我父母从老家来北京看我，住了些日子，正准备回去的头天晚上，弋哥突然打电话来，问我："你爸爸在北川是做什么的来着？"我说："你干啥？想把你的铲子扛到北川去铲钱嗦？不准哈，北川穷得很，没有钱让你铲。"

他嘿嘿嘿地笑，说："瞧你说的，我是那种人吗？我晓得杨爸爸是个学问人，想去认识下他嘛。你告诉我北川怎么走，我去拜访他。"

我说："我爸不在北川，在我这呢，正在北京。"他问："真的啊，那他啥时候回四川？"我说："明天的飞机，飞成都。"

"那正好,我去接机!"弋哥很激动。我说:"有人接,他们单位的司机要来接他。"他说:"我去我去。"我说:"你如果敢扛个牌子,写个'接杨橙的父母',我就让你去接。"

第二天下午,我把父母送上了飞机。三个小时后,我爸打电话给我:平安落地!我说:"好好,回到北川再给我打个电话哈。"一会儿又接到爸爸电话:"来了个小伙儿,叫 H 弋,说是你的朋友,专门来接我们的。我还没看到呢,一出来你妈妈就看到了,说那边咋有个牌子写的接我们呢?我一看,还真是!"

我问:"牌子上写的啥啊?"我爸说:"多大几个字哦,'接杨橙的父母'!"

妈呀,真的搞得这么浪漫啊!昨晚挂了电话后我没跟父母说,我只当跟弋哥开玩笑了。

晚上回到北川之后,我爸又打电话来,把弋哥大大夸奖了一番。"热情得很,开车在前头领着我们,请我们去一个叫什么老家的餐厅吃的晚饭。吃完饭天都黑了,他怕我们的司机找不到出城的路,又一直把我们带到高速路入口处。"我说:"爸,你莫盲目乐观哈,他肯定要找你帮啥子忙。"我爸笑呵呵地说:"帮得上就帮嘛,多好的一个小伙儿。"

完了我爸压低声音告诉我:"有点矮哒,啥都好,就是有点儿矮。"我说:"矮他的,他又不是我对象呢。"我爸"哦"了一声,好像还有点儿失望。

那年冬天,还是第二年什么时候,记不清了,有一天,我爸又打电话给我,说:"今天 H 弋来北川了。"我警觉地问:"他来搞啥?是不是请你帮他联系单位,他拉广告?"我爸说:"他没说,只说来看我,给我送了一副筷子(什么竹还是什么木,不记得了,只晓得我爸一直没舍得用那副筷子,说是工艺品,高级得很,但后来埋在北川了)。"那天中午我爸请弋哥吃了饭,下午弋哥想去猿王洞看看,但我爸有个会走不开,就请旅游局长带他去了。老人家意犹未尽,说:"等他下次来,我抽空好好陪他。"

散　落

转眼就到了 2008 年。

之前我跟弋哥已经有两三年没联系了。

地震后的第三天晚上,我从北京回到绵阳,跟除了爸爸以外的全家人,睡在我哥在永兴的朋友熊二哥临时搭建的棚子里,眼泪不停地流。爸爸找不到了,想给妈妈和两个侄女治伤,想带他们去北京,弟弟、弟媳的身份证又没有了,坐不了飞机,火车票又买不到,听说宝成铁路陕西哪个路段塌方了,宝成线走不了,我急得满嘴长泡……

白天,在重庆的球员朋友贾劲给我打电话,让我把家人带到重庆去,他来安顿。但我也不知道该怎么去,而且重庆好像也不太安全。正一筹莫展的时候,收到一个短信:"这几天一直在找你,你换号了联系不上。在你博客上留了言,也没见回音。你现在肯定需要帮助,我怎么才能帮到你?"

我回信问是谁,对方回话:我 H 弋啊。

赶紧打过去,一听到他的声音,我哇的一声就哭了。我说:"H 弋,我需要你,你能不能到绵阳来,帮我把家人带走?"他说:"莫急莫急,慢慢说,有几个人,要几辆车……"然后告诉我,明天一早他们就过来。

好像那时候成绵高速也挺不好走的。

第二天上午,弋哥开了辆车,他公司的司机开了一辆,来到了我们栖身的地方。见到我妈,他喊了声"阿姨",我妈一下就又哭了,说:"你是不是那年来接我和你杨叔叔的 H 弋?"他说:"就是。"我妈哭得更凶了。"你杨叔叔没有了……"他搂着我妈的肩膀,说:"我晓得了,阿姨,你要保重身体……"

弋哥的两辆车,把我和我的家人带到了成都。

但是到北京的车票不好买。北京单位的领导都很关心,一直在跟我联系,说先不用买票,已经联系好了某次列车的车长,叫我到时候直接把一家人带到火车站,等那趟车,车长会跟我联系。但我还是不踏实,害怕到时候没票连站都进不去。

弋哥说:"先找个宾馆,让一家人洗个澡换个衣服休息一下再说吧。"我说:

"我不敢带他们住高楼,余震这么多,我要住矮房子,我害怕再有什么闪失。"弋哥就打电话,问了好几个朋友,都说那去省林业厅招待所,只有三层楼,又是老房子,质量好,不怕。

于是弋哥把我们带到了林业厅招待所,还要帮我们付房费,我坚持不让,我说:"H弋,你能帮我把一家人带出来,我已经非常非常感谢你了,我不可能再让你掏钱了。"他还坚持要付,我说:"现在不要你给,以后你再请我吃饭吧。"

晚上躺在招待所的床上,余震不断,好几次大的余震,满楼的人都惊叫着往外跑,后来干脆刮起了怪风,下起了大雨。我们扶着受伤的妈妈,抱着熟睡中的俩娃,躲在招待所院子的一棵大树下。风狂雨骤,看到旁边停了几辆汽车,我说我们藏到汽车下面去吧,哥哥说:"不行,万一房子倒了,汽车都要被砸瘪,更危险,在外头还好跑点儿……"

后来我们回到招待所,不敢再去楼上睡了,就在招待所大厅的椅子上坐了一夜。服务员得知我们是从北川逃难出来的,看到两个侄女脸上的伤,都说"幺儿好造孽哦"。她们帮我们搬来椅子,拿来被子,都说:"莫把老人和娃娃冷着了。"

后半夜,弋哥给我打电话来,说刚打听到,什么洞(离我们住的地方很近)有个卖火车票的,也许能买到去北京的火车票,但是要去得早。我说好,我不睡觉,我去排第一个。

凌晨五点,那家店还没开门,我就排在了门口。果然买到了去北京的火车票,忘了是哪趟车了,从成都到重庆,再过湖北和哪些省,忘了,最后到北京。

终于带着一家人坐上了开往北京的火车。火车开动之后,我给弋哥发了条短信:"你是我们家的天使!谢谢你!"

几年过后,弋哥跟我开玩笑说:"当时你喊我天使,现在又不认了。"

收拾伤痛,继续生活。

散　落

转眼又是几年。某一天又收到弋哥的短信："我当爹了哒。"我回信说："我也当妈了哒。"

然后互问互答：你生的啥，我生的啥，你的叫啥名字，我的叫啥名字。我说："你娃儿的名字好难听哦，怎么能叫'敦信'？"他说："好啊，敦厚守信啊，我做生意的准则。"我说："你自己不敦厚不守信，你就让你娃来敦厚守信？"他笑得哈哈哈的，说："辈分在那嘛，我们这一代没按辈分起名字，下一代还是要兴起来哦，再说了，我怎么不敦厚守信啊？"

是的，其实他是一个特别守信的人。

弋哥说："我好多年没去过绵阳了哦，好久来找你哈。"我说："要得，但是我不会再甩火腿去车站接你了，你要开起你的纯手工金色劳斯莱斯自己来。"他说："好，我继续努力。"

再后来，某天无意中在网上看到新加坡《联合早报》2005年的一篇报道，写成都一个"悠客族"青年H弋，"25岁创立广告公司，30岁挣了他人生中第一个1000万，现在他的资产高达6000万。他一个星期里有一天工作，其他时间都处于悠闲状态。开车去郊外喝茶，跟朋友聚聚，或者一大段时间待在外地或外国，或许在丽江，或许在西藏，或许在巴厘岛。他的公司全部交给高薪聘请的精英们替他管理，他完完全全成了黄金悠客……"

我问弋哥："这写的是你吗？"弋哥大笑："很显然，这是一篇严重失实的报道，最失实之处，就是对我资产的描述。"又跟我说，不能太信媒体的话。

嗯，不信。我还不清楚吗？他30岁的时候，才刚"搞死了"《足坛报》，正开始搞足彩，连广告公司都还没影呢。

165

当时酗醉

冀鸭子

冀鸭子不是一只鸭子，是个人。

冀鸭子是他的外号。外号是我起的。

主要是他说话的时候两只手总喜欢一扇一扇的，像鸭子摆动着翅膀。他笑起来总是嘎嘎嘎地，一副烟锅巴嗓子。想想看，是不是活脱脱一只鸭子了？

有时候他在离我们很近的地方边吹牛皮边摆手边嘎嘎嘎地笑，我们就会吼他："站远点！莫把鸭毛给我们抖到身上了！"

他从来不生气，但每次都要悲怆地大呼："你们几个短命娃娃，我这么帅的人跟你站一起，未必你们还吃亏了！"

他好像是比较帅，但他永远都那么不正经，不正经的人，谁会承认他帅嘛。

最开始我并不认识冀鸭子，但经常有人跟我提起，说公安局有个叫 C 冀的家伙，又帅又狂妄，文章还写得好得很，在绵阳写作圈子里名气很大。

那一年秋天，好像是 1998 年，同事何从江油采访一个案子回来，跟我说："今天终于见到 C 冀了，中午一桌吃饭，确实帅，狂球得不得了！"

我说："咋个帅法？怎么狂的啊？"她给复述了 C 冀在饭桌上说的一些话，现在我已经记不清了，但大概能想象出来当时的场景，估计也就跟当年的李大眼傲视全球足记差不多吧。

同事何也是见过世面的人了，我第一次看到她这么夸一个人，而且夸的时候自己还那么气短。

还有什么说的呢，我肯定也服了嘛，我说："我真的——很想——见到——C 冀！"

散 落

但一直没机会见到。虽然那时他们公安局就在我们晚报隔壁。

那年冬天，一个傍晚，我正在办公室赶稿子。公安局政治部宣教处的曾处长打电话来，说一起吃饭。我说："好啊，还有谁？"他说："还有游仙报的张美女，还有一个你不认识。"我说："要得，等我把最后一段写完就出来哈。"

我出来的时候天已经麻麻黑了，老远就看到曾处长和张美女站在那，不远处的院子角落里，一个男的正在打电话。曾处长说："太冷了，我们去南河坝喝羊肉汤哈。"我说"好好"，就准备走。

曾处长说："等一下，他还在打电话。"说着指了指那个人。

我说："那是谁啊？贼梭梭的，跟个贼娃子样。"

曾处长哈哈哈哈笑起来，向着那人大声喊："C冀，杨槚说你像个贼娃子！"

不会吧？这就是传说中的C冀？

按理说他那么帅那么拽的人，应该在一个阳光刺眼的大白天闪亮登场，一登场就要刺瞎我双眼的啊，怎么可以，在这样的冬天的晚上，贼梭梭的，冷得清鼻涕长淌地出现在我的面前？

当他打完电话，一边问着"哪个，哪个敢这么说我"，一边跑到我们跟前时，我才发现，以啥子方式出场其实一点儿都不重要，最重要的是，他没那么帅啊……

我问："你们公安局是不是有两个C冀？"这娃说："只有一个啊，就我一个，除了我，还有哪个配得上这么霸道的名字啊。"

我无语，我说："走走走，吃饭去了。"气到了，我要多吃点儿。

喝着羊肉汤，曾处长又嘻嘻哈哈地说起我批评C冀像贼娃子的事情，我说："我不是开玩笑，我真的以为你是把刚抓来的贼娃子带来一起吃饭的，电视里不经常有警察带着贼娃子去吃饭的事嘛。"

C冀说："你个短命娃娃，我遇得到你哦！"

后来我发现，"你个短命娃娃"和"遇得到你哦"是他最常用的口头禅，一天不晓得要说几百回。

167

第二天我跟同事何说:"你吹牛,你把C冀吹得那么玄,昨天我看到了,很普通,哪有你们吹的那么吓人嘛。"

她说:"嘿,真的,上次在江油觉得他可以得很哒。"后来C冀随时和我们在一起耍,见得多了,她也觉得他简直不怎么样了。

虽然出场的时候一点都不惊艳,但这并不妨碍C冀跟我们成为朋友。

后来我们随时一起吃饭,一起喝茶,一起泡吧,每次都是C冀买单。谁让他挣得比我们多呢,谁让他那么大方呢,从来就没见过他的钱包瘪过。

冀鸭子的外号,就是那些时候喊响亮了的。不管在哪里,我们都大声武气地叫他冀鸭子,冀鸭子很乐意接受这个外号。

经常有人当着我们的面问他为啥要叫鸭子,冀鸭子嘻嘻嘻地笑着说:"你问这几个短命娃娃蛮,我把他们得罪恼火了蛮。"

那时候冀鸭子住在交警二大队里面的公安局宿舍,我们在城北活动时去他那耍过几次。老房子,黑咕隆咚的,还是水泥地板。

冀鸭子住在里面,过着高雅的生活,每天画国画,练毛笔字,墙上好像还挂着什么乐器。我们都在他的画纸上涂过鸦,我还记得我曾经在他一幅还没完工的葡萄旁边写过"杨橪到此一游"。

浪费了纸墨倒没什么,大方的冀鸭子不会生气,但把他认为可以媲美张大千、齐白石的画一块儿糟蹋了,常常让他捶胸顿足,边跺脚边吆喝:"短命娃娃,我咋遇得到你哦!"

冀鸭子也爱跟我们打麻将,不管输赢永远都笑嘻嘻的,把桌子上每个女娃儿都喊得齁甜,比如把某某红叫红红,把某某华叫华华。

冀鸭子一点都不女气,但他有个女气的动作:不管喝酒喝茶还是搓麻的时候,右手小手指永远都是翘着的。跟他一块儿搓麻,遇到我们手气好赢了钱的时候,我们会喜笑颜开地讥笑他的兰花指,遇到手气不好的时候,就会鬼火乱冒地吼他:"把你兰花指拿远点,再碰到我袖子,一会儿给你龟儿撇了!"

散　落

　　冀鸭子有很多女朋友，是真的跟人家谈恋爱的那种女朋友。各行各业的漂亮妹妹，都争先恐后地想当他的女朋友。我们经常不晓得他的那些女朋友是从哪儿来的，他说："莫法，我太帅了，这些妹儿都喜欢我呢。"

　　但冀鸭子跟每个女朋友都好不了多久，有时上个月我们看到的还是 A 呢，下个月就又变成 B 了。我们经常谴责他花心，他每次都做出一副被冤枉的样子说，不是我要吹的，真的是人家踹了我的。

　　我们问，人家咋个踹你的？他说："我就跟她做工作嘛，让她觉得我不好嘛，然后就把我踹了。"

　　但是冀鸭子有一个优点，就是从不说前女友的坏话，每一个被他"始乱终弃"的女朋友，他跟我们说起的时候，都无比真诚地说：某某某是个好女孩，真的，真的特别好。

　　那时候冀鸭子在公安局宣教处当编辑，编一张内部报纸。他跟我约过几次稿，我好像给他写过一篇，把个案子写成特稿，挣了他一大笔稿费（其实也只是比我们自己的报纸稿费高一两倍），还敲诈他请了 N 顿饭。

　　后来冀鸭子调到省公安厅去编杂志，又跟我约稿，我又把那篇稿子给了他，又挣了一笔比绵阳公安报还高得多的稿费，还受他们邀请，到成都去连吃带住带耍带领纪念品开了一次奢华的笔会。

　　冀鸭子批评我说我稿子写得撇（撇，四川话中是差、不好的意思），还一稿多投，不地道。我说："我在别的地方都没这么不地道，但跟你还客啥子气呢。我稿子再撇，有你那个'如丝如雾的雨飘过太阳'撇吗？"

　　说到这个冀鸭子就收兵了。"如丝如雾的雨飘过太阳"，那是他的把柄，认识没多久就被我捏在手里了，只要他惹到我，我就要喊："如丝如雾的雨飘过太阳！"

　　还不认识他的时候，不是总听人说起他文笔了得、文章霸道嘛，所以认识后，我就迫不及待地想看看他的文章。那时候还是手写稿子，他拿给我一本他写的小说，字写得不错，小说名字我忘了，第一句就是"如丝如雾的雨飘过太阳"。

169

我说:"这都什么句子呀,这么做作!"他说:"你不懂,往下看。"

我接着往下看,看得昏昏欲睡。虽然句子都华丽丽的,但没什么故事,我就是个偏好故事的人,没故事让我看个什么。我不喜欢意识流。

后来我跟同事何他们说:"我看了冀鸭子的代表作了。"他们问:"啥子作品?"我说:"不晓得,只记得一句,'如丝如雾的雨飘过太阳'。"

从此以后这个传说中的著名青年作家,就彻底在我们面前没有了作家身份。

因为最爱跟冀鸭子抬杠,而每次他都说不过我(不晓得是他真说不过,还是脾气好让着我),所以冀鸭子常常仰天长叹,说:"你个短命娃娃,我说不赢你,晓得将来啥子样子的男人才把你有法哦!"

我说:"你个短命娃娃,哪个都把我莫法哒,你现在是不是特别想跟我说一句话?"

他警觉地问:"啥子话?"

我说:"你是不是特别想大喊一声:'天哪,既生我,何生你啊!'"

一堆人笑得七歪八倒。冀鸭子说:"将来总有个凶的来收拾你,把你个短命娃娃始乱终弃!"

说是这么说,但每次遇到我们谁有什么不顺心的事了,冀鸭子都比亲哥还关心,开解方案一套一套的。

冀鸭子好像特别受领导器重,他们公安局的男领导器重他,市里一个女领导也慕名来器重他。有一次,他叫我们去临园宾馆吃饭,一群人去了才知道,原来是那个女领导请他。

爱才的女领导对他好,顺道把我们这一群冀鸭子的朋友也善待了。

回来后冀鸭子跟我们商量,说:"我们莫这么耍兮兮的了,我们来做点事情,成立个工作室。"我说:"啥子工作室啊?"冀鸭子很内行地说:"搞影视,我们自己编剧,自己拍,然后拿去卖钱。有钱了我们再在全省乃至全国招兵买马,做大做强。"

散　落

　　我们都被冀鸭子说得热血沸腾起来。但是就在我们的工作室还没影的时候，冀鸭子就被调走了，省公安厅的领导又把他看上了，要调他去省厅政治部。

　　那个冬天，他要走之前，变本加厉地请我们吃喝。冬至节的晚上，他请我们在南桥旁边吃羊肉，吃完后去看电影。几个人去打出租车。现在想起来挺不可思议的，从南桥到滨江电影院，多近啊，我们怎么没直接走过去，还要去打车？

　　好不容易拦了辆空车，我们争先恐后往车里钻，冀鸭子当然是最后一个。

　　问题来了——轮到他上车的时候，司机在前面使劲喊："莫上了！莫上了！装不下了，再上就超载了！"

　　真的呢，不多不少，就多了他一个。我们说："冀鸭子你莫上来了，你跑步过去吧！"

　　冀鸭子说："不干！这么冷，凭啥子你们坐车我走路？"

　　也是哈，让他一个人走路去太不公平了，再说，他不上来谁给车费啊？

　　没办法，我们就跟司机商量："挤一下嘛，挤一下，就这么几步路。"司机说："不得行！逮到了要罚款！"

　　我们说："不怕，他就是公安局的，逮到了让他去说。"司机转过来把冀鸭子看了又看，确实没法相信这个穿着便服、冷得咻咻咻，还被我们呵斥着不准上车的人是个警察。

　　看我们几个人都喝了点酒麻乎乎的样子，司机也懒得多说了："好嘛好嘛挤到起嘛，反正逮到了你们负责。"

　　然后车子刺溜就开走了。都穿得太厚，加上胖的比瘦的多，所以嘛，门就有点关不严了。

　　没被交警逮到，但冀鸭子的右脚，一直吊在车门外，从南桥，吊到了滨江电影院门口。

　　冀鸭子调到省城后，还是经常回来，一回来先去找女朋友，然后来找我们

一伙人耍。吃饭的时候还是他买单，他抗议过，说："我都是省城的人了，回来就是客了，该你们请我了！"

但是抗议无效。我们说："那跑蛮，吃了就跑，看哪个跑得快，没跑赢的就买单蛮。"

好公平的办法哦！但是，冀鸭子还是输了，因为他根本就不跑，每次都一面吃喝着"你几个短命娃娃"，一面喜笑颜开地摸包包拿钱买单。

后来他又做工作让绵阳的女朋友跟他分手了，我们怀疑他在省城又勾搭上新的妹妹了，他不承认，说确实不值得人家再喜欢了。

到省城后冀鸭子突然就变成了一个背包客，有事没事背起包包在外头乱走，开始在省内走，后来在全国范围内走。我们都不晓得他在省公安厅到底有没有上班，他一直说在上班。

后来我去了北京，单位比较照顾我，经常派我去成都、重庆、西安等地采访比赛，好让我顺便回家看看。

那年秋天，我在成都采访当年的乙级联赛决赛，待了一周。只跟在成都当老板的弋哥去吃了一顿火锅，其余时间基本上都吃冀鸭子请的。那时候冀鸭子住在府南河边一个什么桥附近，我记得第一次去找他时，他在那个桥上等的我。

每天我采访完了就去找冀鸭子，他带我去吃饭、喝茶，还找来他的同事一起打麻将。每次新看到一个他的同事，那些人都会跟我说："哦，你就是杨槚啊，C冀经常跟我们说起你，说你很了不起，他很佩服你。"

这是冀鸭子说的话吗？我从来没听到过他夸我呢，我们在一起的时候都是你踩我我踩你，简直就没相互夸过一句呢！后来我跟冀鸭子说："咄，没看出来呢，你居然还会夸我呢。"

冀鸭子说："这个才叫真朋友，你晓得不？当面不说你好话，背后才说，像我这么好的朋友你短命娃娃上哪儿去找哦！"

好像是呢，我背着他也没说过他不好嘛，我跟谁都说他是个才子。那说明我也是个真朋友。

散 落

冀鸭子的弟弟在成都一个中学教书，那几天也爱跑过来吃饭。第一次见他弟弟时，小人家弯着眼睛看了我好多眼，可能把我当成他哥众多女朋友中的一个了。冀鸭子跟他弟强调说："好朋友，真的好朋友。"

后来他弟弟很快就明白我和冀鸭子的关系了，但是我不晓得他能不能理解我和他哥这种纯洁的哥们情义。看到我理直气壮地吃他哥，吃了一顿又一顿，也不晓得小人家会不会悄悄地肉疼。

离开成都的时候，我跟冀鸭子说："如果哪一天，你突然收到一个我发的短信，上面就一个字，'饭'，那你就赶紧出来哈，说明我又来成都了，需要你请吃饭。"

冀鸭子笑得呵呵呵的，说："你个短命娃娃哦，我上辈子欠你的。"

2005年春节，我回家过年，没买到北京直飞绵阳的机票，就飞到了成都，在成都耍了几天。冀鸭子和同在成都上班的我们共同的好友王小二、何纪虹三人轮番请我，带我去逛刚开发出来的锦里，去著名的酒吧街喝夜啤酒。我在北京待久了，回四川看到什么吃的都想来一份，冀鸭子一面批评我"你个短命娃娃，从京城回来咋还是这么好吃哦"，一面笑呵呵地摸包包拿钱买单。

那时候冀鸭子已经有了一个未婚妻，36岁的他终于要结婚了，我们都为他高兴，说："这次这个你不会耍着耍着又做工作让人家把你踹了吧？"他说："不会不会，这个我是要跟她结婚的。"未婚妻是冀鸭子当背包客时在旅途中碰上的，外省女孩，他叫她"摸摸"，我们虽然还没见过，也兴高采烈跟着他叫"摸摸"。

冀鸭子说，过两天摸摸要来成都过年，并叫我等到摸摸来了，一起耍了再回家。我说好。但摸摸还没来，我的老爸爸先来了。老爸爸一年没见到他的宝贝女儿我，担心快过年了我在成都不好赶车，就带着车激动地从老家北川跑省城接我来了。

走的时候我跟冀鸭子说："过了年你有空的话，就带摸摸到北川来找我吧。"他说："好，我跟她说过，北川特别美，我要带她去北川耍一趟呢。"

173

当时酣醉

过了大年,我的假满了,他们还没来。我也没当个事,心想那就下次在成都再见了。买了晚上回北京的机票,正候机呢,突然电话响了。"我和摸摸在北川,刚到,你在哪?"

我说:"晕死,我在绵阳机场,马上要登机了,你们咋不先通知我啊?"他说:"想给你个惊喜呀!记着,你欠我一顿饭,我要吃上十字口那家烧烤。"我说:"好,下次回来请,把烧烤摊吃垮!"

那是我最后一次见冀鸭子。

后来的几年,我没机会去成都出差,也就没联系过冀鸭子。"5·12汶川特大地震"后,接到过他的电话,第一次那么正经,问我家里的情况,安慰我说"莫哭,硬扛,向前看"。再后来,我当娘了,又接到过他的电话,依然是老样子,笑我。"我在想,你个短命娃娃,当不当得来妈哦!"还告诉我他现在每天忙着画画,我说:"好,以后就叫你陈高、陈加索。"

我从北京回绵阳后,有次冀鸭子在他很少用的QQ上跟我说:"听王小二说你回来了,空了去看你。"此后各忙各的,再也没有联系。

2016年9月28日上午,我正在开车,突然有朋友打来电话:"冀鸭子死了,昨天,猝死。"

天哪!怎么会!怎么可能!一脚猛刹车,当场号啕大哭。

冀鸭子,我的好兄弟,从此永远失散了……

在我的笔下,也许你看到的是个不正经的冀鸭子。其实他挺正经的,一身才气的他其实做了很多正经事,看看另一个好兄弟王小二对他的简单描述吧——

艺术感特别好的陈冀,在写作、摄影、做纪录片、书法、绘画上均有不俗的成绩。这个长得像梁朝伟的男人,表面乐观开朗的背后,有着勤奋刻苦和不懈追求的韧劲。

陈冀从不满足已有的成绩,他要把自己的才情发挥到极致。搞写作、搞摄

散　落

影、旅行写游记、做纪录片，一次次给自己施压，一次次实现人生的新突破。他的文章和图片发在了《南方周末》《国家地理》上，他拍的纪录片被英国、法国的国家电视台购买播放。

后来，他又开始搞书法、设计和绘画，他的作品被很多刊物作为封面采用，也正被邀请参加更多的艺术大展。

这些成绩的取得，除了自身的才气之外，更与陈冀的勤奋努力分不开。记得 2005 年的那个秋天，我与陈冀去丹巴做关于古雕的纪录片，我们在梭坡乡的益西增丹家住了一个星期，他坚持拍下每一个细节，坚持追逐每一缕阳光的流逝，用原生态做出来的片子美到极致，给了我极大的震撼。

我们最后一次见面，是在深圳。当时，我在深圳一家报社做实习记者，一次采访前，突然接到他的电话。还是爽朗的笑声，问我在哪儿。我说在深圳华强北。他哈哈大笑，说："我也在这附近，赶快过来喝茶。"

由于下午还有采访，我们只匆匆见了个面，说说话就此告别，想到以后见面的机会多的是。没想到，自此以后，竟成永别，再也没见了。

最近几年，陈冀选择了回归内心，关闭了博客，退出了 QQ，开始了新的艺术尝试。

在绘画方面，一切都还只是开始。可天妒英才，9 月 27 日早上，陈冀翻了一个身，掉落在了床下，等妻子醒来发现时，他已经没有了心跳，享年 47 岁。

王小二

第一次见王小二，是在 1996 年冬天。

那时候《绵阳日报》第一次面向社会招聘记者，近百人应聘，一轮一轮筛下来，只选了十个，跟报社中青年骨干余、邹、温、龚四个人一起，创办《绵阳日报·社会生活周刊》，我们简称其"社生周"。王小二和我，便是那十中之二。

那时候我们十之八九啥子都不懂，报纸都很少看，新闻更写不来，只是因为考试成绩好，有闯劲，领导们觉得可塑，才被留用的。但是王小二已经是个老手了，之前就在川内和河南、陕西的一些媒体干过，还是当年《绵阳日报》"星期天"专刊主编文然文大爷的得意门生。

王小二自然就成了我们十个人里面的头头，帮我们策划选题，教我们怎么采访，还把他熟识的各种诗人、作家、画家介绍给我们认识。

王小二还有个身份，绵阳"浅丘文学社"社长。听说他们文学社里还有黑社会成员。

有一天，王小二又把大家召集到一起，说今天下午我们去利民大厦喝茶，晚上在那吃饭。

利民大厦是位于当时普明（还是永兴？）大马路边的一座二三层小楼。那个下午，我们正喝茶瞎吹呢，突然有人进来说："大哥来了，快点起来，大哥来了！"

然后就看见一群穿黑西服的人簇拥着一个穿黑风衣的胡子男人走进来，全都趾高气扬的。小个子王小二走上去，笑容可掬地跟穿风衣的那人握手寒暄，然后把我们九个人逐一介绍给他。

散　落

　　那人跟我们挨个握手,"欧起欧起"的,但又装出和善的样子,说:"你们都是文化人,我最喜欢和文化人打交道。我这些兄弟里就有诗人呢。"然后喊了一声,王某某!就见一群黑衣服里闪出一个人来,微笑着跟我们示意,长得挺英俊,就是脸上有长长的一道疤。

　　"他就是我们的诗人,是吧,王二哥?"大哥说。王小二眼睛都笑眯了,告诉我们,这个英俊的刀疤哥是他们浅丘文学社的社员。

　　喝茶吃饭,黑衣服们很绅士地给我们敬酒,还说着各种祝福,全都无比真诚。

　　但我一直好奇,他们是什么人啊?

　　过后才听说,他们就是,黑——社——会呀!最"欧"的那个人,就是传说中的带头大哥王P呀……

　　我腿都吓软了,我说:"王小二,以后你跟黑社会聚会莫喊我了哈。"他温和地说,不怕,没事的。我说我害怕,万一跟他们喝茶吃饭,吃着吃着说一声"把这个人拖出去剁了!",那可咋办?

　　王小二儒雅地笑着,说:"不会,他们人都对得很。那个王某某(刀疤哥)对你们印象还好得很呢,还说要来找你们耍呢。"

　　几个月之后,我们十个记者只留下了五个,王小二在离开之列。我一直觉得,报社没留他并不是因为他业务能力的问题,而是担心他惹事。他就像一颗定时炸弹,虽然个子十分之矮小,态度非常之谦和,但了解他的人都晓得,他能量巨大,而且,不是"好学生",属于后脑勺上有"反骨"的那种。

　　离开报社后,王小二又去了好些个地方,我印象最深的是他在普明派出所当协警。那段时间他还是经常来找我们喝茶吃饭,最爱聊的就是他们去抓小姐。

　　在他眼里,那些小姐都是我见犹怜的纯情妹儿,所以经常趁别人不注意的时候,他就把小妹儿放了。但放之前,他都要先给人家上上课,比如:"你可以去读夜大呀。""你可以写诗呀。""我还可以介绍你认识文化界的谁谁谁呀。"

然后小姐们都哭着走了,并且都把他视为知己。

我们空闲的时候也会去找他玩儿,有几次去的时候他正在给小妹儿讲诗。完了笑眯眯地出来,请我们在当时还一片蛮荒的高新区小街上吃面,或者豆花饭。

那时候我们都出落了,一个比一个拽,不再对他言听计从,并且经常批评他说:"你还是去找点正事做吧,莫再专心致志地拯救小姐了。"

2000年元旦,王小二演了场大戏,当了回惊世骇俗的男主角。戏基本上是我编我导的。

1999年,已经跳槽到高新区办报纸的王小二交女朋友了,认识了个剑阁的姑娘叫春容,水到渠成之后,要结婚了,日子定在第二年也就是千禧年的元旦节。

有天晚上,王小二找我们喝茶。在体育馆外的棚棚茶馆里,烤着红艳艳的炭火,王小二拿出一摞摞请帖,让我帮他写名字。

一会儿就把名单上的人写完了,还剩几张请帖。我说:"想想看,还要请哪个,莫把请帖浪费了。"

他说:"就这些人了呢。"

我们说:"把高新区管委会那些人也请来嘛。"

他说:"算了,就请了几个关系好的。"

我们说:"要不就请你们老家镇上的领导,让他们来喝喜酒,用大红包给你扎起。"

他说:"算了,莫得交道跟他们打。"

我说:"要不然,干脆请市上的,要惹就惹大点的。"

一桌人说:"嘿,硬是呢,要不把海大爷、玖大爷都请了。"

王小二说:"算了算了,来喝喜酒的大部分是老实农民,莫把他们吓到了。"

不管主人家咋想的,我们几个热火朝天地讨论起来,说最好请一个,免得到时候两个大爷的出场顺序不好协调,就跟那些年晚会上要是请了女歌唱家A

和女歌唱家B就得往死了考虑谁先唱谁后唱一样。

到底请海大爷还是玖大爷呢？想了下两个大爷平时的做派，最后一致决定还是请玖大爷算了，因为平时我们都看到了的，玖大爷最喜欢热闹场合了。

最后我们问王小二："真的给你请玖大爷了哦？"王小二笑呵呵地说："那请嘛。"

于是我在请帖上写上了那三个大字。

喝茶烤火闲扯到半夜，大家各自回家睡觉。

第二天上午，我在办公室打了会儿瞌睡，突然想起来昨天策划的这个大事，就给王小二打电话说："你快过来哦，昨天说的事今天就要办呢。"他说："咋个办，昨天不是扯到耍的嘛。"我说："啥子扯到耍哦，说好了的，快把那个请帖拿起，到我这来我帮你写邀请信。"

一会儿王小二就来了。嘴上在推辞，但还是老老实实看我把邀请信写完了。那时候还是用稿笺和钢笔写的。

那封信的歌词大意是：亲爱的H市长，我是某镇某村农民某某某，这几年在党的政策指引下，在市委市政府的领导下，我发家致富了，修了新房子楼上楼下电灯电话顿顿都有肉吃日子越来越好过了，在千禧年的第一天，我还要迎娶心爱的姑娘，我要请这个那个都来喝喜酒，其中最想请的人就是你，因为吃水不忘挖井人我们富了多亏了你的好领导。我爹已把墙壁刷得雪白，我娘把猪喂得溜肥，俩老人家每天都在问我H市长来不来啊来不来啊，所以你一定要来啊……

写好后我让王小二再把信抄了一遍。他说："为啥还要我抄一遍呢？"我说："我这封直接发给市长，你那封我附到我的稿子里，免得编辑看出来是我的笔迹，明天我们在报纸上先弄出来。"

然后我陪着王小二，到南河坝邮电局买了个信封，把信和请帖装进去，写上地址，写上某某玖亲收，发向了市政府。

当时酣醉

信发出去之后,我给我们领导德华兄打电话,说刚才在乡下采访,听到一个新鲜事,明天的头版头条给我留着哈。他问啥子新鲜事,我说一个农民要结婚了,要请市长去喝喜酒,总之感人得很啊。

第二天,我们的报纸出来了,头版头条,超粗黑大标题:市长,请你参加我的婚礼。

那几天,我们的热线电话被打爆了,都是市民打来的,问我们:"市长是不是要去参加那个农民的婚礼?"我们说:"还不晓得呢,跟我们一起关注哈。"

但是我们的老总就被请去挨批评了。老总回来说,市长发脾气了,说莫名堂,这么大的事都不请示一下就登出来了!完了老总问我:"我连火门都没摸到,这到底是咋回事?"

我解释说:"人家是给市长写了邀请信和请帖的,只不过报纸出来的时候市长可能还没收到。这么好一个新闻,多好的事啊。"

老总想了想说:"那我们就静等消息吧,看市长去不去。"

眼看着就临近元旦了。王小二告诉我,他爸打电话给他,说每天都有不同的干部模样的人在他们家附近转来转去,还跟邻居打听他们家有没有人坐过牢,有没有人上过访。王小二说:"你把事情弄大了哦,把我爹他们都吓到了。"

我说:"肯定莫问题,如果他不来,直接不搭理你就得了,既然来调查你了,肯定就是要来嘛。你根正苗红历代贫农怕啥子!"

果然,婚礼前两天,王小二被正式告知,届时市长要亲自登门道贺,请做好相关接待工作。

婚礼头天晚上,我和同事兼好友何,以及广电报的孙叉叉、云叉叉下班后就赶车到永兴,又坐了好一阵蹦蹦车,赶到了王小二的家里。

王小二家张灯结彩,欢天喜地。

我们说:"这么喜庆的夜晚,只有用通宵麻将来庆祝了。"于是一直搓到天麻麻亮。

天亮的时候我们说还是要赶紧睡一会儿，不然一会儿没精神参加婚礼。

睡得正香呢，就听见院外热闹起来，有人报信："市长来了，市长来了！"

前呼后拥中，玖大爷进得门来，和蔼地问："哪个是新郎官？"

西装革履、胸配红花的王小二应声而出，玖大爷把他从头到脚看了又看，连说："好好好，戴个眼镜儿，还是个知识分子呢。"

随行人员抱上来一大摞书，用红绸子捆着的。玖大爷笑眯了，跟王小二说："这是我送给你的新婚礼物，希望你好好学习，把这些知识运用到你的实际工作中，不但要自己富，还要带领乡亲们共同致富哈。"

王小二微笑着一一答应，一边答应，一边请市长去二楼参观新房。

一上楼，玖大爷就吆喝起来："哎哟，你还有这么多书啊，你这小伙子还爱学习呢！"王小二说："嗯嗯，就是，H市长，请你老人家给我题个字哈。"

书桌上，纸笔墨砚早就准备好了的。

玖大爷欣然同意，大笔一挥就开始题字，题了副对联，年代久远，上联我已不记得了，只记得下联：夫妻齐心奔小康。

围观群众挤满了一屋，玖大爷题完字后意犹未尽，开始跟王小二和乡亲们拉家常。旁边婚床上被褥零乱，一只脚露在外面。

好不容易玖大爷的队伍下楼了。刚走出新房门，床上的师兄腾地一下坐起来，说："哎呀！把我憋惨了！"

原来是昨晚上跟我们一起坐蹦蹦车来的云叉叉，天亮后补瞌睡，睡到了王小二的新床上，醒来时只看到乌泱泱一屋子人，想动又不敢动。怪不得那一阵儿都没见到这娃哦，哈哈，该背时，谁让你抢先去睡人家婚床的。

终于开席了，几十桌坝坝宴。大家热烈邀请市长到"上八位"就座。玖大爷的秘书说："市长一会儿还有重要会议，就不在这吃饭了，给新人敬杯酒就走。"

深情地给新人和父老乡亲敬完酒后，玖大爷要走了。王小二的妈妈拎着一

袋泥巴花生送给玖大爷，说："H市长，我们莫得啥子给你拿的，这是我们自己种的花生……"本来我们是准备给玖大爷送腊肉的，但王小二家没做腊肉，邻居家也都没做，所以就把腊肉改成泥巴花生了。

玖大爷耿直地接过了花生，拍着王妈妈的肩膀说："大婶儿，我就喜欢这些东西，我也是农民娃儿出身……"周围的镜头唰唰唰地闪，这个场景，实在太感人啦！后来绵阳台、四川台、中央台放这个新闻时，都用了特写镜头。

玖大爷走了，我们几个一拥而上去抢书，扯开包装一看，全是怎样打沼气池啊，怎样给母猪接生啊，怎样防治西瓜病虫害等等，只好长叹一声接着吃席。

王小二家一炮而红。大约半年过后，有次坐着警车去采访追逃，路过王家门口，同行的派出所所长跟我说："这家子不晓得啥来头，上回他们娃结婚，市长都来了的。"我说："真的啊，他们跟市长是亲戚吗？"

忘了补充个细节，婚礼头天晚上，王小二他们村毛笔字写得最好的大爷，摆个长条桌子在院子里帮他写礼单，每个人的名字和送的金额，全都要写上。我强行让大爷把我写到第一个。因为我送了500，好像最多，话说那时候我月工资才千把块呢。

写到这里忽然想起了，我结婚的时候都没请王小二，那时候我们天各一方，我在北京，不晓得他到哪个省去了。好冤哦，王小二，还礼！

几个月后，王小二喜得贵子。生了娃没多久，就离开绵阳，带着老婆娃儿去省城了。听说在好多家媒体干过，多得我都搞不清先后顺序了。

2001年的某一天，王小二给我打电话，说："你莫那么天天摆起耍了，你写点东西嘛。"我问："写啥子？"王小二说："写小说，我都跟我们老板报了选题了，准备找几个人写个丛书，我把你这本书的名字都想好了，就叫《飘来飘去》。"我说："你啥子老板啊？"王小二说："书商啊，我现在给某某书商当责任编辑。"

散　落

　　我说："但是我写不来小说哒。"王小二说："写嘛，写着写着就写得来了，你天天这么耍好可惜哦。"

　　我说："那喊他先付稿费我才写。"王小二说："你又不是名家，人家不可能先付费，你写起了，我们来包装，到时候挣钱大家分。"然后王小二拿出当年给小姐讲诗的劲头给我做工作，果然就把我说动心了。

　　于是我跟朋友们说："以后都莫找我耍了，吃饭莫喊，喝茶莫喊，泡吧莫喊，搓麻将更莫喊。"他们惊问："你要干啥？"我说："写小说，写《飘来飘去》！"他们都不信，我想，哼，写出来给你们瞧瞧！

　　果然就没人喊我了。每天一采访完我就回到家里，看电视，吃东西，喝水，上厕所，走来走去……

　　几天后，我自己出门找他们玩去了。他们说："你不是在家写小说吗？"我说："写不来，不好耍。"

　　后来王小二给我打了好几次电话，我说："我写不来《飘来飘去》，我正在桌子上搓来搓去。"王小二没辙了，含恨找别人去了。

　　几年后，我听说有个著名作家写了个《飘来飘去》。我大吃一惊，难道王小二当年找我不成，就转头去找了他？这是个疑案，我一直忘了问王小二。

　　后来我去了北京，跟王小二联系少了。有时候回来探亲，听朋友们说他越来越行踪不定了，一会儿深圳，一会儿广州，一会儿成都，一会儿重庆，在多家媒体干过调查记者。还听说许多被他曝过光的人，都对他怀恨在心，千方百计想要报复他。

　　2005年春节我回四川，在成都耍了两天，跟王小二和冀鸭子，还有老同事何吃了几天饭。他们带我去逛锦里，吃东西、买玩意儿，王小二掏钱比谁都快。

　　我说："王小二，哪天我穷得吃不起饭了就来找你。"他说："来吧，只要有我的稀饭，就有你的泡菜。"我说："不，我就来把你扭送到悬赏人家，好挣赏金。"王小二笑了，还是一如既往的温和斯文。他当然知道，我不过是跟他开玩笑，

对他那些正义曝光，我从来都是大张旗鼓地支持的。

那天晚上他们带我去什么酒吧一条街，他们喝酒我喝饮料，他们斗地主我买马。本来喊我一起斗的，教了半天没教会，就只好安排我买马了。运气差得很，买哪家哪家输。打了一晚上他们三个都没输钱，就我一个买马的输了。

后来我回到绵阳，跟王小二的联系稍微又多了些。知道他前两年在成都开了个二手书店，今年又把书店搬了个地方。书店名字叫"聚知斋"，经常有各地的文化人来喝茶、看书、聊天。在他微信朋友圈里看到过照片，好多人在书店写字留言，我看了手痒痒的，一直想去写点啥，但一直没时间去。

后来王小二出了本诗集，叫《浅丘之上》。有朋友从成都回来，把他的书带给我看。我看了下，有些写得挺好，有些简直不咋样。其中有一篇长诗，是写给去了北京的一个女性朋友的，名字叫《梅》。我一看就怒了：我也去了北京，为什么不给我也写一首？哼！

读完他的诗我发现，人到中年的王小二，非常怀念他的浅丘时代和我们的青葱岁月。当然，我也一样。

散 落

守望哥

　　我们一起救助过的小静上大二了，曾经挣扎在生死边缘的女孩重新恢复了健康美丽，但守望哥已经看不到了，他的坟头已长出了青草。

　　很多时候遇到问题拿不定主意时，还习惯性地想问他，拿起电话的瞬间才又突然记起，守望哥，他已经不在了，2020年6月13日的那个上午，我已跟昏迷中的他正式道过别，说了来世再见了。

　　守望哥是我少年时没说过话的"发小"。那时我家住农业局，他家住隔壁的林业局，两幢宿舍楼相距不到十米，各自楼上有一道长长的走廊。两家的父母都很熟，两家的老三——正上小学的我弟弟和他弟弟是同班同学，每天一起上下学，随时相互串门，还经常趴在自家走廊栏杆上对着聊天。那时我们都知道对方的存在，也互相认识，但从不说话，少年时的我们，都那么清高自傲。

　　所以当我出走多年归来再见时，我们都已人到中年。

　　最初的"再见"，是在百度贴吧，那时候"5·12汶川特大地震"刚过去没几年，很多身处各地的北川人在那个贴吧里相互取暖，说得最多的，是对消失了的老北川的种种怀念。

　　虽然都用的是网名，他叫"守望者1840"，我叫"永远无法遗忘"，但我们很快就凭借跟帖评论中的蛛丝马迹认出了对方，并且很快就结成了"铁对子"。没事时我们相互斗嘴，有事时我们互相维护。斗嘴时他都让着我，因为他比我大，我叫他"守望哥"，有事时他总是第一个站出来帮我说话，以一敌百，所向披靡，没人说得过他。因为他最擅长打嘴仗，他在绵阳当律师很多年了。

　　跟我们一起泡贴吧的，还有在广西当大学教授的他早年的同学浮云哥，以

及浮云哥少年时的"小跟班"王老二，还有浮云哥的小舅。小舅是浮云哥的亲小舅，后来成了我们所有吧友共同的小舅。

第一次在线下相聚，守望哥请小舅、王老二和我去吃大餐。远远看着守望哥走过来，局促不安地和我们握手，我惊诧于在网上伶牙俐齿、盛气逼人的他，在生活中竟然如此低眉顺眼，更惊诧于他容貌上的苍老。

回家后我跟弟弟说，今天见到吴老三的哥哥吴老二了，头发都白了，老得太快了，小时候那么帅。但守望哥回去后却没法跟他弟弟说，今天见到杨老三的姐姐杨老二了，因为，他家老三，早在刚上大学时，就得急病去世了。

这也是守望哥父母最大的痛，还记得当年我回家探亲时，我爸曾说过，吴家老三突然去世，"对老吴的打击太大了"。吴叔叔夫妻都不是北川本地人，他老家在安徽无为，妻子老家在四川眉山，两人都是大学毕业后分配到北川工作，并在北川结婚生子扎下了根。

守望哥最自豪的，就是他家三兄弟个个都曾是北川高考状元，他哥和他弟是理科状元，他是文科状元。对这一点，他十分得意，在贴吧里说过很多次，因此认识和不认识他的网友，都晓得他家是"一门仨状元"。每次说起这个，我都批评他，少嘚瑟，但对他的家学渊源，我发自内心地表示佩服。

仗着自己学富五车、见多识广，守望哥经常在网上针砭时弊，快嘴快舌，毫不留情，也因此得罪了不少人。他却不以为意，始终乐此不疲。但我知道，他只是在网上论战时尖酸刻薄，实际上在生活中是个极其厚道的人。

2015年初，一个吧友在贴吧里@我，说她老家有个女孩得了白血病，已家徒四壁，治不起了，但这孩子刚上高二，品学兼优，实在太可惜了。知道我在报社工作，问我能不能帮忙报道一下为她争取点社会援助。

那一天，我和守望哥、小舅约着一起，代表热心的吧友们，到绵阳中心医院去看望生病的女孩小静。文文静静的小个子女孩，脸色苍白，虚弱地躺在病床上，无助地望着天花板。家在北川最偏远的乡镇农村，父母都是老实巴交的农民，父亲急得六神无主，母亲一开口就哭。

我们找到主治医生询问，医生说，唯一的办法就是进行骨髓移植，早点移植还有望康复，再拖就没治了。但目前最大的问题，就是没钱。

　　回来后守望哥在微信上跟我说："看到小静，就像看到当年的老三，心里难受得很。老三得病那会儿，家里经济条件不好，没钱给他换肾……我们帮帮小静吧。"我说："嗯，必须帮。"

　　我连夜写了篇报道，第二天发到我们报纸上，随后又在贴吧发了倡议书，希望吧友们能为小静献点爱心。守望哥第一个捐出两千元，几十个吧友紧随其后，一千、五百、一百、五十，刚从贵州老家料理完母亲丧事回到北川上班的贵州青年小辜，也二话不说慷慨解囊，浮云哥在海外的学生和我的好友们——北京的豌豆、于彤，苏州的弯弯头，青岛的老谭等人也纷纷伸出援手……大家一致推选最德高望重的吧友小舅负责收钱，小舅于是拿出张空白银行卡，让大家都把钱打到这个卡里，每收到一笔，小舅就立即在贴吧里公布。几天后，小静的父亲打电话来，说一些好心人看到报纸后，主动到医院看望并捐款，还有人没露面却直接将爱心款打到他们卡里。

　　随后，北川一些单位和学校，也开始为小静捐款。女儿从幼儿园回来，跟我说："明天我也要给静静姐姐捐款。"我说："妈妈已经帮你捐了。"她说："不行，我自己还要捐。"正在住医院的弟媳听说此事，也在微信上转钱给我，让我帮她捐给小静。

　　我们的小范围捐款结束后，我和守望哥陪着小舅将他那张卡里的两万多元取出来，一起送到病房交给小静父母，并拍下照片发回到贴吧里。守望哥还把自己的平板电脑送给了小静，并隔三岔五约我一起去医院看望。

　　化疗效果不佳，骨髓移植的费用没凑够，小静依然在生死线上徘徊。眼看着一朵还没来得及开放的花儿就要在眼前凋谢，我急了，就想到向大企业求助。硬着头皮联系了市内几家大企业的相关负责人，却都被告知：他们愿意参加其他的社会公益活动，但不愿意资助大病患者，担心"口子一开就收不住"，因为，社会上得大病需要帮助的人实在太多了。没办法，只好继续不停地倡议，希望有更多的个人能加入这场"爱心接力"中来。

一天晚上，远在广西南宁的浮云哥让我跟小静父母了解一下，手术费用还有多大缺口，他争取再去化点缘。我赶紧联系上小静父亲，被告知大概还差六万元。浮云哥说："豁出去了！明天有个律所主任找我帮忙，我去求求他！"

第二天，浮云哥的好消息跨越万水千山飞奔而来：成了，那个律所愿意捐赠六万元，凑够小静的骨髓移植费用！（真对不住，现在我已经不记得那家律所的名字了。）

浮云哥是广西大学法学院的副院长，也是当时广西壮族自治区的政协委员，我知道，如果是为了自己，他是断然不会开这种口的。为了救这个陌生的家乡小姑娘的命，他确实是"豁出去"了。

费用够了，接下来就是骨髓配型了。小静的弟弟小鹏愿意为姐姐捐骨髓，但不知是否匹配。我和小舅、守望哥商量之后，决定带小静和小鹏到成都军区总医院去做配型检查。

小静、小鹏、小静父亲、姑父等人，加上我和守望哥，只有我是"老司机"，于是我开着守望哥家里的七座汽车，带上他们浩浩荡荡地去了成都军区总医院。陪着姐弟俩全程检查下来，得到的结果是：匹配，可立即着手准备移植手术。

手术前几天，医生告诉我们，手术时需要输血，让事先准备好血小板，于是我们又开始联系献血志愿者……万事俱备，也不欠东风，初夏时节，小静终于成功地进行了骨髓移植手术。

手术成功了，我们跟小静的缘分却没有终止，都将这个小姑娘当成了家人，在她漫长的康复期里，一如既往地呵护、鼓励着她。我让小静加了守望哥和浮云哥的微信，并告诉她："这两个叔叔都是了不得的人，一个大律师，一个大教授，你有啥只管向他们请教，将来你也能成为像他们那样了不起的人。"

感恩节的早上，我收到小静妈妈发来的信息，开口就叫"恩人……"。我急忙回信说"使不得，使不得，不能这么叫"，眼泪却奔涌而出。守望哥告诉我，他也收到信息了，他也哭了。浮云哥和小舅没跟我说过这事，但我知道，他们一定也收到了，因为我知道，小静一家人都非常淳朴善良，都是懂得感恩之人。

冬去春来，在休学三年之后，小静的身体日渐康复，终于可以重回学校读书了，在她的同班同学上了大学一年之后，她重新回到学校接着去上高二。因为离家太远，周末不回家时就到我家来，懂事的女儿搬到姥姥房间，将自己的房间让给了静静姐姐住。更懂事的小静在苦读两年之后，考上了大学。大病三年多，生死关头都从没放弃过学习。小静的坚强和好学，也是我们愿意尽一切努力帮助她的一大原因。

小静拿到大学录取通知书时，小舅、守望哥和我分别给小静发了大红包，我妈妈、哥哥和弟弟，包括正从北京过来看女儿的孩子她爹，也都托我转带了红包给小静，都说，这是特别有意义的事，这个小姑娘值得关爱。

小静的父母多次邀请我们去家里玩儿，我倒是下乡采访时顺便去认过门，但守望哥和小舅、浮云哥等人一直还没机会去过。每一年，小静的父母都会或亲自或托人带土特产玉米酒、土蜂蜜、土猪肉、山野菜等来。我们商量说，这是他们的一片心意，我们不接受的话，他们心里过不去，但怎么能吃他们呢，我们要想办法还回去。于是，你来我往，频繁走动，最后走成了没有血缘关系的亲戚。

云淡风轻，岁月静好。小静在大学成了学生会的干部，学习之余积极参加各种社会活动，随时跟我们分享她的新收获、新感悟。守望哥说，等小静毕业了，他帮她联系实习单位。但小静才上到大一，他却突然撒手了。

2020年6月2日，我和小舅得知我们共同的一个朋友患了重病，就商量着一起前去探望，并说叫上守望哥。我在微信上给他留言："某某得了癌症，我和小舅准备去看他，一起？"他没回话，我也没在意，心想等他看到了他就会回的。第二天，我忙了一整天，晚上小舅打电话来问："你通知了守望没有？"我忙去看微信，还是没回话。我说："他可能忙吧，要不我们两个明天先去吧！"

"不对劲呀，你不觉得反常吗？"小舅说，"你看我们那个微信群，也几天没见他冒泡了。"一种不祥的预感突然袭来，我赶紧去翻微信，果然！对守望

哥这样的话唠来说，这的确太反常了。心扑通扑通乱跳着，赶紧再打他电话，通了，却没人接。小舅说："没事，你先去忙你的，我来接着打。"

过了一会儿，小舅的电话来了，接起的瞬间，有一种心惊肉跳的感觉。"打通了，他真的出事了……"电话是守望哥的女儿接的，说她爸爸在几天前的晚上突发脑溢血，连夜送去了医院，做了开颅手术，一直在重症监护室没醒过来……

晴天霹雳！回过神来之后，朋友们都嚷着要去看他，但正值新型冠状病毒肺炎疫情肆虐，医院管得很严，要进重症监护室就更难了。我心急火燎找了很多人，最后找到医院院长求情，才被允许可以带一个人进去稍作探视。小静和她母亲听到消息，天没亮就从老家出发赶往绵阳，小舅和王老二等人也都来到了医院。我说："医院只许两个人进病房。"他们说："没事，我们就在外面，让他知道我们都来了……"

我和守望哥的爱人，经过层层检查后，终于进到病房，看到了他。头发剃光了，头上一道长长的缝线，双目紧闭，口中插着管子。医生告诉我们，送来时就不行了，手术第二天脑内又大量出血，即使醒过来，最好的结果也是连植物人都不如了。

我说："他还在呼吸。"

"上的呼吸机，管子一拔，就结束了。"医生淡淡地解释。

短暂地停留了几分钟，医生说："好了，跟他告个别吧。"守望哥的爱人崩溃地大哭。我握了握他的手，还有温度，我说："守望哥，再见，我们来世再见。"

当晚十二点过，守望哥的大哥给我发来信息："吴伟 11：37 心脏停止跳动。"我平静地说，我知道了。

初夏的夜晚清凉如水，窗外的虫子停止了低唱，只听见自己的心跳在孤独地回响，泪水终于潮水般决堤而出……

第二天去殡仪馆，看到许多人来送他，除了亲戚、同事、同学外，绝大部

散　落

分是文学女青中老年，她们为他纵情大哭，争先恐后诉说着他在文学上给予自己的指点和帮助。同行的朋友悄悄告诉我，这个是著名诗人谁谁谁，那个是诗坛新秀某某某。我说，这么多女诗人用眼泪葬他，说明他这两年在诗圈里没有白忙，他值了。

　　但想到他饱读诗书，满腹经纶，却未能了却天下事、赢得身后名，我还是很有些替他惋惜……我无法再多说什么，只有跟同样想念他的小静说，吴叔叔葬在某某公墓，等你放假回来，我们一起去看他吧。

当时酣醉

孙叉叉

孙叉叉当然不是他的本名，只是个绰号。

那时候我们都有个这样的绰号。其实就是某某、××的意思，只是把"某某""XX"换成了"叉叉"，看起来一目了然，喊起来又朗朗上口。除了孙叉叉，还有何叉叉、王叉叉、张叉叉、云叉叉，以及各种叉叉。

认识孙叉叉时我刚出道，在《绵阳日报·社会生活周刊》当招聘记者，与铁搭子何叉叉一起，每天不知疲倦地穿行在绵阳的诸多单位和大街小巷，写各种新闻。那时候看报纸的人很多，很快我们就成了"名人"，经常有读者慕名到报社来打探我们，打探何叉叉的多为男读者，打探我的则是女读者居多。因为何叉叉的名字一看就是个美女记者，而我，随时被人误认为"杨擒"，擒拿格斗的擒，于是在别人的想象里，我就是个策马江湖擒贼擒王的男选手。

一天快下班时，何叉叉叫我别忙着走，说一会儿有人请吃饭。这次来的不是读者朋友，是隔壁街上另一家报纸的总编和编辑部主任。

那个初春的傍晚，一个穿黑皮衣、围格子围巾、梳大背头的"眼镜"和一个穿摄影背心、戴红帽子的"眼镜"，气宇轩昂地走进饭馆，点了一大桌子菜，说要跟我们好好聊聊。

酒还没过三巡，菜还没过五味，大背头老总就忍不住了，说看上我们两个了，要拉我们入伙，去他们报社当记者。我和何叉叉不约而同地婉拒了。大背头并不介意，继续笑眯眯地做工作，主要介绍他们报社的福利待遇。听起来好像是比我们这边好多了，然而我们报社待遇虽然差一些，但毕竟是"名门正派"，所以我们坚持婉拒。

散　落

那顿饭后,大背头没再找过我们,但小红帽开始经常与我们联系。请吃饭,请喝茶,到我们办公室串门聊天,邀我们到他们报社参观访问。刚开始我们怀疑他是大背头老总派来"挖墙脚"的,后来熟悉了,发现他也是个性情中人,适合做朋友,于是大家一团和气,很快就成了铁哥们儿。

这个没完成挖人任务还差点被我们反挖了的小红帽,就是孙叉叉。

孙叉叉川大中文系毕业,年龄比我略大,也比我们早几年进入新闻行业,但在我们面前从来不故作高深。说到这里就想起他们报社另一个叉叉,平时常约我一起出去采访,每次采访路上总喜欢给我"上课",告诉我没新闻写的时候要去找新闻,新闻还没发生的时候要去等着它发生。说着说着就要带我去东方红大桥下"蹲点",说汛期要到了,我们去桥下等着写涪江涨水。我当然没去,脑子进水了我才去。

那时候我们都还租房子住,我和何叉叉、王叉叉租住在南河坝的一条巷子里,我在巷头,何叉叉在巷尾,王叉叉在巷子中间。每次孙叉叉来串门,要么从巷头串到巷尾,要么从巷尾串到巷头,然后几个人一起浩浩荡荡去吃饭。孙叉叉收入最高,所以吃饭他结账的时候最多。有时遇到月底"青黄不接"了,孙叉叉没来找我们,我们就会主动跟他联系,然后集体坐等他来请客。孙叉叉天生豪爽,自己没钱请吃的时候,还会带着他的发小、他的同学,以及别的我们不认识的朋友来买单。

吃得高兴了,孙叉叉最喜欢跟服务员说一句话:"拿——酒来!"在他声如洪钟的带领下,会不会喝酒的都跟着一起吆喝。那几年南河坝、红星楼、大西门、跃进路的小馆子里,常常回荡着"拿——酒来"的声音。

夏天的傍晚,结束一天的采访写稿,吃饱喝足后,我们最爱去人民公园外喝坝坝茶,打草地麻将。在草地上支张桌子,牵个灯,摆开战场就往半夜里搓。打着打着还会来点即兴打油诗接龙,有人说:"夜空下,草地上,点着蚊香,搓着麻将",就有人接:"晚风中,星光下,喝着花茶,搓着垢痂"。娱乐休闲的时候,也不忘聊点工作,有人说,明天要去采访游仙区成立一周年大会,就有人接:"你

当时酣醉

可知游仙,不是我真姓,我离开你太久了,涪城!"

孙叉叉是个大方人,请客吃饭大方,点评我们的打油诗和夸我们稿子时也从不吝啬赞美之词。后来他开始让手下的美女编辑来跟我约稿,写非新闻稿发在他们报纸的生活版上。看在稿费标准较高的分上,我有约必写,写得十分带劲。但没写几篇,我们领导就在隔壁报纸上看到了我的名字,教育我说:"胳膊肘不能往外拐。"但我想写的冲动谁也拦不住啊,所以等美女编辑再来约稿时,我还是准时交了稿子。到晚上他们做版时我突然想起来,不要再暴露目标了,于是十万火急地打电话给孙叉叉说,不行,我不能署本名了,用个化名吧。孙叉叉说可以:"你想用个啥名字?"时间紧迫,我现想了两个,叫张大芬?或者,李小翠?

"张大芬太土了,就叫李小翠吧。"孙叉叉帮我选了一个。好,就这么愉快地决定了,但李小翠,还是有点儿俗,干脆就叫李小脆吧!后来这名字又自然而然地成了我的QQ名,并伴随至今。二十多年来,总有人问我:你怎么还姓李?我总是解释说,说来话长啊。

那个秋天,我接连被小偷光顾。一次刚领了工资,把背包扔在办公室就到隔壁串门去了,回来时发现包里的手机、钱包全都不翼而飞。那时每天到报社来投稿的、反映情况的、提供线索的人络绎不绝,又没有监控,我只好自认倒霉。那时收入低,银行卡上长期留白,所有的钱都揣在身上,钱包一丢,就意味着我立马连吃饭都成问题了。

朋友们听说我身无分文了,纷纷赶来,请吃饭,请喝茶,陪聊散心,陪着去巡警队报案。孙叉叉还特意买了个漂亮的钱包送给我,跟我说,努力工作,使劲写稿,尽快把钱包装满。

第二个月发工资那天,我果然把新钱包装得胀鼓鼓的。然后,上街乘公交车去采访。上车时,前面一个大爷扛着台旧洗衣机卡在门口半天上不去,我在后面使劲帮着推,身后挤过来几个小伙子一起帮忙。好不容易上得车来,车子开动后,我才吃惊地发现,刚才在门口挤我的那几个人,压根就没上车。低头一看，背包拉链张着大口，心里咯噔一下，赶紧把包翻了个底朝天，果然不对劲——我的新钱包，它又被偷了。

再次身无分文的我，又成了跟在朋友们身后白吃白喝的傻大姐。好在大家都不嫌弃，有他们的稀饭，就有我的泡菜。后来我们单位效益慢慢好了，收入高了，我的钱包也没再丢过，所以我也可以随时呼朋结伴请大家吃喝了。

跨世纪那一年，我和父母、兄弟合伙在绵阳买了套大房子，家人们只是节假日和偶尔周末才来绵阳与我团聚，平时一般就我一个人住，所以那个房子就成了朋友们的聚点。经常在忙完一天的工作后，大家成群结队地赶来，打麻将、下象棋围棋，几个"战场"同时摆开，没抢到棋牌座位的，就在旁边搞飞镖竞技，把一面墙扎得满是洞洞眼眼。夜半时分，我家客厅里的手搓麻将声、象棋"照将"声、围棋提子声、飞镖扎盘声，真是声声入耳，热闹非凡。

但天下没有不散的筵席。跨过新世纪的门槛没多久，王叉叉就率先离开了绵阳，行踪不定地到外面闯荡江湖去了。不多久，何叉叉也跳槽去了北京。第二年开春，我也没能经受住首都的诱惑，毅然决然地作别绵阳，寻找我的诗与远方去了。

临行时，孙叉叉和鸽子等几个好友送我到机场。我说，等我先去把那边的地盘打下来，然后，你们都过来享福。意气风发的胡说八道冲淡了离愁别绪，大家微笑着道别，青山不改，绿水长流，江湖有缘，必会再见。即便不见，友情也一直在。

刚离开的那两年，每次休假回绵阳，我都会找机会与昔日的朋友们见面聚一下。但孙叉叉却突然失联了，几次聚会，都看不到他的影子。后来听说，他跟大背头总编在办报理念上出现了分歧，因为坚持己见，结果被"凉拌"了。

初听这消息时我很有些唏嘘，但很快就理解了，性格决定命运，虽然平时看起来嘻嘻哈哈，无比随和，但其实他从来就不是个阿谀谄媚之人，骨子里始终保持着传统文人的清高和不羁。于是我发短信给"隐居"中的他说："没事，等你高兴了咱们再聚。"

当时酣醉

果然，当我下次再回来时，孙叉叉已经恢复了往日的活蹦乱跳。他在新单位又逐渐找到了新感觉，并且又收了很多徒弟。每次朋友们一起吃饭、喝茶、打牌时，几乎都能见到他带着不同的男女徒弟。孩子们尊师，知道我们是他们师傅的老朋友，对我们也都毕恭毕敬。

不过我也从另一个朋友处听到了他的一则花絮。据说新领导很器重他，视为"专用笔杆子"，出去活动时常带着他一起。某次又跟领导参加一个酒局，席间宾主双方共话合作，相谈甚欢，却突然听到响亮的鼾声传来，仔细一看，原来是孙叉叉吃饱喝足，倒头在饭桌上睡熟了。领导大为恼怒，于是，孙叉叉自然而然地又"失宠"了。

这件事情我没有跟孙叉叉求证，但以我对他的了解，我觉得极有可能是真的。孙叉叉素有刘伶之风，早年喝高了就曾发出过"以天地为栋宇，屋室为裈衣，诸君何为入我裈中"之类的"天问"，在领导的酒局上敞开睡个觉，对他来说也不是个事。

他四十岁生日时，我不远千里赶去为他庆生。席间不停地有人从天南海北来信来电，祝贺他生日快乐、永葆青春，都是他的徒子徒孙们。听着那些发自肺腑的感谢和祝福，我很为孙叉叉自豪：这样，比当官有意思多了吧。

再后来，我离开北京重新回到绵阳之后，因为忙于照顾年幼的女儿，我长居北川，很少再出去跟朋友们玩儿了。一转眼，就又过了快十年了，想起朴树唱的"今天我们已经离去，在人海茫茫。他们都老了吧，他们在哪里呀？"，忍不住有些伤感。

还好，我还知道他们在哪里。我跟在绵阳的孙叉叉、张叉叉和在成都的王叉叉说："你们有空随时来北川找我，有一坛好酒，一直给你们留着。"

散 落

豌豆和弯弯头

豌豆和弯弯头不是一个人,是两个,女的。

弯弯头是我初中同学,北川人。我一直有点儿奇怪的是,上初中时我们并没有在一个班,我在一班,她在三班,但我和她的关系为啥会那么好?我们的友谊是从何时何处开始发源的?这个问题我曾经问过她,她也说不太清楚,好像是有一次两个班的同学到学校附近的山上去看书复习,我们两个原本不熟,但因为都喜欢天上的某一片云,然后越聊越远,结果就交好了。这可能就是我们常说的"缘分"吧。

在我最早的印象里,弯弯头是很像林妹妹的。但只是长得像,性格却有天壤之别,最明显的就是话多,每次跟她交流,我基本上只有听的份儿。爱笑爱哭,为个毫无笑点的事可以笑得打滚儿,但一到动情时,常常毫无征兆地就开始放声大哭。几十年里一直这么单纯,因此一直被我视为不可多得之人。

更不可多得的是,她还是个极具钻研精神的"科学家"。大学毕业后,她追随男友去了江南,我在北京那几年,她已在苏州定居,并且成了一家外企的管理人才,但繁忙的工作始终没能冲淡她对"科研"的热情,买了个天文望远镜架在阳台上,有空就"夜观星象"。还随时想出"指甲生长到底是从根部还是从尖上长""四脚动物走路到底是先迈哪个脚"之类的科学问题来跟我隔空探讨。

有时我正忙着写工作稿呢,或者在车水马龙的街上正准备过街呢,突然就接到个她的电话。"我刚才想到一个问题,百思不得其解,你觉得应该是怎样的呢?"然后就絮絮叨叨地跟我讲她的发现、她的疑问和她的种种推断。

197

虽然我有时候会拒绝探讨，因为我忙啊，而且我更不懂啊，但空闲下来的时候，我总会不由自主地陷进她的那些问题，还会时不时主动打电话问她上次那个科学问题研究出来没有，快把结果告诉我。

然后就听到弯弯头科学家在电话那头热情地给我阐述她刚掌握到的各种科学原理，以及她百思未得其解的另一些科学问题，以及她最近发现的尚待探究的很多科学现象。她的研究领域十分广泛，天上地下水里树上，风云雷电花草树木，没一样让她放过了的。我怀疑她的脑袋可能从来就没有停止运转过。爱思考的人不会老，怪不得多少年了她还是个蹦蹦跳跳的小姑娘。

有一次，我看了美国女作家弗朗西丝·霍奇森·伯内特的《秘密花园》后，迫不及待地告诉弯弯头说："你就是个秘密花园。"她不知何意，我说："我的通感，你去看嘛，那里绿草如茵，百花盛开，鸟儿啁啾，自然蓬勃得就跟你一样。"

豌豆是我的网友，跟她的相识，也源于偶然。2005年秋天，新浪刚开始搞博客，体育版块负责人邀请我去开一个，把我跟一些体育明星和媒体名人放在一块，让我每天更新，写体育，并把我每天发布的博客内容挂到新浪首页去推介。后来豌豆告诉我，有一天她浏览新浪博客时无意中看到了我，就点进去看了下，看到我跟一个读者的互动，就关注了我。

当时的互动是这样的——

一个男读者在我某篇博客文章后留言评论：这博主是谁？看头像是个男的。我回复说：你才是男的！你们全家都是男的！

豌豆说，她看了我那条回复，越想越觉得搞笑，后来就经常去逛我的博客，并且经常忍不住要留言评论。她的评论总是精辟又幽默，轻松又深刻，每次看到那名字时我都会想，"人为刀俎我为豌豆"，这得是多么滑头而有趣的一个兄弟啊，于是快速回关，并且跟远在苏州的弯弯头隆重推荐说，博客上有个叫"人为刀俎我为豌豆"的，不知男女，不知老少，不知胖瘦，但有趣得很，快去链接。

后来看豌豆的博客文章多了，才从某些细微处推测出，这个了不得的兄弟可能是个女生，老家在东北，也工作和生活在北京。每次去看她的博客，我都

散 落

会忍不住暗暗惊叹：好有才，古体诗写得好漂亮，文言文写得好霸道，我的朋友里头，还没有哪个女的能把文章写成这样呢……

在网上交流了几个月之后，我和豌豆终于在现实中见面了。那一天，她从北五环来东五环看我，倒了好几趟地铁，终于来敲我门时，我的心跳得比她的敲门声还急还响。

抱着一罐给我的蜂蜜柚子茶站在门口，她明亮的眼睛和明亮的笑容，让门外长长的暗黑的走廊都亮了起来。

从此成为密友。才知道她不但不滑头，还十分地耿直和仗义。也知道她在古诗词方面的造诣，来自早年的"童子功"，小时候当老师的父亲去上课时，总是把她锁在房间里，要么看书，要么读诗，结果她愣就把满屋的书一一啃完，把见到过的古诗词全都倒背如流。大学毕业后她曾在老家海城做过广播电台主持人，后来到了北京，却并没有从事和文字相关的工作，而是在一家公司做起了销售。

虽然豌豆的销售做得风生水起，但对这一点我始终心有不忿：一个能写出"无音通远塞，流年起荒烟。落叶西风冷，鸢飞四月天。雪满江南渡，花荣陌上川。昔我不可追，来日无从谏"的女子，怎么能成天跟男人似的冲锋在销售一线去卖建材产品啊？虽然我也长年男人似的冲锋在采访一线，但我虎背熊腰理当如此，而豌豆那么瘦削斯文，就应该被呵护，就应该在屋里优雅地喝着咖啡写着字，然后让每个认识和不认识她的人都心甘情愿地掏钱买她的字看啊。

文章写得好只是豌豆的一个特长而已。唱歌还很好听，还会唱京剧，羽毛球也打得好，在球馆里带她的教练还是陈金的启蒙教练。后来她带我去过他们经常打球的球馆，陈金的教练看在我是豌豆朋友的分上，也亲自手把手地教过我发球接球，但几个回合下来就发现我实在不是那块料，就对我放弃"抢救"了。

弯弯头和豌豆一样喜欢唱歌，她们俩的儿子后来都得到了娘亲的真传。弯弯头的牛牛哥唱的《青花瓷》《董小姐》韵味十足，在网上有不少的迷妹。豌

当时酣醉

豆的豆苗哥不但唱得好，还能自己作曲，后来考进了中国音乐学院作曲系。当然这些都是后话。

那时候牛牛哥还在上小学，是班上同学眼中的"百科全书"，是晚上宿舍"卧谈会"的绝对主角，聪明脱俗却因不守纪律而常常被老师要求"请家长"。豆苗哥更小，还上着幼儿园，疯狂地热爱地铁和跟地铁有关的一切，能把北京所有线路的地铁站名背得滚瓜烂熟，没事了就央求父母带着一趟一趟地坐地铁玩儿，我们都叫他"铁丝"。那时候我才刚成为郭德纲的"钢丝"，随时想像"铁丝"去看地铁一样去德云社听相声。

那时候我很喜欢没见过面的牛牛哥和经常见面的豆苗哥，弯弯头就随时在电话里跟我喊话："生一个！生一个！"我说："但我感觉自己都还没脱孩子气，怕生了带不好啊。"然后就听到电话那头更加急切的声音："要生！一定要生！"

后来我真的生了孩子并日渐成为一个"娃控"的时候，弯弯头总会旧事重提："看嘛，当初你还不想生，幸喜得生了一个，不然你肯定要后悔。"

一个天真感性的女科学家，一个睿智理性的女诗人，我的两个挚友，互相也成了好朋友，还自然而然地"友及"了我爸。

那一年我爸妈到北京，豌豆抱着两箱她老家特产的南果梨，穿城而过来我家看望二老。吃饭时我爸用老家带来的腊肉香肠招待豌豆，饭后给豌豆剥我们老家带来的嫩核桃吃。豌豆第一次吃嫩核桃，吃得很香，后来跟我说，我喜欢杨爸爸，觉得特别亲切。我爸也跟我说，豌豆确实是个才女，爸爸为女儿有这样的朋友高兴。

更早些时候，弯弯头带着老公和年幼的儿子从苏州回四川老家探亲，路过北川县城时特意去看望了我父母。当时我在北京，过后弯弯头告诉我，他们受到了我爸妈的热情接待，离开时我爸还亲自送下六楼，"走了好远，回过头去，看到你爸爸还站在单元门口目送我们，他好在乎你的朋友啊。"

这是必须的。因为从小我爸就跟我说过："女儿的好朋友，就是爸爸的好朋友。"

后来"5·12汶川特大地震"，我爸被埋在了北川的废墟下，豌豆第一时间丢下手里的工作赶来陪我，陪我哭，替哭得晕头转向的我打听老家的情况。我要回北川，又陪我去给遭了大难的家里人买东西，牙刷、毛巾、衣服、鞋子，每一样都为我爸爸买一份，虽然明知道他已不再有生还的可能。我带着家人回到北京后，她又随时抽空跑过来陪我们，安慰我，安慰我妈，陪两个年幼的侄女做游戏、看书，一陪就是一下午、一晚上。

弯弯头也一再打电话想到北京来，我说现在别来，现在我没有精力接待你。她说："我还要你接待什么，我是想过去看你，帮你给妈妈做做饭，帮你带带两个侄女，我怕你累垮了，我想陪着你。"这怎么行，她在苏州有一家人要照顾，在单位里是离不得的骨干。我流着泪说："弯弯头，你就在苏州，我一样能感觉到你在陪着我……"

地震后的第三年，由于种种原因，我决定离开北京回老家。豌豆万分不舍，我当然也舍不得她，但我去意已决。离开的前几天，豌豆带着"铁丝"来找我，陪我和女儿去公园玩儿，带着我的女儿去划船，坐游乐车，不时伤感地抱着我的女儿说："三咪，豌豆阿姨好舍不得你，好想随时都能这样看着你、抱着你啊……"

弯弯头在苏州跟我喊话："你在北京这么些年，我都还没去过，我们要在北京见面啊。"我知道她是在替我惋惜，毕竟我在北京十来年了，首都的舞台说放弃就放弃，太可惜了。

我说："没关系，以后我去苏州找你，或者你回四川我们再聚，以前不是有人建议我去开个小酒馆吗，这正好，没准儿我回去就把小酒馆开起来了。"

弯弯头就不伤感了，说："好啊好啊，那到时候我也去开个店，就在你隔壁卖北川老腊肉，别人在我这买了肉正好去你那喝酒。顾客少的时候，我就端着

肉到你店里去，晚来天欲雪，能饮一杯无，咱们，喝一个？"

我回到四川后，弯弯头建了个QQ群，叫"在这里"，后来又建了个微信群，叫"无处不聊"。群里就我们三个，有空就聊天，没空就留言。聊诗词文章，聊自然人文，聊历史现实，聊彼此遇到的各种问题和解决问题的办法。热爱生活又热爱思考的弯弯头和博览群书又无比通透的豌豆，就像我的两本大辞典，平时但凡我遇着烧脑袋的事情了，总会条件反射地想，等下，让我去请教下我的豌豆诗人，等下，让我去请教下我的弯弯头科学家。

刚回四川的那几年，我热衷于上网泡贴吧，并随时在吧里跟人论战，一言不合就单挑。后来我把豌豆和弯弯头也拉进了贴吧，隆重地介绍给吧友们，并希望朋友们都能像我一样喜欢她们，因为她们值得喜欢。

我把豌豆的古体诗发在吧里，一个熟识的男吧友故意捣蛋，鸡蛋里挑骨头说这句不好那句差点火候，我差点和他"割袍断义"。一个不知来路的陌生女吧友见豌豆的诗广受好评，酸不拉唧地讥讽说"只怕是个老女人写的，现在谁还写古诗"，被我追着"讨伐"了三天三夜。此女怀恨在心，酝酿几天后专门发了一帖，说"记者就是妓者"。极善论战的豌豆和不善论战的弯弯头都被惹火了，围住她就是一顿爆捶，直捶得对方呼天抢地："大家快来看呀，我被群殴了！"其实这哪叫什么"群殴"，我们既和善又文明，说话都不带一个脏字的，我们只摆事实讲道理，尤其豌豆，旁征博引字字珠玑，让闻讯而来的一众吧友看得心花怒放，竟然没一人同情那个被"群殴"的。

我知道，豌豆和弯弯头能一有空就进到北川的小贴吧里来玩儿，只是因为我在这里。

后来曾经给豌豆诗歌挑过刺的吴二哥到北京出差，豌豆知道他是我的朋友，下班后不辞辛苦开了很久的车跑去请他吃饭，还陪他逛他感兴趣的北京胡同，其间不停地拍照片、视频给我看，让我感觉我也在场。

散 落

再后来我另一个朋友浮云教授到北京出差,豌豆又特意赶过去请他吃饭,同样也拍照片和视频不停地发给我,让我感觉到自己同样没有缺席。

终于有一天,弯弯头一家也到了北京旅游,神交了好几年的豌豆、弯弯头第一次见面,场面之隆重,气氛之热烈,看得我热血沸腾。看着她们亲密地搂在一起,作为她们共同的朋友,我在这边感动得热泪包都包不住。她们说:"可惜你不在这里啊。"我说:"我在,我跟你们在一起。"

阔别北京五年之后,我又带着女儿回去过一次,因为豌豆说,她好久没抱三咪了,想抱抱。当然,在北京还有几个念念不忘的朋友,于彤、大宁夫妇,也顺便一起回去看了。那一次豌豆开着车,带着豆苗和我们去了东北,那时候豆苗已经长成个一米八几的大小伙子了,一路上他们娘俩一直在唱歌,其中的一首"碧云天,黄叶地",还是豆苗自己作曲的。母子二重唱的悠扬歌声,至今仍在心中回荡。

那之后的几个暑假,女儿独自坐飞机回北京,我每次把她送上飞机就不管了。有人问我:"她一个人去北京你放心吗?"我说当然放心,因为那边有她爸爸、她姑姑,还有她的豌豆阿姨啊。每一次过去,豌豆都会放下手中的事情,专门抽时间去陪我女儿,带她去吃好吃的,去逛科技馆,去看儿童剧。看着大树般的豆苗亲哥哥一样背着她,看着豌豆亲妈一样陪着她,我在心里一遍一遍地说,真好,真好……

几乎每个春天,弯弯头都会跟我说:"烟花三月下江南,你啥时候才能来?"回到四川的第七个年头,我终于第一次去了弯弯头的苏州。我还在太仓,距离苏州还有几十公里,弯弯头就迫不及待地连夜开着车来接我了。恨不得把江南所有的特色饮食都让我吃个遍,带着我游遍了苏州的几大园林,还专门请假带我去了我心心念念几十年的枫桥寒山寺。

站在寒山寺的大钟旁,我朗诵,弯弯头唱歌,我们合作了一首《枫桥夜泊》。

203

当时酣醉

虽然此刻我们都已华发初生,但归来仍如少年,跟在故乡的山坡上一起看云时没什么两样。

这个春天,我搬了新家,搬家时很多旧东西都扔了,但女儿自作主张先将两样东西列进了"必须保留"名单。"这个抱枕是我3岁时月亮弯弯给我绣的,这个烤箱是我10岁时豌豆阿姨给我买的,都不能弄丢了。"

我说当然不能,我们还要把新家布置得漂漂亮亮的,等豌豆阿姨过来,等月亮弯弯回来……

等她们的声音在某个黄昏突然在我耳边响起:晚来天欲雪,能饮一杯无?

杂 记

一切都这么杂乱无章。

杂 记

拍你，我不是故意的

　　1998年，我所在的绵阳日报社新创刊了一张报纸，《绵阳日报·城市版》，也就是《绵阳晚报》的前身。对开八版，天天出。十来个记者每天风里来雨里去，四个编辑不分昼夜，大家热情高涨，齐心协力把个《城市版》办得活色生香。

　　那年12月的某一天，市上召开党的十一届三中全会二十周年纪念大会，当天下午，总编派给我一个光荣而艰巨的任务："你去采访，抓紧，写个头条，明天见报。"

　　阴雨绵绵，我骑着个除了铃铛不响哪都响的自行车去了体育馆的会场。本来我是有一辆新自行车的，红色的女式自行车，那是报社作为福利发给《城市版》三大"元老记者"每人一辆的采访工具，但没骑多久就被偷了，于是我只得从微薄的工资中挤出一点来买了这辆二手破车。

　　坐在台下听会，各位领导分别讲话，听完差不多天就该黑了。想着我回去还要用手写稿，写完还要拿给总编审，审完还要让照排工人打字排版，我这里慢了将直接影响后方所有人员的工作进度，我着急呀！

　　于是我坐不住了，跑到主席台后台，想把最大领导的讲话稿拿了回报社去写。这种会议新闻，必须从材料中"捞"东西出来规规矩矩地写，由不得自己想怎么发挥就怎么发挥。

　　后台站满了人，绝大部分都是生面孔，分不清楚哪些是领导，哪些是工作人员。定睛搜索了好一阵，认出了一个比较熟悉的女领导，我走过去问她，大领导的讲话稿在哪里，我想借用一下。女领导看样子也是站得太久了，很疲累的样子，没有多余的话，用手指了下旁边不远处的一个背影，说："在那儿。"

当时酣醉

我侧身一看，一个矮小个子的男子，正拿着一本材料在看。本想等他看完了再问，但等了好几分钟，他没有看完的意思，眼睛一直盯在材料上，看得极为认真专注，连头都没抬一下。

不能再这么干等下去了，我走到他身边，拍了拍他肩膀，说："哎，你看完没有？看完了借我用一下！"

也许是听出了我声音里的不耐烦和不客气，此人一下子抬起头，诧异地看了我几眼，然后把材料交给了我。

这么多人竞相传阅的材料，独一份，我总不能带走吧！没带相机，身边又没可以复印的地方，怎么办？我环视了一下周围，看到角落里有把空着的椅子。于是我走过去，掏出采访本，蹲在地上，把讲话稿中被我们日常叫作"干点点"的"一二三四五六""123456"抄写了起来。

腿都蹲麻了，手都抄酸了，终于把"干点点"抄完了，可以回去着手写稿了。我站起来，跺了跺麻掉的双脚，走到刚才那位矮个子身边，把材料还给他，挺有礼貌地说了声"谢了哈"。

他接过材料，没说话，又用诧异的目光看了看我。我心想，看啥子看，有啥好奇怪的，我急着要写稿子，就不能借用一下你这材料吗？

然后，在他惊诧的目光中，我走出了后台，走出体育馆，找到我的烂垮垮自行车蹬起，风驰电掣地回报社去了。

气喘吁吁地爬上报社照排中心的六楼，总编大爷正心急火燎，一看到我就吆喝："你终于回来了，就等你的头条了，快写快写，写完了我来看！"

正埋头苦写呢，就听到总编又在吆喝："哎哟，袁部长，你咋来了，稀客呢！有啥子事吗？"原来是市委宣传部分管新闻宣传工作的袁副部长来了。袁部长人胖，刚爬完六层楼，上气不接下气，边喘气边喊："杨槠……杨槠……杨槠在哪里？"

我？找我有什么事？总编说："在这儿在这儿，她惹啥子事了？"说着又回过头来问我："你又给我惹啥子事了？"话说那两年我初生牛犊不怕虎，确实给

208

杂 记

他老人家惹了不少事情，还被人告上法庭过，但每次总编老人家都义正词严地做我的坚强后盾，还随时告诫我说："不要怕被人找麻烦，不要怕被人告，只要我们坚持真理，坚持正义，走到哪里都不怕！"但今天，我确实没招惹谁啊，好事坏事都没惹啊！

"好事，好事……"袁部长忙着解释，好半天才把气喘匀，"杨檎啊，你跑得还快呢，看到你骑个车在前头跑，我就是没追上！"

但我到底惹到啥好事了，我们着急啊，我急，总编急，一屋子的编辑和照排工人都急，大家迅速把袁部长团团围了起来。

"你晓得你刚才拍的谁的肩膀吗？"袁部长笑眯眯地问。

"我不知道啊！"我迷迷瞪瞪地回答。

"是宋书记！你胆子大呢，敢拍宋书记的肩膀说把材料给你用一下！"

"宋书记，哪个宋书记？我不认识啊。"

"宋书记，你不认识？新调来的市委副书记啊，专门管我们的。"总编忙着跟我介绍。

啊？我以为那是个普通的工作人员呢，谁知道我一巴掌过去，拍到的会是副书记大人的肩膀啊，这可咋整！我傻眼了。

"没事没事，别紧张。"袁部长乐呵呵地解释起来，原来，我前脚刚走，宋书记就把他叫过去问，刚才那个要材料的女同志是谁。跟人核实后袁部长告诉他，是《城市版》的记者杨檎。宋书记说，好，这才是好记者，现在有些记者，懒得很，架子大得很，去采访要车接车送，要好吃好喝招待，在领导面前唯唯诺诺，在老百姓面前又是一副面孔。你看这个记者，工作需要，管你是哪个，拍着肩膀就说材料给我用一下。"宋书记说，记者就该是这样的作风，让我马上到你们报社来，把他的意思转达给你们，对杨檎同志进行表扬！"

哇！照排室一片欢呼。总编笑得合不拢嘴，我也终于松了口气。我真不是故意的，要知道他是书记，可能我也不敢这么直愣愣地拍过去。

不久后，市上召开由各级宣传部长和各家媒体老总参加的新闻宣传工作会，

209

总编对我说:"明天我去参加会议,你跟我一起去。"我说我又不是宣传部长,又不是总编、台长,我去干什么?总编说:"宋书记专门打了招呼的,说把你也带上呢!你去,顺便把明天的会议写篇新闻稿。"

第二天,新华饭店会议室,黑压压坐了一大屋子人,除了我,都是领导。宋书记在主席台上发表讲话,讲着讲着就讲到了新闻宣传人员的工作作风问题,突然就说到了我的名字,然后问:"杨檎来了吗?"我们总编赶紧答应:"来了来了!"并小声提醒我:"站起来,站起来……"

我应声站了起来,几乎所有参会人员都投来注目礼,搞得人怪难为情的。台上的宋书记又讲到了我拍他肩膀要材料的故事,并提出,全市的记者,都应该向杨檎同志学习……唉,这事闹大了,但我真不是故意要拍他的。

后来的事情就有点玄幻了。几年后我去了北京的《中国足球报》做了记者,随时天南海北跑去采访,忙得不亦乐乎。那年记者节的晚上,我正在东北某市出差,突然接到绵阳一个原同事打来电话,问我:"听说你在北京干得不错,被奖励了一套房子?"

天!有这等好事,我自己怎么都不知道呢?

对方说:"就是,今天宋书记在记者节庆祝会上说的,说杨檎是个好记者,可惜我们没留住人才,被中央媒体挖走了。人家在北京照样干得好,最近因为工作成绩突出还被奖励了一套房子。"

不会吧,自从那年在大会上被宋书记点名表扬了过后,我几乎就没怎么见过他了,我在北京的情况他应该也不清楚,而且我怎么可能被奖励房子呢?

对方又说:"他今天真的在会上说了,不信你问别人。"

满腹狐疑,于是马上打了几个电话,问了几个别的前同事,都说真的真的,他老人家确实说你在北京获奖了一套房子。

在东北的采访结束后,狐疑着回到了北京,闲暇时跟一个朋友聊起这事,说怎么搞的,老家那边都在传说我被奖励了一套房子。我说我在北京确实住着个两居室,但那是现在报社给我租的呀,租金每个月从我的工资里扣呀。

杂　记

　　朋友思索半晌，突然一拍脑袋："哦，明白了。会不会是把你和杨利伟搞混了？杨利伟刚从天上回来，英雄凯旋，史无前例，有可能被奖励了房子。你们都姓杨，你们老家的书记一激动，就以为是你了。"

　　哈哈哈……这个，可能吗？

当时酣醉

从男厕所出来之后

那个秋天,北京工体举行大型人才招聘会,一个朋友正想换工作,于是决定去看看。我跟另一个朋友闲着没事,就跟她跑去玩儿,顺便帮她广发简历。

人山人海。每个招人的摊位前都围着一大群年轻的脑袋,以刚毕业的大学生居多,也不时穿插着我们这样饱经风霜的老脸。不是自己的事,办起来往往更豁得出去,我抱着朋友的简历,见摊位就发,没多久,手里厚厚一摞简历就只剩一小半了。

然后,我去上了个厕所。

从厕所回来,我找着两位同伴,告诉她们一件小事:"刚才,我又进错厕所了,跑男厕所去了……"

笑了一阵,接着忙正事。突然,一个陌生的中年男人站到了我跟前,似笑非笑地看着我,不说话。我被他看得有点儿发毛,只好先发制人,我说:"你,你看我干啥?"

他展开满脸北方人特有的褶子,麻利地笑了起来,表情十分友好。"女士,我注意您半天了,借一步说话。"

我保持着高度的警惕,义正词严地问他:"你什么事?就这儿说吧!"

他说:"也许您没留意到,我跟了您好一阵儿了,打您从男厕所出来,我就一直跟着您……"

我恼羞成怒:"我进错厕所关你什么事?你跟着我干什么呀?你这人可真奇怪!"两个同伴见我与人争执,立马赶了过来,雄赳赳地与我站成一排。

那男的赶紧解释:"我是北京某某公司的人事代表,老总派我今天来这里招人的。我们只招一个,所以没设点,我就在人群里转,看有没有可以发掘的人才。我转悠了半天,就看中了您一位,所以想跟您谈谈。"

原来如此,但我不是来应聘的呀。故作高深的人事代表接着说:"从一个小事,我发现您特有气质,特有大将之风,而且心理素质极好。"

我一时摸不着头脑,我做什么事儿了呀?

"我注意到您那阵儿从男厕所出来,不慌不忙地看了看门上的字,然后不惊不诧地站那儿照镜子、梳头发,最后不紧不慢地洗了手才走。这一般人要进错了厕所,怎么着出来的时候也有点儿惊慌失措吧,您是我见过唯一一个进错了厕所还这样镇定自如的。"

哈哈!同伴儿笑我:"你真的还站在男厕所门口照镜子、梳头啦?"我忙解释,人太多,头发挤乱了嘛,趁那有镜子赶紧照着梳两把嘛,我怎么知道背后那来去匆匆的人流里,站了个别有用心的人事代表嘛!

任凭我怎样拒绝成为他们公司的销售新宠,执拗的人事代表一定要留一个我的电话号码,说要不回去没法跟老总交差,反正他今天就只看上了我一个人,觉得只有我才适合到他们那个号称华北老大的办公家具公司去"续写传奇"。

回来后,人事代表三番五次打电话邀请我加盟,我继续婉拒。几天后,他们公司老总,一个梳大背头、穿背带裤、抽雪茄的河北大汉,亲自跑来请我喝茶,声情并茂地给我描绘前景。还举例说,一个从河北农村来的小姑娘,就凭着一股闯劲儿,三年时间就从一个普通打工妹做到了他们公司的销售总监,年薪80万元。油光可鉴的老总说:"你来,凭你的聪明才智和强大的心理素质,以及你做体育记者的广泛人脉,你一定可以比她还成功!"

喝了老总的茶,吃了老总的饭,我笑容可掬地辞别老总。我说:"承蒙抬爱,不胜感激,但我无比热爱我的本职工作,短期内没有转行的打算,而且也没有时间做兼职。"

后来老总又打过多次电话,比如中秋节时邀请我去香山参加他们公司职工

当时酣醉

的赏月大会啦，比如问我要不要去北戴河参加公司搞的拓展训练啦，比如公司在温都水城团年希望我能去聚一下啦……每次搁电话之前都不忘郑重其事地跟我说："我真的希望你再考虑一下，你完全可以成为一个销售奇才的，不要再一门心思地当个普通记者了，跳吧姑娘！"

我一直没跳。不是对他们描绘的美好前景不动心，傻子才不动心呢。但我没去有没去的原因：我外表强大，内心孱弱，貌似英雄，实际气短，我真觉得自己不是做那块的料。

如今十年过去，偶尔想起这事时，会有一阵一阵的悔意来袭——如果那时候，我真跑去跟他们混了，没准儿真的能混成个业界传奇呢？我的人生是不是从此就会改写了呢？我是不是还可以写一本书，书名就叫《我的人生，在厕所门口拐了一个弯》呢？

我没去，所以现在，只能写一篇短文，就叫《我的人生，在厕所门口没拐弯》。

杂　记

斯人不憔悴

　　近日重读《水浒传》，读得比以往每次都激动——居然，第一次，发现有个好汉跟我有着同样的毛病：失眠。

　　说到失眠之厉害，我认为只要我称了天下第二，就没有人敢称天下第一。哦，恍然间记起来，早年有个失眠的大家，忍受不了长年睡不着觉带来的痛苦，对着自己的脑袋开了一枪。从此以后，我就天下第一了。

　　话说那年元旦，一大早，我款款走进北京东郊最大的药品超市，希望在这里买到一种治失眠的特效药，让我在新年的第一天跟失眠彻底拜拜。说款款，不是因为我走得仪态万千，而是，经过了又一个无眠之夜，走起路来我确实只能左脚踩右脚了。

　　导购小姐把我带到一栏货架旁，指着上下三层一长溜的药品，骄傲地说:"这里全是治失眠的，我们这里货最全了，您自己挑。"

　　我用三分钟时间扫描了所有药品，更骄傲地对她说："全是我试过的，现在都不管用了。"

　　透过导购小姐绝望的双眼，我看到更绝望的自己。怎么办？最后一招，上医院，让医生处理吧！于是我慕名去了北京人民医院的神经内科。

　　进去的时候，正有一个中年男人在跟一个中年女医生闲扯，我坐在旁边闲听。听着听着就忍不住发言了，我不停地说："是啊是啊，就是就是，啊，一模一样一模一样，太难受了，真的太难受了……"

　　女医生听不下去了，侧过头来问我："你干什么的？"我说："我跟他一样，长期失眠。"

215

当时酣醉

女医生诧异地站起来,走到我身边说:"不会吧!你这样子,怎么可能是失眠的呢?"还没等我开口,女医生就指着那哥们儿解释,"你看他,长期失眠的人都是这样的呀,黑,瘦,吃不下饭,没精打采。"

我傻乎乎地问:"我呢?"

女医生和那本来哭丧着脸的标准失眠男同时笑了:"你?你自己去照镜子瞧瞧,你白白胖胖,红光满面,精神抖擞,你走哪儿也不像个睡不着的人呀!"

天哪!我终于忍不住流下了眼泪,一是因为失眠的折磨,二是——我如此痛苦,还连医生都不信我!我说:大姐,我都连着五天夜里没睡着一分钟了。"

后来女医生终于给我开了药,边写处方边不停地瞟我的脸。我知道,我的脸,相当没有说服力。难道,在她的职业生涯里,我是唯一不憔悴的失眠者?

当然,她开的药也跟我以前吃过的众多药一样,可以饱肚子,却依然没治着失眠。

后来我继续坚持不懈地失眠,在思考我为什么会失眠的同时,我每天还要思考另一个重大的问题:为什么别人失眠都失得弱不禁风,我却失得这样虎背熊腰?

现在,终于在《水浒传》里看到了我的同类——他就是李逵。

第七十三回,黑旋风乔捉鬼,梁山泊双献头一回书里,李逵就失眠了两次。元宵夜大闹东京之后,李逵跟燕青回梁山,夜宿某庄院,庄主老两口因为闺女有难咿咿呜呜哭了一夜,李逵听着心焦,"那双眼怎地得合。巴到天明,跳将起来"。随后李逵跟燕青去捉假宋江,晚上在一个古庙中歇脚,李逵又是"那里睡得着,扒起来坐地"……

睡不着的程度简直可以跟我同日而语。更让人欣慰的是,他也不瘦啊,也成天精神百倍双目炯炯啊!唯一不同的是,我是个白胖子,他是个黑胖子。

杂 记

  有资料说，长期睡不着觉的人，无论是大多数人那样憔悴的，还是我和李逵这样不憔悴的，精神焦虑是必然的。而精神焦虑有多种表现，李逵的表现就是杀人，不眨眼地杀人。李逵杀人最终是否杀好了失眠症我已不得而知。我自己的失眠症，现在倒真是好了。

  我不杀人，我生人。生一个人，然后没日没夜地忙她，然后，就站着都可以做梦了。

（2012 年 10 月）

当时酣醉

该死的同学会

闲暇时,跟昔日同窗兼好友牛在网上聊起当年,牛无意中说起王某,我的小学同学,我和她共同的初中同学,是个帅哥。

牛现在定居苏州,初中时跟我同级不同班,但关系好得超过了同班同学。对当年的鸡毛蒜皮,比如,哪位老师在哪堂课上说过什么话,哪个寝室哪次在晚上熄灯之后还传出什么歌声,哪位同学物理学得尤其好,而哪位同学长年累月鼻涕哗哗流等等,记忆犹新,我经常佩服她的记性好,几十年的光阴,在她那里似乎不过是一夜之间。

但是这一次,我有点儿怀疑她的记忆力是否出了问题。我说,我先给你讲个故事吧——那一次,初中同学聚会,我去了,人群中看到一个中年秃顶男胖子,戴着眼镜,满脸油光,神情和蔼,我以为是哪个同学的爸呢,谁知人家径直就向我走了过来,笑眯眯地告诉我说:"我是你小学同学呢,青梅竹马哦……"

牛迫不及待地问:"谁呀?王某?"

我说:"是啊。"

隔着几千公里,我听到她倒吸了几口凉气:"天哪天哪,那时候他可是相当相当帅的一枚帅哥啊,怎么就变成这个样子了呢!"

我坚持认为牛记错了,我说:"那男生穿开裆裤的时候我就认得,他从来就没帅过。"但牛铁了心认为是无情的岁月把当年玉树临风、横眉冷眼的少年,整成了现在大腹便便、低眉顺眼的大叔。

牛说:"幸好我没去参加小学的同学会,要不然看到当年冒着全校的枪林弹雨还要给我写纸条的男生也该吐血了。"

　　她说的事情我略知一二。她上小学时，一个不知道是因为早熟而倾慕她呢还是因为倾慕她而早熟的男生，风雨无阻地坚持给她写纸条，看得她眼冒金星，最后实在忍不住去报告了老师，然后老师大张旗鼓地又是当众批评又是请家长。但该男生死不悔改，继续坚持写，最后终于被校方勒令退学，回乡当农民去了。

　　多年之后，这个倔强的男生想必早已是妻儿猪牛羊成群了，如果偶尔还有梦的话，不知是否还会梦到小学时坐在他前面那个瘦小个儿、粗长辫子、小脸、大眼睛、爱唱歌、爱写作文的女生？

　　牛沉默着遥想，要是她去参加了小学的同学聚会，那个纸条男生见到她，会是什么反应？我呢，我又唰地一下，想起了我的小学和初中的"双料同学"王某，此刻，他是不是也正跟人说："上次去参加同学会，看到有个准秃顶的中年女胖子，满面油光，双眼浮肿，弓腰驼背，我以为是哪个同学的妈呢，结果人家告诉我说，那是杨檎……"

　　想到这里，我冷汗都差点下来了，我为什么要去参加这该死的同学会呢？那些同学里面，谁敢保证没有从小学四年级就开始倾慕俺的人呢？而人家看见现在的我，会不会就像电影《孔雀》里面，女主角在几年后街头偶遇自己早年暗恋的帅兵哥一样——帅兵哥早已不帅，胡子拉碴地推着辆自行车，自行车的前筐里，堆着刚买来的炒锅和卫生纸，后座上，坐着个鼻涕横流的孩子，而孩子和兵哥哥，都正龇牙咧嘴地啃着一个油饼子……

　　秋天的小镇，热闹的集市，张静初回转身，泪水滚滚，心碎的声音，全世界都听见。

　　青春静好，岁月狂躁。谁都不能怪，只能怪时间这把钝刀。

　　下次同学会，王同学，请允许我与你抱头痛哭。

当时酣醉

那些年我减过的肥

◎吃糊糊

现在听到任何一个一米六的女人说她体重只有105斤的话,我都会羡慕得流口水。但苍天作证,在很多年前,我也是105斤的人哪!夏天105斤,冬天108斤,从来没突破过110斤大关。

那我是怎么从105斤的标准体重变成了150斤大胖子的呢?都是减肥减的!

追根溯源,我觉得确实应该怪到多年前的首任男友身上去。他居然成天给我灌输"美女不过百"的思想,居然不遗余力地做工作让我减肥,说把那5斤弄下去就更漂亮了,穿裙子就更好看了。那之前我可从来没关注过减肥,更没想到过自己也要减肥。

那时候20来岁的我完全不会穿衣打扮。每次去逛街、去看电影,出门前都得眼巴巴地等着他来给我安排,上衣穿什么,裤子穿什么,哪条裙子应该配什么鞋子。经他的手打扮出来后,我好像确实要洋气和好看得多。但几乎每次,他都会说,哎呀,还是稍微胖了点,如果再瘦个几斤,这样穿起来就太完美了。

好吧,为了完美,我就听他的,开始减吧。

那阵听到过的最高档的减肥产品是×××营养素。不是我自己知道的,而是瘦得像竹竿样的他打听到的。对刚参加工作不久的我来说,还属于天价产品。但他舍得啊,宁愿自己不吃不喝也要让我吃上这"高端减肥神品"。当时绵阳都还没有卖的,人家屁颠屁颠跑成都去给我买了一疗程回来,然后天天严防死守地盯着我一天三顿不吃饭就吃它。

泥巴糊糊一样的代餐品，难吃得很！我坚持了一天就受不了了，但无论我用什么样的方式表示反对和反抗，均告无效。"引路人"百折不挠，每顿准点给我端出一碗黑糊糊，硬逼着我喝下，还坚决不让我吃别的。

不记得坚持了多少天，只记得怎么坚持都没什么效果，那几斤多出来的肉始终贴在身上挥之不去。本来就不想喝这倒霉玩意儿，喝了这么久又不见瘦下来，于是我开始多了个心眼，心想既然不能明着吃东西，那咱们就偷着来。

一个周末，去他们家，看到厨房里他妈卤的猪膀肉切在盘子里，油亮亮的，闪烁着动人的光芒。本就饿得头昏眼花的我，此刻喉咙里仿佛伸出了无数双爪子，促使着我不由自主地一步步向它靠近。四下无人，机会难得！我火速抓起两片就往嘴里送。

这绝世的美味啊！我激动得眼泪都包不住了。

关键时刻，他突然出现了，大吼一声"不准！"就扑过来抢肉。我像地下党的情报被敌人发现了一样，赶紧将嘴里还没嚼烂的肉往下咽。

他，居然，用一只大手，掐住了我的脖子，不让我往下咽，另一只手伸进我嘴里，强行把肉给我掏了出来！

天哪！我崩溃了，一屁股坐到地上号啕大哭起来。

他爹娘闻声跑来，看着盛怒的他和地上悲怆的我，不知道发生了什么事。我豁出去了，一把鼻涕一把泪地开始了血泪控诉：他说我胖了5斤，非要让我减肥，这么多天不让我吃饭，我饿得走路都走不稳了，但根本没瘦下来，今天看到肉我想吃两块，他都坚决不让我吃……

俩老人家顿时大怒，操起扫把、擀面杖就去打他。他落荒而逃，我才终于在饱受摧残多日后吃到了一顿饭。

事后他父母对他提出了严厉的批评，又搬出各种科学论据证明绝食减肥是多么愚蠢的做法，并支持我把还没吃完的营养素统统扔了。还跟我说："你这样挺好看的，一点儿都不胖，减什么减！"

第一次减肥就此宣告结束。我又恢复了想吃就吃的自由状态，每次照镜子时看到自己肤如凝脂、唇红齿白，心想这样多好啊，这才是本我啊，为什么要去减肥呢？

◎穿药裤

在减肥"引路人"他父母的大力支持下，我可以不用减肥了，"高端减肥神品"×××营养素也终于远离了我，我暂时过上了三餐无忧的正常生活。

野火烧不尽，春风吹又生。一定要把我体重减下来的信念，在他的心里从来没有熄灭过。一计不成，又生一计，没过多久，他不知道又从哪里听到了一种减肥神器——"古得方内裤"，又不由分说地省下了多少天的饭钱，斥当时看来已是巨资的钱，买了一条来给我穿。还跟我说，穿上这个就不用挨饿了，三顿饭照吃，只要坚持穿，一个夏天下来，你就瘦成标准美女了。

一个中药包，装在内裤特制的口袋里，只要每天穿着这个内裤，药包就会不分昼夜地帮我消耗身上的脂肪。听起来天方夜谭似的，我哪能信这个，再说了，内裤不得随时换洗吗？换洗的时候咋办？

他哄我说："等我有钱了，再给你买一条换着穿，现在先将就着穿这一条，洗的时候，太阳大咱们就抓紧晒干，没太阳我就用吹风机给你吹干，干了就赶紧穿上。"

好嘛，看在那么贵的分上，看在不用绝食的分上，我穿。

那个夏天，我每天都穿着那条内裤，白天、晚上都穿。身上随时一股难闻的药味，熏得人头晕眼花还反胃。随时有不明真相的群众好奇地问我："你一个小姑娘家家的，咋天天喝中药？你有啥病吗？"小姑娘我咋好意思跟人说，我没病，我只是穿了个减肥内裤啊。

但是依然没瘦。不但没瘦，还一天天见涨。因为不用禁食，加上仗着有减肥内裤护航，所以就吃得比较放心和大胆，然后，体重竟然就历史性地突破

110斤大关了!

悲愤、恼怒、暴跳之后,我毅然决然地跟"古得方"说了"古德拜",在他还没来得及给我买第二条的时候,强行把第一条给扔了。

◎吃禁药

患有"减肥强迫症"的某人,捶胸顿足之后,又开始满大街留意别的减肥广告,先后又给我张罗来各种减肥茶,如今年代久远,只大概还记得一些名字,比如某印象、某红、某而瘦等。通通都没效。喝得人身上出现了很多奇迹,就是不瘦。

再后来,因为种种原因,跟减肥君分了手。看着他挥泪而去的背影,我还是心情复杂,但想到从此不用再被人软硬兼施地拖着减肥了,顿时阳光明媚起来。

走了减肥君,我自己却顶了上来。我吃惊地发现,在被减肥强迫症折腾了几年后,我已然患上了减肥依赖症,几天不减就浑身不自在了。

听人说有一种西药能减肥,于是赶紧去买了装在包包里天天吃,我就自在了。

吃着吃着我发现,跟前面用过的那些产品相比,这个药还真有效果,吃了段时间,竟然真瘦了五六斤。但副作用相当明显,拉肚子,没精神,头昏眼花,睡不醒的觉……

那阵我刚当记者不久,有一天坐公共汽车去一个叫关帝镇的地方采访,在车上睡着了,醒来后发现被拉到了一个从没听到过名字的乡镇,手机、传呼机、小灵通一个都不能用,好吓人!后来好不容易才辗转回到城里,当天的采访也泡汤了。

我依然坚持吃,心想已经把涨上去的几斤减下来了,干脆一鼓作气继续减,减到当初最想要的100斤以下。

当时酣醉

还没减到理想体重,身体就不行了,眼看着人都傻掉了,在勉强还有自主意识的时候,我挣扎着去看了医生。听说我在吃这种西药,医生平静地告诉我:"这是禁药,早就不让卖了,你从哪搞来的,你就不怕吃死了吗?"

我倒!倒下去之前,记得把药扔了。药一扔,体重又嗖嗖嗖地蹿上来了。

在多种减肥产品的轮番伺候下,我的体重一不留神就突破了120斤大关。想当初突破110斤时,我是惊恐万状,到了120斤时,已是悲恸欲绝。

不能够啊!我怎么能被肥肉打败?情急之下,再次到处寻觅减肥良方。正是在这种饥不择食的情况下,与某国际影星代言的某美减肥胶囊火速相遇了。

该怎样形容我初食它时的惊喜?真灵啊,每天都在瘦啊,半个月下来别人就都说我腰杆细了。但是,在肯定我瘦了的同时,他们都没忘了关切地补充询问:"你怎么脸色这么不好?是生什么病了吗?""以前你都不驼背哒,咋现在天天把背驼起?""昨晚又没休息好?眼睛好肿,黑眼圈好明显哦。"……

是的是的,各种不舒服,每当有人问起,我就忍不住絮絮叨叨跟人诉苦:我吃不下,以前胃口那么好,看到啥都想吃,吃啥都是香的,现在一切美食摆在眼前,我看到就饱了,一顿饭连半个包子都吃不下去;以前瞌睡挺香的,现在简直睡不着,每天到后半夜了还躺在床上眼鼓鼓地把天花板盯着,困死个人,却毫无睡意;以前精神好得很,每天到处乱跑回来坐那一口气就能写出几篇稿子来,现在哪都不想去,啥稿子都不想写,恨不得坐着就一直不起来,要是能整天整天躺着就更好了。

每次还没听我絮叨完,他们就急切地劝我:"莫减肥了,再减下去你身体就彻底垮了!"

我一想,好歹也减了10多斤下来了,体重又回到110斤以下了,那就不减了吧!

不吃药了,胃口慢慢好起来了,但还是没有瞌睡,酝酿几小时好不容易睡着了,屋里一只猫轻轻走过,都能被惊醒,然后,就眼睁睁地等着天亮。

杂　记

更悲催的是，体重很快又飙升上来了，而且人显得比减肥前更难看了。

2001年那个冬天过完后，我应《中国足球报》之热邀，离开绵阳，去北京当了足球记者。当我扛着行李去报道时，我发现我们老总有一种大跌眼镜的感觉，可能心头在纳闷："我们费劲巴拉地怎么挖了个发面疙瘩过来？"

所幸的是我身材不好文采好，而新老板又绝不是只看面子不看里子的人，所谓大英雄不问出处，好记者不问体重。我凭着自己的勤勉和闯劲，以及一支自己觉得还不错的笔头子迅速在京城站稳了脚，并热切地盼望着这边的恶劣气候和不那么好吃的饮食，以及每周东奔西走的劳碌，尽快把一身肥肉消磨掉。

但是我又想错了。

◎扎针

嗯，今天要说到扎针了。

北方的气候和饮食好像更容易让人发胖，去了不到一年，体重就呼啦啦地飙升到了史无前例的130斤！虽然满大街随处可见比我还胖的人，跟他们比起来，我只是个不太显眼的小胖子，但我自己难受啊，还是天天都心急火燎地想让自己瘦下来。

于是又想到了之前吃过的某美胶囊，虽然那药会吃得人夜夜难眠、形容憔悴、苦大仇深，好歹还能减体重，减肥要紧。

北京药店买不到，火速打电话请绵阳的朋友找医药公司的熟人给开了几盒寄到北京。但是，我惊讶地发现，某美胶囊，它已经于我无效了，几盒吃完，失眠失得更厉害，体重却一斤没见少。

顶着一身肥肉走在京城的风沙里，接到绵阳一丰满前同事的电话，说绵阳惊现一位"神针"老人，针到肉除，现在绵阳好多胖子都上他那排着队扎针减肥，"我一个疗程都还没扎完，已经减了10来斤了，你快抽空回来扎吧！"

好消息来得太是时候了！我立即决定，休假！然后火速飞回绵阳，第二天

225

就跟朋友一起，找到了传说中的那位"神针"。

208厂生活区一幢老旧的居民楼，一套简陋的三居室，每个房间都安着小床，上面躺满了求瘦的姐姐、妹妹、孃孃、婆婆，肚子上、腰上、大小腿上扎满了明晃晃的银针。我向来怕疼，一看就腿肚子打闪闪，有一种站不稳的感觉。但她们都说"有效、有效，真的有效"，那还说啥，豁出去了，总不可能疼死吧！

"神针"大爷简单地问了我一些情况，身高、体重、啥时候发胖的、之前都用过哪些方法减肥什么的，然后胸有成竹地告诉我："一个疗程，至少能让你瘦下去10到20斤。"

我热泪盈眶！当场交了钱，眼巴巴地等着前面一个孃孃扎完起床，床都还是热的，我就赶紧躺了上去。

好疼！好疼！到处都疼！眼泪和汗水都疼出来了！但为了瘦，我忍，忍，忍……

扎完后大爷告诉我，回去别吃肉，实在想吃，就吃几片卤牛肉，多吃炒豆芽，米饭、面食尽量不吃，还有，每天晚上坚持跳绳2000个。

想吃的，都忍着没吃。但2000个跳绳太有挑战性，一天没怎么吃东西，身上的针眼都还是痛的，还要跳2000下，实在困难，所以我最多跳了千儿八百个。

第二天准时又去，急不可耐地上秤，当即傻眼，居然，纹丝未动！但别人都一斤两斤地在瘦，我这咋回事？大爷仔细询问了我昨天回去后的表现，我如实交代，绳没跳够，大爷说："你不听话，听话才瘦得下来，今晚上一定要跳够。"

好吧，那就再对自己狠一点儿吧。后面的每天，我严格遵照执行。半个月后，疗程结束，别人都10斤、8斤、甚至20斤地轻了，我却总共才轻了两三斤。

大爷是个好大爷，看着我失望的表情，他主动提出，再免费送我半个疗程。"你的脂肪比一般人顽固，你一定要严格配合。"

又咬牙配合了5天，假期快满了，体重还是没变。那天再去时，大爷把我叫到旁边，语重心长地跟我说："我扎了这么多人，像你这种情况还是第一次遇到……你再这样下去，把招牌都要给我砸了呢……"

我满面羞愧，说："谢谢你了，肯定是我自己的问题，那我明天不来了。"大爷说："谢谢你，以后有时间再来哈。"我心说你都在赶我走了，我还来什么啊！

声势浩大、艰苦卓绝的减肥工程再次以失败告终，我带着一身的针眼回到北京，渴望着在首善之都能尽快寻到一个真正的减肥良方，让我从此脱离苦海。

◎夜跑

说话间就到了"非典"那年。年轻的90后可能不一定有印象，稍微年长的应该都知道，真是举国惊惶，谈之色变，而我所在的北京，又是"重灾区"。为了防病，我们单位几乎人人都加入了锻炼的队伍。每天晚上我跑报社球馆去跟同事们打乒乓球到半夜，还觉得不够，有一天心血来潮痛下决心，干脆，跑——起——来！为强身健体，更为减肥。

以前我从没尝试过跑步，一来体力不行，二来总感觉跑步太枯燥乏味。但一个热心的男同事说，别打乒乓球了，打乒乓球不管用，还是长跑好，看王军霞多瘦。说着说着我就动心了。

说跑就跑。那时候我住在天坛东门的体育馆路，离天坛东门不到500米。单位一个在北京园林局有熟人的同事给办了张据说是离休人员才有资格办的天坛免费年卡，我揣着年卡，拿着跳绳，每天别人吃晚饭时，我就进天坛去，顺着墙根慢跑一圈，一圈跑完得花个把小时，完了再跳一两千个绳。

刚开始时太难了，跑死个人啊……咬牙坚持了一周后，就习惯了，并且慢慢感觉到在这里头跑步还真是种享受。古木参天，绿意盎然，黄昏时空中总是飘满了风筝，长廊下不时传出京胡和唱曲儿的声音，有些票友还上了妆在园子里吊嗓子。跑着跑着突然就遇到个着古装的才子佳人，让人顿生今夕何夕的穿越之感。

当时酣醉

时值盛夏，每天跑到中途就感觉已经流了一桶的汗。后来经"高人"指点，又去买了条不透气的连身紧腿背带裤穿着跑，再后来又在腰上缠着保鲜膜跑。每天晚上回去，先脱下装满了汗水变得沉甸甸的背带裤，再一层层解开火辣辣、湿漉漉的保鲜膜，那酸爽，不提了……

没出差时在天坛里跑，出差到天南海北，也不忘每天坚持跑，一天不跑就浑身不舒服。不吃晚饭坚持长跑了半年，瘦了十几斤，而且浑身的肉长得格外结实，掐都掐不动。有一次四川一个朋友过来看我，一见面就吆喝："哎哟，不错不错，太健美了，完全可以不减了！"

我说不，我要像阿甘一样，不停地跑下去！但是，老天他不让我接着跑了。很快就到了11月，一天天就冷起来了，冷手、冷脸、冷嘴巴，身上跑得冒热汗，脸和手却冻得发僵。戴着手套和口罩跑也不行，手依然钻心地冷，嘴巴又冷又热，呼吸困难。

11月中旬，北京就开始下雪了，一下就铺天盖地，慢慢走都容易滑倒，哪里还有法跑步。我的跑步减肥生涯，就这样结束了。

一停跑，肉又噌噌噌地往上涨。等到那个冬天过完，我已经又变成一个发面馒头了，而且，还是北方那种大个儿的发面馒头。

◎闻立瘦

跑步减肥中断后，体重很快又飙升上来。加上前面几年折腾过那么多次，把胃口越搞越大，吃嘛嘛香，天上飞的只不吃飞机，地上跑的只不吃汽车，两个脚的只不吃人，四个脚的只不吃板凳，有时饿慌了屋里没啥吃的，看到桌子脚都想啃几口。

天气转暖了后，也想过把跑步捡起来，但背着一身肥肉走路都难，哪里还能再跑。

也正是在那段时间，搜狐体育"慕名"找我，请我在他们网站上开专栏。

专栏要配个漫画头像，他们不便来找我当面画，我也没空跑过去坐在那让他们看着画，于是找了张自认为比较帅而显瘦的照片，让他们对着照片画。

第一期专栏出来后，我一看，妈呀，这谁呀！这么大而方圆、胖而厚重的一张脸！我怒不可遏，打电话向他们领导问责，我说你们美编啥手艺啊，把我画那么难看！对方把我照片看了又看，说画得挺好呀，挺像你的呀！

我默默地放下电话，打死都不愿相信，这才几天没照镜子，我就又胖成这样了……

怎么办？只好再减。于是又开始走火入魔一样四处搜罗减肥产品。电视购物里卖的"闻立瘦"适时地映入眼帘。儿童巴掌大一块糖样的东西，有巧克力味和草莓味两种，随身携带，说吃饭前摸出来闻一会儿，就能抑制食欲，通过减少摄入达到瘦身效果。

赶紧打电话，买了一块，巧克力味的，宝贝似的装在口袋里，有事没事就摸出来闻。但是，它没效果呀，不但没减肥效果，闻了反而吃饭更香了哒！以前每顿一般只吃一碗饭，现在动不动就嗨两碗，有时稍微没刹住，还能再来一碗。

我的"闻立瘦"就这样成了同事们的笑料，他们亲切地把它称作"闻立胖"，每次大家一起出去吃饭，总有人喊："杨橼把你的闻立胖给我使使，今天没胃口，闻了一会儿多吃点儿。"

一气之下我就让"闻立胖"见鬼去了。很快，又探得一款宝物，某某减肥乐，一种胶囊，宣称是纯天然的，减肥快还不反弹。价格飞贵，也不管了，火速买了一疗程就开吃。

还真有效，眼见着一天天地变瘦了。但与此同时，本来就差的睡眠又变得更差了，常常是躺床上还没合上眼，天就亮了。

◎抑郁了

昂贵的某某减肥乐胶囊确实帮我减下来了10多斤，但它实在不能叫"减肥乐"而应该叫"减肥苦"，因为，它把我减成抑郁症了。

吃了减肥药，肉被减掉的同时，睡眠也被减得无影无踪。有一天，在连续多天晚上一秒钟都没睡着之后，终于受不了了，一大早就跑到传说中治失眠很厉害的北京人民医院神经内科看病去了。

我本来该像电视剧演的那样，直接夺门而出，一路狂奔，跑到某个角落里藏起来，不接电话不回家。但我没有，我谨遵医嘱去缴了费，拿了盒医生开的300多元的抑郁症专用药"×优解"。然后，我背着包，来到医院门外的西直门立交桥上坐着，双脚悬吊在空中，不接电话不回家，一直到天黑。

那阵移动网络还不发达，不然我肯定早就被人用手机拍下来发到网上去了，标题或许就叫《这个胖子，想把西直门立交桥坐塌？》。

小家、老家都因此乱套了。孩子她爹（那阵还没孩子，只有她爹）到处找我，最后把电话打给了四川老家的我爸，我爸妈正跟他们的二亲家欢聚一堂在吃晚饭。听说我失踪了手机也不接，我爸他老人家高血压都要犯了，十万火急地亲自给我打过来了。接到爸爸的电话，我在冷风中哇地一下哭出声来，我说："爸爸，我睡不着，医生说我得了抑郁症了！"

我爸说："别听他们胡说！爸爸的女儿怎么会得抑郁症！把减肥药甩了！医生给你开的药也甩了！今晚爸爸回去给你开中药……"

后来，坚持喝我爸开的中药，失眠慢慢有了改善。我爸跟我说，莫减啥子肥了，本来多好看的，就是要唇红齿白的自然美，哪个兴的硬要减成青面兽。我说好，我也相信我自己还是多好看的。

因为停了减肥药，身上的肉又突突突地蹿了上来，并且因为这个，在某一次工作中受到了严重的刺激和打击。

杂 记

  那个夏天，单位派我去上海专访著名教练徐根宝。我拖着箱子，带着我的自然美，耀武扬威地就去了。在崇明岛他的足球基地里，徐大爷热情地接待了我，带着我在他的基地里到处逛，还把我介绍给那天也来基地看望他的他好友、上海滩名主持曹先生认识。

  平时在电视里经常看到曹先生，虽然胖，但西装领带、油抹水光的，形象还算可以。见到真人，才发现，是真的胖，真的很胖。曹先生拿着把纸扇子，一直不停地扇，但脸上的汗还是不停地往下淌。

  徐大爷忙的时候，我跟曹先生站在旁边闲聊，曹先生一点儿明星架子都没有，和善可亲得很。倒是我很有些嫌弃他，边聊边在心里想，真是闻名不如见面，见面不如隔着屏幕看呀……

  后来三个人并排着往回走，徐大爷走得毫无声息，我走得风风火火，曹先生直接就呼哧带喘了。当曹先生扇子上又一股夹杂着汗味儿的热风吹过来时，徐大爷扭过头去，毫不客气地跟他说："你该减减肥了！"

  曹先生有点尴尬地笑了笑，我也笑了，对他表示同情。突然，徐大爷又把脑壳扭向了我："你也该减肥！"

  我？我想说，我比曹先生瘦多了。但我还没来得及反应，徐大爷又说了，"体育记者哪能这么胖，你看看到处跑体育的记者，有几个胖的？你应该减减。"我晕哦，哪家媒体没几个比我还胖的胖记者？难道他们都没采访过徐根宝吗？

  正式专访徐大爷时，接到后方编辑电话，让我跟徐大爷合个影，到时候配发到报纸上。我说好，徐大爷也说好，然后就请旁边的工作人员给我们拍了张亲切交谈的照片。

  报纸出来那天我回到北京，一下飞机就去买报纸，想看看自己的光辉形象。那时候天南地北有不少粉丝，每期买我们的报纸看我的文章，虽然以前也登过几次照片，但这次毕竟影响大些嘛，可别吓着他们。

  结果我自己被吓了一大跳！好胖啊！好丑啊！好难看的眯眯眼啊！更可怕

的是，我居然还穿着件夸张的花短袖！最可怕的是，还配了条更花的裤子！整个人看起来像一个滚圆的西瓜，怪不得徐大爷要喊我去减肥……

看了第一眼，再没有勇气看第二眼。从那以后直到现在，我再也不好意思跟采访对象一起合影了。默默地放下报纸，想死的心都有了。太丢脸了，一个叱咤江湖的女足记，咋能胖成那样？减肥，必须减，马上减，现在就去！

然后，我开始了长达半年被点穴的日子。

◎点穴

被点穴纯属偶然。

那时候我搬到了国家图书馆对面的中国气象局大院里，经常去附近一家理发店洗头。理发店人多，有时等的时间比洗剪吹的时间还长。闲着无聊，那时还不兴手机上网，就只好拿报纸看。有一天，看着看着突然一则广告跳入眼帘。减肥！点穴减肥！198元减5斤！不打针，不吃药，不运动，不节食，不受罪，不反弹！

想着之前为减肥浪费掉那么多白花花的银子，想着花那么多钱却越减越肥，这个这么便宜，而且只需要点个穴就可以减掉5斤，多么激动人心啊！

情急之下火速查找地址。"×桂玉点穴减肥"，很多家连锁店，魏公村就有一家，离我很近，最多不超过一公里。真是缘分天注定啊。

扑爬跟斗就去了。一个小区住宿楼的二楼上，门一开，一水儿穿着粉红色工作服、带东北口音的小姑娘就亲热地围过来，姐姐、姐姐地叫着，宾至如归说的就是这个场景了。

先交钱。让我交2000元。我说不是198元吗？小姑娘说，198元减5斤，你减5斤哪行，至少要减个30斤下来哦！我当时130多斤，想着减30斤我就只有100斤多点儿了，就回到最初的起点了，安逸！但30斤也要不了2000元呀，为什么要交2000元？

杂 记

姑娘们叽叽喳喳地开始给我科普，说减了还要保养，保证我减完后貌美如花，直接就把我说晕了。最后算下来，每天的花费是35元。一天35元也不算多，只要能减下来。好吧，于是怀着美好的憧憬痛痛快快把钱交了。

我以为就像武侠片里那样用一根指头轻轻一点，我就可以回去了，照样吃吃喝喝就能瘦下来。结果我又错了。

她们让我躺在床上，先按摩肚子和胃。按得我大汗淋漓，疼得我咬牙切齿。看着给我施工的小姑娘累得气喘吁吁，又不好抱怨。我说啥时候点穴呀，给我点准哦，别点到笑穴了。我怕她一不小心点了我的笑穴，我会一直止不住地笑。

但后来剧情的发展，就算给我点了笑穴，我也笑不出来了。

第一次去点穴减肥，是下午一点多。因为在理发店等着洗头耽误了时间，中午饭都没吃，看到减肥广告直接就去了。心想没事，反正说不用节食，一会儿点了穴回去，放开腮帮子慢慢吃。

巨力按摩之后，姑娘说："姐，你屏住呼吸，我开始点穴了哈。"然后，用她那重若千斤的拳头死死地压住我的胃部，足足压了两三分钟。又痛又憋气，难受得要死！好不容易松开了，还没缓过气，又来一轮。反复几次后，说好了，可以起来了。

点完穴已经两点多了，头晕眼花跌跌撞撞地爬起来，收拾好准备出门回家吃饭。姑娘叮嘱说："明天这个时候准时再来。"完了又补充了一句，顿时就把我吓瘫了，"从现在到明天这个时候，你就别吃东西，也别喝水了哈！"

那怎么行？我今天就没吃午饭，本来就饿得不行了，怎么可能不吃不喝忍到明天这个时候，那不要了老命了吗？你们不是说不用节食吗？原来不节食是让我绝食嗦！

据理力争之下，姑娘让步了，从冰箱里拿出一个桃子洗了递给我："那现在你把这个桃子吃下去，慢慢吃，吃了就不饿了。回去就别吃东西了，更别喝水了。因为我现在把你的穴道封住了，封住穴道才能瘦，你一喝水就把穴道冲开了，就减不了肥了。"

水我可以忍,但饭不能忍嘞,忍了要出人命嘞。姑娘耐着性子跟我解释,给我讲了一堆我听不懂的科学道理,还说:"没让你节食呀,刚才不是给你吃了桃子了吗?你今天先忍一下,明天再吃,乖,听话。"

我乖乖地回去了。不吃、不喝,忍。忍到晚餐时,坐在屋里,满楼都是饭菜香,受不了。夺门而出来到街上,满街都是饭菜香,更受不了。看到饭馆里觥筹交错,看到旁边有人拿着大饼边走边啃,拿着矿泉水边走边喝,觉得每个人都比自己幸福。心一横,不忍了!但是转眼看到橱窗里自己的样子,又觉得每个人身材都比自己好,心又横过来:我,再忍!

都不记得那天晚上是怎么睡着的了,好像压根就没睡着吧,一秒一秒地熬,终于熬到第二天了。工作、写稿,无限悲戚中熬过了一个小时,又一个小时,最后,用有史以来最惊人的毅力,熬到了下午一点。

浑身无力,像踩在棉花团上一样东一脚西一脚地往减肥馆里踩。挪到楼下,看到一个昨天跟我同屋子点穴的大姐,居然,正坐在花台上吃东西!鬼鬼祟祟地,就跟那东西是偷来的一样。见我看到了她,不好意思地笑了,说实在受不了,偷吃点儿饼子再上去。

那不行!我也要吃!我风驰电掣一般跑回小区大门,在门外一个煎饼摊上也买了个煎饼。手脚麻利的摊主,摊个饼子,竟然能摊一个世纪那么久……

不敢吃多了,怕被发现,只吃了一小半就扔垃圾桶了。完了把嘴巴抹得干干净净,不留一点儿蛛丝马迹,信步上楼。

门开了,我靠在门边不进去。小姑娘说:"姐你进来呀。"我假装气若游丝,断断续续地说:"救——命——啊……"

见我瘫靠在门边上喊救命,姑娘笑了,问我:"怎么啦?"我说:"被你们饿的,不吃不喝到现在,马上就没命了。"

姑娘说:"哪有那么夸张哦!今天就让你吃东西了,不能让你饿着,快点进来。"

真的吗?那太好了!我一骨碌躺上床,开始畅想今天回去后要吃的东西,火锅、中餐、好伦哥？要不一会儿出去先到街对面的张记瓦罐饭吃一罐排骨饭？就像早年刚买彩票时那样，花两元买一张，然后就开始畅想中了五百万以后怎么花。

正想得高兴呢，姑娘突然毛了，大声吼我："你怎么这么不听话呀？我昨天跟你说的话你都忘了？你这样怎么可能减下来？"

我说：怎么啦？姑娘黑着脸，"怎么了，你还问我！你都吃什么了？这胃里哪来这么多东西！"

妈呀，偷吃的煎饼被她按到了。与此同时，隔壁房间也传来怒吼，很显然，那一位也被抓现行了。

姑娘说："怪不得刚才给你称重，才轻了半斤。人家遵守得好的，第一天就能轻一两斤！"

我想申辩，但我不敢，因为房间里所有人都对我怒目而视，包括旁边床上的胖子，人家就没吃，今天又轻了一斤多。

只好厚着脸皮说轻了半斤我也很满意了，姑娘说："你满意我不满意哒，既然你花了钱来减肥，我肯定就要对你负责任，所以后面你必须要听我的话。"好吧好吧，我听，没什么大不了的，昨天已经挺过去了，反正今天就可以吃了。

结果，点完穴后，姑娘说，今天晚餐，吃牛肉，要纯瘦肉，只能吃两片，可以买熟的酱牛肉吃，但记着只能吃两片。还可以再吃点儿豆芽，要绿豆芽，不要炒，用清水煮，放几颗盐就行了。

问题是，两片牛肉怎么买哇？"你可以多买点儿嘛，但一顿只能吃两片，其余的放着明天吃。切记不能喝水。"

那明天早上呢？"早上吃一个煮鸡蛋。切记不能喝水。"不喝水我怎么咽得下去呀？姑娘说了："你抿着吃，慢慢抿，咽得下去，别人都可以，你也可以。"

我晕，原来我是花钱来让她们饿我，把我饿瘦！但是看到旁边比我早减的都瘦了，而且钱都交了，也只能如此了。

当时酣醉

晚餐时真的只吃了两片酱牛肉和几筷子清水煮豆芽。至少比昨天好过点儿了。保持愉快的心情,看《武林外传》,但是越看越饿,因为每天晚上忙完了,佟掌柜、李大嘴他们都要在同福客栈里大吃大喝,我看着受不了呀,心里像有条千爪猫在抓一样。一百次想去开冰箱,但想到明天又会被当众严批,又一百零一次强行按下想吃的冲动。

第二天早上,在没喝一滴水的情况下,吃完一个煮鸡蛋。因为太饿,吃得又太慢,第一次觉得煮鸡蛋竟是人间最美的美味。

下午又去点穴,上床前称重,又轻了点儿。还行,没白挨饿。

几乎不吃东西、完全不喝水、每天准时去点穴,眼见着真的一天一天慢慢地瘦下来了。

但我没精神欢喜。因为,打不起精神呀!

少吃东西还行,刚开始受不了,时间长了也就习惯了。但完全不让喝水,太痛苦了。北方气候干燥,本来就离不得水,加上我热爱打乒乓球,之前一有空就泡在球馆里,出一身汗,喝无数水,倍儿爽。自从开始点穴减肥,就只能含恨把乒乓球戒了。每次球友邀约时,几乎都是含着眼泪拒绝的。

还有一点难以忍受的,就是钱太贵。每隔十天半个月,小妹们就要催着我充钱,说:"今天点了你再不充值,明天就没法给你点了哦。"原先说的几百元包瘦,因为"解释权归店方",所以被她们解释成了几千元都还不能保证瘦到位。还能怎么办?已经上船了,彼岸还在看不见的远方,要想成功靠岸,只能硬着头皮继续投钱了。

印象最深的一次,是深冬的一天,那天有事去晚了,点完穴天已经黑了,姑娘们又要求我充值。我说没钱,改天。专攻我的姑娘一口一个"我亲姐姐",说:"你今天不充值,这个月我的奖金就泡汤了,姐姐,你看我一个人在北京打工,你就忍心让老板扣我钱、忍心我下个月天天吃泡面吗?"听得我心都要碎了。但是我真的没带现金,我说:"你们这里又不能刷卡,我明天一定带来好吧?"我的天!姑娘说:"没事,楼下不远处有个自动取款机,我陪你去取。"

杂　记

然后火速穿上大棉袄，围上大围脖，戴上棉帽子，押着我，顶风冒雪地来到那个自动取款机前，取了 2000 元现钱交给她，最后才放我走。

前前后后充了得有一万多元钱，才把身上的 20 来斤肥肉"点"没了。我又回到了几年前的 110 斤，虽然心耿耿的，但总算瘦了，钱也算没打水漂，好歹有点儿安慰。

回老家过年，亲人们见到我，第一句话就是"瘦了嘞！"，这话我爱听。但第二句话就不好听了："脸上咋这么多皱纹哦？"吃饭的时候，他们就更惊诧了："你怎么啥子都不吃？！"是的，我不吃主食，不吃肉，不喝水，连菜都吃得很少，用我妈的话说，"比个猫儿还吃得少了"。

在亲友们的谴责和劝说中过完年，离家返京。回去的那天，一众亲友照例送我到机场，各种叮咛嘱托。马上要过安检口了，我大表哥突然想起什么重大事情样，大声把我喊回来："过来！过来！我跟你说——"

"回去后不准再减肥了，听到莫得？你不晓得你现在有多老，那天去吃饭，我在街这边，你在街那边，隔那么大条街，我都看到你脸上的皱纹了！"

一种溃败的感觉席卷全身，花了那么多钱，受了那么多罪，却换来这种结局。罢罢罢，不减了，肉要涨就涨，随它去吧。

再次停手不减了之后，遵循着"减 5 斤反弹 10 斤，减 10 斤反弹 20 斤"的铁律，很快就又反弹到 130 斤以上了。

◎终结者

经历了"5•12 汶川特大地震"，失去了最爱的爸爸之后，我决定生一个孩子。有个孩子我才活得下去。那时我已经胖到了史无前例的 130 多斤，坐着都喘。

在怀上孩子之前，一天我陪孩子爹去医院给他看病。步行上二楼，上去后腿酸脚软，张大嘴巴叉着腰站那喘粗气。楼道里坐着的好几个人，不约而同地站起来给我让座。我还没反应过来呢，孩子爹尬笑着连忙跟他们解释："没事，

没事，你们坐，你们坐，她不是……是我来看病。"那几个人都笑了。原来，他们都把我当成了孕妇。我说："哈哈哈，我还不是孕妇，我只是胖。"

怀孕之后，就更胖了。一天一个人坐公共汽车从单位去东单办事。一上车就有两个学生争着给我让座，我说不用不用，我只有三站地，不坐了，一会儿懒得起来。公共汽车是无人售票车，司机师傅转过头看了我一眼，喊了声"大家给孕妇让个座哈"又回头接着开车。又有人站起来请我坐，我还是坚持没坐。

过了一站，到下一站的时候，司机师傅突然站起来，怒火冲天地对着满车厢的人吼起来："我说你们都怎么回事，给孕妇让个座就这么难吗？你们就忍心看她挺着那么大个肚子站那儿吗？"

妈呀，我满面羞惭，说不了不了，我就在这儿下车了，然后提前一站就下了车。我明明才怀孕一个月，肚子里的胎儿还没指甲盖大呢，我只是胖嘛，又穿了件防辐射的孕妇背心而已嘛，难道你们真以为我是要临产了吗？受不了，受不了，走了，走了……

孩子满月之后，我再也没下过150斤了。

孩子上幼儿园后，我又有点儿想减肥了，因为实在不好买衣服，同时也害怕去接她的时候，因为身材太臃肿而被误认为是奶奶去接孙女。

这个时候正流行拔罐减肥，满大街都是拔罐店。于是买了疗程去拔，收效甚微。后来听说流行搓精油减肥，贼贵。咬着牙又买了疗程去搓，肉皮都搓烂了，还是收效甚微……

面对朋友们先惊诧再佩服最后无奈的眼光，我常常自我解嘲：我用比较少的钱先把自己吃胖，再用很多的钱去减肥，好像确实不划算——既如此，我何必要吃？

但天生嘴馋加胃口好，我不吃不行啊！

老天有眼，最后终于还是遇到了终结者。2017年秋天，偶然的机会，接触到了一种中药瘦包。此时我对减肥基本已丧失了信心，抱着死马当活马医的心态，漫不经心地用了三个月，居然减到了久违了10多年的120斤，并且停减

杂　记

一年都没有再涨上来。

所有了解我减肥辛酸苦难史的人纷纷表示祝贺，说这次我终于遇到了终结者，以后再也不用为减肥劳心费力又花钱了。

但是，后来我还是没能稳住。说到这个真恨不得甩自己两巴掌——2018年，那个冬天，一个搞推销的，不知道是如何找到我的，在网上"倾情"给我推荐一种据说是更有效、更健康、更不会反弹的减肥神药，还说："这个是名牌大厂生产的，著名主持人某某和著名影星某某某代言的，你吃一个疗程绝对减到105斤！"

105斤？好多年做梦都不敢想了呀？真的能行吗，那就再试试吧。于是，又花了4000多元买了一疗程。还没吃完，就噌噌噌地涨了10多斤上来。我不服呀，问对方，对方说："你这个奇怪了，我得请我们公司的高级导师专门来一对一地指导你。"

"高级导师"应声而出，跟我说，再花几千，重新买一疗程的强力版。我说："我不想再花钱，也不想再当你们的小白鼠了。""高级导师"怒了："每个人具体情况不同，还有人花了十几万，在我的悉心指导下，现在还没减到位呢。你才花了几千块就想一口减成瘦子，咋可能呢？"

我不再回话，直接拉黑，将这个"高级导师"连人带药一起彻底终结了。

我　家

十几岁就离开了家，又似乎从来没离开过。

我 家

我最倾慕的两个女生

一周前，弟媳打电话来，"二娃说她要过4岁生日了，要把生日蛋糕留一半给姑姑。"小东西才刚过了3岁生日，离4岁生日还遥远得很呢，分明就是想吃蛋糕嘛，纯粹好吃。但令我高兴的是，再好吃人家也要留一半给姑姑啊，可见姑姑在她心目中分量有多重。

三天前的晚上，正在努力写一篇工作稿子，突然收到我哥的短信："大雨哗啦啦，街上人稀少。推窗想姑姑，幻觉而出现。作者——杨恬恬"我顿时芳心大乱，哪还有心思工作，回过去说："我也想侄女啊！但是，请问：最后一句什么意思？"嫂子回的信："她的意思是，幻觉中姑姑出现了。"

老泪纵横！亲爱的侄女啊，虽然姑姑也像你想我一样天天在想你，但一次都没想出过幻觉，好惭愧啊。于是撂下一切事情，专心致志来想两个小女生。

一想就想到了多年前。

（一）

那时候我嫂子刚怀孕。我天天盼着她给我生个天下第一乖的侄儿，不好直接施压给孕妇，就跑去威胁我哥："一定要生个男的！"

我哥笑嘻嘻地说，"这个不好说哦，生下来是啥就是啥哦。"我恼羞成怒："要是生个女的，我不给压岁钱！"我哥还是笑嘻嘻的："你莫把话说死了哦，到时候说不定你比我还给得勤呢。"

那年冬天，一个阳光和煦的上午，我正在绵阳一所高校里采访绵阳首个人

当时酣醉

体模特——一位卖南瓜的中老年农民,正在惊诧卖南瓜的农民伯伯思想之前卫,传呼骤响,家里打来的,回过去,我爹在电话里喜笑颜开:"快回来,快回来!你嫂嫂生了!乖得很,快点回来看哪!"

一向冷静平和的我爹,居然乐成这个样子,连最最重要的信息都忘了向我通报。"生了个啥?男的女的?"我问。爹哈哈大笑说"给你生了个侄女!",然后撂下电话去厨房忙了。

万分失望!万分!失望正浓,我弟弟又打电话,止不住的兴奋:"姐姐你在哪里啊,快点回来!赵姐生了……"我问:"你晓得生了个啥吗?"我弟说"晓得啊,生了个侄女啊!",我怒不可遏,"生个女娃子还这么高兴?毛病!"。

回了电话,我百无聊赖继续采访人体模特,陪我一路去找人体模特的好友悄悄跟我说:"一会儿我陪你上街,去给你小侄女买把长命锁……"我诧异地瞪着她,十分不解,为什么?为什么呢?为什么每个人都那么兴高采烈都以为我也一样地兴高采烈,为什么都不理会我内心的失望呢?我说:"不买!"

没有回家,就跟没听说过这个消息似的,继续忙自己的。到第二天中午,忙完了采访,写完了手上所有的稿子,坐在办公室发呆。同事加好友虹走过来问:"发啥呆呢?"我委屈得眼泪都要出来了:"我哥哥,生了个女孩。"她问啥时候啊,我说,昨天上午。

虹顿时要跳起来了:"那你咋不回去,咋还坐在这里耍喃?没见过你这样的哈,你哥生小孩你还在这稳起!"我说,但是,是个女孩呀。她眼珠子都瞪圆了,凑近了看我说:"你不会吧?你还有这思想?啥子男的女的,跟你说,小孩子都乖得很,尤其刚生下来的,可爱死了!赶紧回去看吧!"

架不住同志们外星人一样看我,我终于决定,回去,上医院,例行公事地看望我劳苦功高的嫂嫂,还有那个不听吩咐乱跑来的小女同学。

事情就在那个时候发生了巨大转机——那个小风嗖嗖嗖的下午,我第一次见到我的第一个侄女,并且,以相当快的速度,与她一见钟情!

那个缩在小棉被里的小身体啊,那张粉嫩的小脸啊,那双细长得像古代美

我　家

女的小眼睛啊，那张怎么看都像涂了红唇膏还描了唇线的小嘴巴啊，让我一见面就不可救药地彻头彻尾地爱上了。我挽起袖子去给她洗尿布，一马当先地抱她去洗澡，不由分说推走我哥自己来陪床，总之恨不得把一切跟小东西有关的事情，全部揽过来，并且揽得理直气壮："我是她姑姑啊！"

家里人对我的热情、能干、贤惠熟视无睹，倒是医生、护士有点儿不解，背着我问我爹："那是小孩的什么人啊，好勤快哦，那么冷的水一直在那洗尿布……"哼哼，我喜欢，我愿意，我高兴。

从此以后，我跟我美丽可爱并且心思像我一样细密的侄女成了世界上最要好的姑侄。我果然像我哥说的，发压岁钱比他还发得勤，出差到全国各地永远不忘第一个就给她买礼物，她的柜子里装满了姑姑从北京买的小旗袍、广州买的小牛仔裙、天津买的小风衣、杭州买的手帕、深圳买的布娃娃……

我娘说："奇怪得很，别人给她买的啥她都记不清楚，只有你买的，哪样她都记得清清楚楚。"那时候她才一岁多，够神奇的吧。

后来，我跟一车队去西藏。跋山涉水、历经磨难终于登上布达拉宫，排了一上午队终于见到主宫和尚亲自开过光的护身符，但是每个人最多只限买两个，我毫不犹豫地跟活佛说："一个给我的妈妈，保佑她长命百岁，一个给我的小侄女，保佑她健康长大。"

我的侄女果然长得很健康，并且像我爱她一样爱我。她的各大"排行榜"里，排在第一位的总是姑姑。而且并不漂亮的姑姑在她眼睛里居然美若天仙，无论哪里来的美女，电视上，画报上，或者大街上，只要姑姑问一声"姑姑漂亮还是她漂亮？"永远的回答都是："姑姑漂亮！"搞得我仿佛生下来就天下第一漂亮似的自信。

日子在我与大侄女的幸福生活中过得飞快。很快四年过去了。四年后我弟弟娶了妻，眼看着也要生子了。

我又开始紧张，可怜巴巴地问我弟："这回总是个侄儿吧？"我弟意味深长地笑："你又来了。当初你闹着闹着要侄儿，现在呢，看你跟丑猫多好。"（丑猫

是我给我大侄女随口起的一个小名,全家人随口给她起了 N 个小名,小人家全部乐呵呵地接受,其中"丑猫"叫得最为响亮。)我急了,说虽然我是跟丑猫好,但有个侄儿,还是我的一个梦想啊。弟弟要再生个女生,我的梦想岂不是彻底破灭了?

(二)

2002 年,我到了北京。想家,想爹娘、哥哥、嫂嫂、弟弟、弟媳,想丑猫,更想我尚未出世的侄儿。我一门心思认定这次他们会给我生个侄儿,经常狠狠地这样憧憬:回家后,首先把大侄女和小侄儿抱过来,左腿坐一个,右腿坐一个,然后再说下文!

很快就有了下文。

又是冬天。那个冬天的傍晚,北京飘着鹅毛大雪,我和与我一起混北京的绵阳老乡风雪夜归人,正走在天坛东门,手机骤响,一接,我爹的声音:"刚才,生了。"我心怦怦怦一阵乱跳,呼吸急促,已经预感到大事又不妙了,还是硬撑着问:"生了个啥?"

爹笑了:"又给你生了个侄女。"

五年前忍住了的泪水,这次终于没有忍住,我头晕目眩泪水夺眶而出,站在寒冷的天坛东门高喊:"为什么又是女的?"我爹赶紧安慰说:"还是很可爱,可爱得很!脸大大的,我们叫她大脸猫,有个动画片里不有个大脸猫嘛……"

回到屋里,越想越郁闷,于是打电话给我弟,用明显的讥讽口吻招呼他:"听说生了个女娃子,你当爹了,高兴不?"

我弟丝毫没听出我的不悦,乐得电话线都一颤一颤的,跟我说:"高兴啊,高兴高兴。"然后又不以为耻反以为荣地说:"姐姐,你要回来了吗?早点儿回来看你侄女哦,乖得很,比丑猫还乖……"

我懒得理他,只想和丑猫抱头痛哭一场!在我的扭转式耐心教导下,一

我 家

心想要妹妹的丑猫早已经端正态度，振臂高呼"生弟弟生弟弟"，呼了大半年了……

当了爹的我弟弟在四川兴奋得彻夜难眠。失了望的我在北京惆怅得一晚上睡不着。身边的老乡劝我："生男生女都一样，你弟弟自己喜欢就行了啊，你这么激动做什么？"

我无语，躺在床上看天花板，看到凌晨3点，终于忍不住，一下坐起来，吓了老乡一跳。我说："不行！不行！看来必须得我亲自出马了！"

她惊问我："干吗呢你？"我说："靠他们是靠不住了，我要自己生一个。原来觉得一个人晃着挺好，现在不行了。我若不生个男孩，下一代我家就没有姓杨的了。"

她比我冷静，一下就又看到了问题："你生个男的，他也不姓杨啊！"我傻了眼，是啊是啊，我这么传统的女同志，哪能让孩子跟自己姓呢？咋办？她说："除非你找一个姓杨的，没什么筋扯，二话不说就姓杨了。"哇！高！好主意！

次日一早，我就打电话回家，清了清嗓子准备把这个重大决定告诉我爹、我娘。虽然二老都说很高兴又有了个乖孙女，但我坚定不移地认为其实他们还是想要个孙子而不是孙女。我爹接的电话，我说："爸爸，你们不要难过，我现在告诉你们一个决定：我要力挽狂澜！我要找一个姓杨的人结婚，给你们生个孙子，我们杨家这么优秀一个家族，不能下一辈就没有姓杨的了！"现在想起来很好笑，但当时我可一点儿玩笑的意思都没有，只觉得悲壮，觉得自己很伟大，虽然一介女流，但在关键时刻敢于站出来为父母、为家庭分忧，挑大梁，自己把自己都快感动哭了。

我爹吓了一跳，一个劲儿解释说"我们没有难过"，接着用十分急切的声音劝阻我，仿佛眼看着我就要跳进火坑一样。爹说："生男生女都一样！姓不姓杨无所谓！你别瞎想啊，不许瞎想！只要你幸福，你找个姓什么的我们都高兴，生个男孩、女孩我们都喜欢！"然后又听见我娘抢过话筒喊话："你不要想不开

啊!别比着筐筐买鸭蛋啊……"

唉,本来要安慰他们的,结果成了他们安慰我了。失败。于是不再解释,心想:直接把事情办了,到时候背着个姓杨的男孙回去,你们才知道我的厉害。

于是火速落实,上班的时候跟我的北京籍同事兼好友于红彤彤说:"帮我办件事,你在这里熟人多、路子多,给我找一个姓杨的对象……"于红彤彤吓了一跳,以为我花痴了。哪能呢,呵呵呵,我这么清高的人。把内心的苦衷和盘托出,很快得到了于红彤彤的理解和支持,并表示:"马上就办,调动一切积极因素,给你找人。"

几天后,我在办公室,于红彤彤在她家,通过网上聊天的形式给了我一个交代,聊天记录如下:

红彤彤:这几天搜索了所有人,从小学同学,到同学的同学,从认识的,到听说过的,姓杨的只有两个。

我:哪两个呢?啥情况?

红彤彤:一个就是俺们的总编,你天天看得到的;一个是杨某,咱们的特约记者,远在云南,且不知年龄、不知婚否……

哟呵!此路不通,严重不通啊!

没找到姓杨的对象,我一点儿都没有失望和难过。道理很简单,因为,就在那两天,我已经又用迅雷不及掩耳之势,爱上了那个更小的小女同学啊!虽然不曾见面,但我爹娘、弟弟一天几个电话过来向我通报情况,通报着她小人家在刚来人世这几天中的所有成长细节,已经听得我想入非非,只想早点儿回家去抱那个小女生,早把姓杨的男生忘到山那边去了……

每次打电话回家,问我娘在干啥,娘都回答说:"在抱小丑猫啊。"我问:谁给起"小丑猫"这名字的?娘说:"没人起啊,都说等你给起呢。现在没名字嘛,大名小名都没有,只好先将就着叫'小丑猫'了。"

当我们家的"小丑猫"出生两个月之后,我终于回家了,迅速地与她小人

我　家

家一见钟情，并在一家人的热切期待中，随手为小人家起了两个名字——大名和小名。无限光荣啊，大侄女的大名被我爹抢先一步起了，我只抢了个小名，这一回，嘿嘿，全被我承包啦！

我给小侄女起的小名叫"二娃"，大侄女丑猫当然就直接晋级为"大娃"了。高兴的时候我也可以叫她们"大娃大"和"二娃二"，两个小人家乐呵呵地无条件服从。

要补充的一点是，我弟弟是老师，"半"腹经纶的那种，但在给自己闺女起名字的时候，显得相当头疼，说从弟媳怀胎三个月就开始想名字，想到快生了还大脑一片空白。出生的前几天终于急了，拿出字典闭着眼随便说了某页某行某俩字，让弟媳一对照，俩人儿都傻了——头一个字是"白"，第二个字是"老"，合起来，不就"杨白劳"了？于是二人一合计，决定把这个光荣而艰巨的任务给孩儿她姑姑，让我随便给起！

顺便还要补充的一点是，在我起出"二娃"这么经典的小名之前，我家大娃也拿了个小板凳坐在我旁边，抱了本《现代汉语成语小词典》，也要给妹妹找名字。那时还基本属于文盲的大娃，也像我弟弟一样随便指了个成语推荐给我，一看，居然不错，"妙笔生花"。在得到全家人的夸奖之后，大侄女意气风发地把这四个字分成了两半，一半给了妹妹，一半留作己用。"我叫杨妙笔，妹妹叫杨生花！"

大娃和二娃，妙笔和生花，我最倾慕的两个小女生啊……

（2006年3月）

249

当时酣醉

短信中过年

　　第一次过年没回家,在北京过的,漫长的假期里只干了五件事:吃饭、睡觉、看电视、打球、发短信。

　　吃饭的事不提了。睡觉也可以不提,基本上是晚睡晚起。电视剧看了两部,《士兵突击》和《乡村爱情2》,爱上了《士兵突击》里的班长史今,也爱上了《乡村爱情2》里范伟的漏风式说话法,正在狂热学习。球也打了两种,羽毛球和乒乓球。乒乓球保持原有水准,羽毛球正在跟豌豆学习。

　　要着重提一下短信。理由很简单,这些短信,是整个过年期间我的精神食粮,来自我爹、我大侄女丑猫和我小侄女二娃的娘。

　　过年前,快放假那几天,某个清晨,我爹发来一条长短信:"女儿,外面正下着大雪,屋顶堆了寸多厚,十分寒冷!你妈妈正在蒸核桃馍馍,还蒸着红苕洋芋,蒸好后才吃早饭。妈妈问你,牙齿补好了没有?"

　　我回信:"昨天去检查了,还没补,过两天再去补。"

　　爹再发:"早晚扣齿和揉两手合谷穴各一百零八次,自觉有酸、胀、麻的感觉方可,坚持几个月后可以使牙龈健康,牙病包括虫蛀牙逐渐恢复,坚持是关键!"

　　我再回:"麻烦得很!我去医院补!坏一颗补一颗,坏两颗补一双,谁怕谁呢!"

　　两日后的晚上,又收到爹的短信:"你妈妈看到气象台消息说北京正在下大雪,以为很冷,很担心你,怕冻坏我们的女儿呢!"

我　家

我回信："假消息！哪有什么雪啊？热死人了。"

爹再发："那我们就放心了。我看《上书房》去了，女儿晚安！"

腊月二十九的上午，爹又来信："杨家晴，明天就要过年了，你做何安排？甚念！爸妈致意。"（这个冬天以来，我爹几乎不再叫我"杨家檎"了，改叫"杨家晴"。我知道他的意思，希望我的心里天天晴朗。）

我回信："杨家爸杨家妈，别担心我，我跟你们一样，买了好多年货！吃饱了睡，睡醒了又吃，吃撑了就打球，还准备去逛逛庙会，看北京人咋个过年。"

爹又发："杨家晴，你娘说了，叫你莫想任何不开心的事情，高高兴兴过新年！我们明天团年，荤素搭配，今天已经准备好了。我为厨师长，你妈妈为助手，明天中午柯、柳二人随带三千人马过来，午时正式鸣炮开饭！只是女儿没回家，你娘闹不习惯！"

我再回："请转告杨家妈，我吃遍东南西北，哪里的饭菜都难不倒我！我们也买了鞭炮，明天跟你们遥相呼应！"

大年三十中午，收到大侄女丑猫的"亲笔"短信，小人家的爹娘刚给她买了个小灵通，小人家刚学会发短信："姑姑过年好！我们要吃饭了，爷爷、奶奶和妈妈、幺婶做的饭，爸爸和幺爸到楼上点火炮，妹妹给你抽了个'恭喜发财'，我给你抽了个'一生平安'。拜。"

我回信："帮姑姑给爷爷、奶奶说一声辛苦了，帮姑姑亲一下妹妹。再帮姑姑给所有人说一声新年快乐！"

大年初一中午，我终于抢得先机，给我爹发了一个短信：

"杨家爸杨家妈，你们在干啥呢？我们现在出门，准备去地坛公园赶庙会。"

爹回信："我们正在煮饺子，准备进午膳。柯赵恬去了大亲家那里，晚上回来赶晚膳。你们开开心心地玩，注意安全，不要挂念我们，我们一切都好。"

我又发："柳静馨呢？"

251

当时酣醉

爹再回:"二娃一马当先,带领柳静二将回来吃午饭!你莫在庙会上走丢了啊!"

我笑回:"笑话噢!谁丢了我也不会丢滴!"

晚上八点,爹再次来信:"杨家晴,逛庙会是否兴致勃勃顺利而归?我们全家人正在屋顶做游戏,二娃做火车头,依次是恬、静、柳、赵、柯、奶、爷,一路轰鸣,绕行花菜盆间,大家笑不可支!此乃天伦之乐也!"

我揉着肚子回信:"杀开一条血路回来了,挤死个人!现在刚吃了晚饭,胀死个人!别开火车了,赶紧回屋看春晚。"

大年初二上午,爹来信:"杨家晴,老邵头(北京台春晚小品中的角色)说了,闺女是爹贴身的小棉袄,他有三件小棉袄,而蔡大妈一件也没有。如此看来,我就有一件贴身的、暖和无比的小棉袄,而你朱家两个伯伯,连一件也没有,冻死他!冻死他!!!"(老人家一口气打了三个感叹号,可见我这个小棉袄着实让我爹激动。朱家两个伯伯,其实就是我的俩舅舅,我娘的俩哥哥,我们从小叫"伯伯"叫习惯了。两个伯伯分别生了三个儿子,一件小棉袄也没有。)

我回信:"我要做全天下最暖和的一件小棉袄,相信我,没错的!!!"

刚给爹回完短信,弟媳静就发短信过来了:"昨晚十点娃娃就衣柜了,还大声地跟妈妈说:我想灯泡了,但是没有灯泡盆盆!你再音响我一会儿,然后把小窗帘打开,我就衣柜了,你出去沙发嘛。"

我研究了半天,没看明白,于是回信:"没睡醒?啥意思呢?"

静回信:"呵呵!杨小馨的新名词。衣柜是睡觉,灯泡是小便,窗帘是开灯,音响是抱,沙发是看电视。再读一次看看。"

于是再读一次,读明白了。回信过去:"杨小馨,姑姑刚才也去灯泡了一下,现在正在沙发,我好想好想音响你噢!"

静又发了条解释性的短信过来:"这些黑话源自她有一天晚上的梦话:音响!音响!我问她:娃娃怎么了?音响是啥意思?她说:就是要你抱!"

我　家

　　无限开心地乐了半个小时后,把静的两条来信转发给北京的好友豌豆,一会儿收到豌豆回信:"我总算整明白了,我现在就在衣柜,要起来灯泡,一会儿去沙发。还没窗帘,黑洞洞的。"

　　大年初四大清早,我被噩梦惊醒。梦见我娘吞了一块表到胃里,上医院,医生费了九牛二虎之力把那块金表从娘的胃里挤出来。再也睡不着了,等到天亮,给我爹发短信询问:"杨家爸杨家妈,你们身体好吗?是不是病了,我咋梦见妈妈吞了块表到胃里?"

　　爹很快回信:"你梦见你妈咪吞手表,是好兆头,表者金属也,进金即进财!已有现报:你大表哥借的一万元钱,已于日前还来。"

　　我还是不放心:"但是我梦到医生把表从妈妈的胃里给挤出来了啊!"

　　爹再回:"吞表是进财!挤出的是病痛!不必介意。"

　　年过得差不多了,13号,我上班了,晚上,收到爹的短信:"杨家晴,下午上班后平安回到家里没有?我们用过晚膳,已在楼顶活动了。今天上午和下午都在山边散步。这一个多月我坚持了经络锻炼,血压已稳定地降到正常范围,但仍未停药,只是减量服用,现在已恢复到原来健康时的状态!令人十分高兴!"

　　我回信,为这个身在异乡、心在家里的春节做了个总结:"杨爹地杨妈咪,我也十分高兴!"

（2008年2月）

来自天堂的人回去了

2008年5月12日14点28分,一场里氏8.0级的大地震,带走了我的父亲。

我的家在四川省北川县,伤亡最为惨重的那个县城。我母亲、哥哥、嫂子、弟弟、弟媳和两个年幼的侄女,都从死亡的魔爪中侥幸逃脱,跟县城里其他许多几乎遭到灭门之灾的家庭比起来,我家还算不幸中的万幸。然而最为不幸的是,我的父亲,刚过了62岁生日仅仅5天的父亲,被埋在了废墟之下,直到今天,我们也没能找到他。

远在北京工作的我,在地震后赶回去,没找到亲爱的父亲,只见到哭休克了好多次的母亲和惊魂未定、同样悲恸欲绝的哥哥、弟弟两家人。一大家子就我一人没经历过地震,我只能强作镇定地劝慰只求速死的妈妈:"爸爸一直是我们家的顶梁柱,天塌下来都有他撑着,这一次天真的塌下来了,老天在每个家庭都要收人走,所以爸爸义不容辞地让老天把他收走了,才庇护着一家人逃了出来。所以我们不能辜负爸爸,我们都要好好活着。"

而一背转身,我哭得翻江倒海,因为,从此以后,我再也看不到父亲了,这个我认为全世界最完美的人,再也不会在我们的生活里出现了。不但如此,他还永远地被压在那片废墟之下,而那片废墟,永远重重地压在我们的心上。

父亲从小受苦,他不到三岁我祖父就死了,寡居的奶奶带着九个儿子艰难度日。父亲排老七,从记事起,基本上就靠自己的一双手挣饭吃。上山砍柴,下河捞鱼,地里种菜,屋旁种花,年幼的父亲用卖这些东西挣来的钱吃饭穿衣和读书求学,同时还照顾着两个更小的弟弟。

吃不饱、穿不暖的童年和少年时期,父亲拼命地从书本里吸取营养知识。

我　家

十几岁时，白天给生产队放羊，晚上就着油灯看书，那些书来自各个角落，有从别人烧书的火堆里"偷"出来的，有父亲的良师益友们送的或向他们借阅的，古今中外包罗万象。从小的"修炼"，让父亲变得智慧乐观、幽默风趣，人生的一切苦难在他面前都不过是小菜一碟。

父亲从不严厉，尤其在对待子女方面。在我的印象中，他从来没有打骂过我们，没对我们说过一句过激的话。我们小的时候，母亲没有工作，还经常生病，父亲不但要承担繁重的工作，还要和颜悦色、无微不至地照顾不懂事的我们和多病的母亲。家里经济拮据，但父亲从来不亏着我们，他常说，穿得大众化就可以了，一定要吃好，吃得好才能身体好、精神好。20世纪70年代，物质匮乏的时候，父亲到成都开会，会议结束后聚餐，每人一份回锅肉，父亲舍不得吃，找了个瓷缸子盛起来，从成都一路端回北川，给我们吃。那时候北川买不到新鲜水果，父亲每次去绵阳或成都学习，都要背回一个大西瓜，或者几串香蕉、几个菠萝，我们几个孩子吃得喜笑颜开，却不知那是父亲省下了多少顿饭钱，又流了多少汗水才给我们背回来的。

不但对家人关爱备至，在外面，父亲对人一样是情深义重。早年父亲在北川农业局工作，主要从事大豆研究，几十年里孜孜不倦地带领农民兄弟科学种田，北川境内的每一个乡村，每一座高山，都留下了父亲的脚印。农民兄弟们都愿意跟父亲打交道，因为父亲讲话风趣，道理讲得一听就懂，并且从来没有任何架子，农民兄弟亲切地叫他"杨老师""杨科学"。北川农民有一个传统，凡是贵客到家里来，吃饭时一定要在饭碗底下藏着一些好东西，比如老腊肉、香肠或者煎鸡蛋。父亲每到一户农家，必被主人拉进去"吃了饭再走"，而饭碗里，从来都会埋着上述美食。

那时候每到过年，总有络绎不绝的农民兄弟来我家给父亲拜年，带着他们在父亲指导下丰收的大豆，带着他们眼里的"馈赠佳品"——挂面，带着他们刚杀的过年吃的猪肉。而每一个农民来，父亲都要盛情地招待他们多玩几天，走时无一例外地要给买东买西，给老人买营养品，给孩子买学习用具，还要数着人头给每家人买在农民眼里最金贵的衣服料子，用妈妈开玩笑的话说，恨不得把全县城都用个绳子系起来让人背走。那时候我最纳闷的是，为什么每个农民来拜年，爸爸都知道他家里有几口人，有几个老的、几个小的？妈妈说："每一个你爸爸认识的农民，他都晓得人家的情况。没有一个他记不住的。"而每一个年过下来，等排着队来拜年的农民走后，我们家都要穷一阵子，但父亲从不在意，依旧笑声爽朗。

印象中父亲从来都是这样笑着的，从来没有为物质上的穷困或生活上的挫折皱过眉头。我上初中时，有一次整整一周时间，父亲的兜里都只有两毛七分钱，但他压根没让我们看出来，没让我们几个孩子因此而觉得有丝毫窘迫。这都是母亲后来告诉我的。父亲和母亲一起，把我们三个孩子打理得一丝不苟，穿得干干净净，吃得白白胖胖，教得规规矩矩，让院子里很多双职工家庭都十分不解：一大家子吃饭，就一个人挣钱，还活得这么有条理，真是少见。

别人看到的都只是表象，他们没看到的，是父亲的努力和勤奋。20世纪80年代中期，北川新修县志，因为父亲博学和多才，因为他写得一手好文章，又因为他是土生土长的北川人，于是相关领导找到他，希望由他来撰写其中的几部。父亲欣然接下了这个活儿，从此以后白天忙繁重的本职工作，夜里查资料打草稿，开始了漫长的修志历程。那时候我刚上初中，在父亲的影响下我对北川的历史也产生了浓厚的兴趣，并且一到假期就跟哥哥一起充当起了父亲的抄写员。父亲写，我们替他誊抄，几年下来，我们"合作"出了北川的文化志、农业志、林业志、体育志、社会风土志等几大部志书，父亲用挣来的稿费替我们交学费、买学习用品，而我们也在抄写过程中练出了一手让许多同学羡慕的字，苦中有乐，其乐无边。

父亲还是一个好"医生"。小时候，父亲白天放牛晚上看书，看过好些医书，萌发了对医学的极大兴趣，后来被当地著名的老中医李雨生看中，收作了弟子，专门研究中医儿科和妇科。几十年下来，父亲的医书堆了一屋子，而经他把脉治疗的患者，也不计其数。父亲不是专职医生，但好多亲戚、熟人家的病人，尤其是生病的孩子，都愿意来找父亲开药，因为父亲开的药他们吃了最见效。

父亲 2007 年退休，退休之前是北川县政协分管农业工作的副主席。在他退休之后，一位长期被父亲辅佐的副县长来家里看望父亲，说："您退休后我简直不习惯，觉得工作起来像缺少了左膀右臂！"但劳累了几十年的父亲，他真的该好好休息了。退休后的这一年，他写诗作画，养花种菜，含饴弄孙，充分地享受着天伦之乐。但是，仅仅享受了一年，千年不遇的灾难就来了。

无法可想！我唯一能想到的是：此人只应天上有，人间能得几回见？父亲他是天上派来的使者，上天只给了他 62 年的时限，时间到了，他必须回去了。

谨以此文纪念我的父亲杨永忠。是的，永远——忠诚于北川的青山绿水，忠厚于北川的父老乡亲，忠贞于他与母亲的爱情，忠实于他发自肺腑爱着的孩子。

爸爸，你来自天堂，又回到天堂，留下我们在这里，永远地思念你。

（本文刊于 2008 年 7 月《南方人物周刊》）

当时酣醉

写给父亲

（一）

我最亲爱的父亲，你走了已经整整两年，但我对你的思念并没有像别人说的那样，可以随着时间的流逝而变淡。我还是那么想你，像两年前突然失去你的消息时那么想你。

每顿吃饭的时候，每次看见花开的时候，每回看见有白发的老人从面前走过的时候，我就不可抑制地想你。想着你再也尝不到这人间的味道了，想着你再也闻不到这四季的花香了，想着你连头发都还没怎么白就走了，我的心痛得无法形容。亲爱的父亲，你叫我如何在这个没有你的世界上独活！

命中注定你会以那样的方式结束你的生命吗？命中注定我会在那样一个美丽而又伤感的暮春突然失去你吗？

你走的前三天，我们互发短信，你说那几天忙着跟亲戚、朋友大聚小聚。我逗你说干吗那么"腐败"，你用惯常的幽默风趣回我，末了却加了一个当时让我深感意外、现在想来心惊肉跳的后缀，你说："何况正是暮春时节，大家不妨热闹一下！"

我的父亲，我从来没见你伤春悲秋，这是仅有的一次。在你这句让我意外的短信发出了仅仅三天之后，你就突然从这个世界上消失了。难道冥冥中你已经感觉到，这季节上的暮春，也是你人生应该谢幕的时候了吗？

又一个暮春，当山谷里的野花蓬勃开放的时候，我回来看你。我们曾经欢愉生活的土地，如今已经成了一个巨大的坟场。成千上万的观光客蜂拥而至，对他们而言，这里已经是一个旅游胜地。

我在观光客的脚边悲伤地跪着，我双腿跪得发麻，我嘶哑的声音失去控制，在这座废弃的县城上空回旋——爸爸！女儿想你！爸爸！你在哪里？！

（二）

朋友们劝我，说那是天灾，我们人类能做的，只有节哀。我无力与天抗争，但我的哀伤永远无法掩藏。

我不停地流泪，我流着泪不停地想——

爸爸，那些砖头，那些水泥，那些山石，把你砸成什么样子了？你一定很疼，一定流了很多的血……

爸爸，你撑了多久？你渴吗？你饿吗？妈妈说那天中午你少见地吃了两片酱肉，你躺在那里的时候，一定好想喝水……

爸爸，你的血压当时肯定又升高了，你原本还是清醒的，只是喊不出来了吧？在你躺在地下喊不出来的时候，弟弟带人回去找你，挖出了埋在那幢楼里的六个活人，却没有一个是你。你听见亲人们呼喊你的声音了吗？

爸爸，你是当天就走了，还是坚持到第二天、第三天，甚至第四天，最后实在获救无望，你才放弃了？

爸爸，我从小就没见你怕过什么，在我的印象里，就算天塌下来，你也是微笑着的。但是在楼房倾倒的那一刻，在所有人都没命奔逃的那一刻，你也害怕了吧，你也一定在惊恐地往外奔逃吧，不相信世界末日的你，那一刻也以为世界末日到来了吧？想着你那么害怕，我好想紧紧地抱着你，像我小时候你保护我那样，保护着你……

爸爸，在那片深不可测的废墟里，你身体被禁锢着丝毫不能动弹的时候，你是否有弥留的时刻？在你弥留之际，你在想什么？你一定在想，是只有北川地震了，还是全世界都地震了？你一定在想，你的老伴儿、你的儿孙们，有没

当时酣醉

有像你一样被压着,你飘荡在北京的女儿,有没有逃过这一劫吧……

爸爸,我恨那些房子!那些平日里为我们遮风避雨的房子,那时候竟成了最恐怖的杀手!风雨袭来的时候,我们争先恐后地往屋里跑,大地颤抖的时候,我们又争先恐后地往屋外跑。爸爸,你走之后,我对房子的恐惧感日益强烈,风狂雨骤的时候,我不愿回屋待着,我甚至想晚上都睡在露天地里。因为,我不知道那些看似坚固的房子,又会在什么时候塌下来……

(三)

在最初的那几天里,我希望你坚持活着,坚持得越久越好,直到我们找到你,救出你。朋友们安慰我,总是说:"爸爸一定还在坚持,相信他!"后来事实证明你活着只是一个幻想,我又宁愿你是第一时刻就走了。朋友们安慰我,又说:"肯定第一时间就走了,肯定没受一点儿痛苦就过去了,他有高血压,肯定直接就走了,你要相信这一点……"

我苦命的父亲,我到底该相信什么呢?

那些夜里,我总是梦到你被砸坏了脑袋,梦到你傻了,梦到你傻坐在那里哭,梦到你端着洗脸盆接自来水喝……爸爸,我好想去找你,然后,拉着你,陪着你,跟在熙熙攘攘的人群后面,排队去天堂……

你认识的小冯,在失去儿子后不久,用一根绳子结束了自己的生命。他走后关于他的死因,众说纷纭。但我只相信一点:他爱他的儿子,他害怕他年幼的儿子,也像你一样,找不到去天堂的路,所以他陪他去了。

亲爱的父亲,我懂得他。因为我爱你,跟他爱他的儿子,一样。

(四)

我最智慧的父亲,你走后,有一个问题一直纠缠着我,我想得到答案,但

我　家

是没有任何人能给我答案 —— 人死了，灵魂还会在吗？

以前我是不大相信鬼魂的，但是现在，我是多么渴望这世上有鬼魂存在！小时候看《哈姆雷特》，看见王子站在城墙上跟自己父亲的鬼魂说话，曾经吓得夜里不敢入睡。但是现在，我是多么羡慕哈姆雷特，羡慕他在父亲死后还可以看见他的样子，听到他的声音，并且让他知道自己是那么想念他！

但是我看不到你，听不到你。在想你的夜里，我坐在花影婆娑的平台上，有风吹过，我以为是你，有布谷叫过，我也以为是你，有云飘过，我以为是你，有树影闪过，我也以为是你……

然而，一切好像都不是你。

爸爸，我知道你已经不在了，但是，你的灵魂，真的也不在了吗？！清风皓月中，我只看见自己的影子，那样孤独，那样恐慌。

（五）

老天妒我，带走了我最爱的你。老天怜我，又送一个最爱的人给我。

在失去你一年零五个月之后，我有了自己的女儿。

那个秋天的下午，我躺在手术台上，激动难耐地等待着医生从我的身体里取出那个小小的人儿。听到她第一声啼哭响亮地传出，我的眼泪夺眶而出，我忍不住放肆地哭了！医生赶紧阻止我说："不要哭！你这么抽搭着，我们不好缝合伤口！"她们觉得我激动得过于夸张了。

她们没有听见我心中的喃喃自语，我说的是 —— 爸爸，女儿有孩子了。爸爸，你当外公了。爸爸，我把你的血脉传下去了……

是的，我最亲爱的父亲，在我年纪已不是很轻的时候，我选择生下孩子，不仅仅是因为我想扮演母亲的角色，更重要的是，我不能让你的血脉，在我这里失了传。

我要像你养育我一样养育她。

我要给她讲你给我讲过的每一个故事。我要给她朗诵你给我朗诵过的每一

首诗。我要教她写一手好字。我要让她读很多的书。我要让她喜爱吃蔬菜瓜果、五谷杂粮。我要让她热爱大自然，让她学着爱每一朵花、每一棵草、每一株树。

我要教她做一个健康的人，做一个乐观、开朗、纯朴、自然的人。像你一样，做一个真正浪漫的人。

我要让她记住北川，记住她是北川人的后代。

我要让每一个熟识你的人，将来一看到她，都会不约而同地说：跟她外公好像。

因为爱你，我更珍惜她。为了你和她，给予我生命和我给予她生命的人，我要好好地活着。

我最亲爱的父亲，你是我一生的骄傲，也是我一生的伤痛。

如果有来生，我还要做你的女儿。并且，我们再也不要生活在四面环山的断裂带上了。

（2010年5月）

我 家

你走之后，我痛到死

我睡不着。

就算勉强睡着一会儿，突然醒来一想到你，就再也睡不着了。一千多个夜晚，一直这样。

你在的时候，我为鸡毛蒜皮的事经常失眠。你走之后，只因为你，我几乎夜夜失眠。

晚上睡前跟女儿在床上闲聊，我又问她："妈咪的爸比在哪里？"

她又回答："在天上。"

我又问她："在天上干什么呀？"

她没有像平时那样回答说在睡觉觉，在吃饭饭，或者在种花花，在看书书。她说："出血了。"

我一惊，坐起身子跟她核实："谁出血了？"

她一边翻来翻去，一边回答我："姥爷出血了。"

我再也不能平静，但我假装平静地继续问她："姥爷是谁呀？"

她一边乱翻，一边平静地回答："是妈咪的爸比。"

我心惊肉跳起来！

我从来没跟她说过类似的话，她只知道她的姥爷，她妈咪的爸比，在天上，在美好的天上，干着各种美好的事情。但今天，她竟然突然说出这样的话来。我又开始不由自主地，一万次地想象，你走时候的惨状……

你流着血走了，我的心，流血到现在。

当时酣醉

我不知道该不该一次又一次地问一个一岁多的娃娃，问她你在哪里，你在做什么，你健不健康，你快不快乐。她其实什么都还不知道，她只是用我平时告诉她的答案机械地回答着我的这些问题，她知道答对了她的妈妈会很高兴，会夸奖她。而我，只是想听到我设计好的答案从她的嘴里说出来，让我获得短暂的安慰。

没有人能给我真正的安慰，因为没有人能给我真正的答案。

你走得越久，我越不能理解什么是死亡。以前听人说这人死了、那人死了，从没觉得不妥，生老病死自然规律，但轮到你，轮到我来面对的时候，我才发觉，一切都自然不起来了。

都说人死如灯灭，但你的灯，三年之后还不分昼夜地照射着我，我哀伤绝望地活在你的灯影之中。白天被各种俗事缠绕，勉强还能自由呼吸，一到夜晚，万籁俱寂，你的灯便明晃晃地照起来，照出所有前尘往事，一切都鲜活如昨。我一面想你，一面拼命地第一亿次地问，不知道问谁——我真的，再也见不到你了吗？

你在的时候，一切血腥的场面我都敢看。你走之后，哪怕是一只老鼠被碾死在路上，我都不敢，也不愿意再看。任何一团躺在血泊中的东西，都让我无法抑制地想起你，想起你被压死在那片废墟之中。

爸爸，今夜我第一次为你正面说出"死"这个词。写下上面这句话时，我明显地听到自己的心在滴血的声音，滴滴答答，大过了墙上的闹钟声，大过了远处的汽车喇叭声。

你在的时候，我从来没想过人死后会去哪里。你走之后，我天天在想这个问题。我到处看关于死亡的书，但是越看越迷糊。所有的话都是活着的人说的。既然还活着，怎么可能知道死后的去向。

毕淑敏是大家，你在的时候还曾经给我推荐过她，所以我买了她的《预约死亡》。但看完整本书，我依然没找到想要的答案。她在书中大力讴歌和赞美

264

我 家

死亡，说死亡是生命的一部分，死跟活一样是美好的事情。我一面看一面在心里骂她——假如你最爱的人，跟你血脉相连的人，也像我的父亲那样，惨死在铺天盖地的钢筋、水泥、砖头之下，并且连尸身都无处可寻，你还能这么闲情逸致地赞美和讴歌死亡吗？

当然，她说了，她赞美的是自然的死亡，就像叶子在秋天静美地落下。她自己都不愿意自己死在战场，死于交通事故，死于恐怖事件，死于天灾和瘟疫。她最喜欢的是死在家里，全家人都围绕在身边，看着她咽下最后一口气。

要是你也这样离开，像春天开完的花，像秋天成熟的果子，自自然然地从树上落下来，我还有什么难过的！

白天看冯唐写给古龙的一篇文章，没太多的共鸣，但其中有一句话瞬间击中了我——"灵魂没重量，以光速旅行，随愿而至"。我马上又想到了你。三年了，你的躯体想必早已化作泥土（想到这个，我再次感到自己呼吸困难，生不如死），那么你的灵魂呢，在哪里漂流着？是不是真的在我们看不到你的地方，深情地凝望着我们？你以光速旅行，是不是在北川看了妈妈和弟弟，下一眼马上又可以到绵阳看哥哥，然后嗖地一下又转到北京来看我？

爸爸，写到这里，夜深人静，我的眼泪又一次打湿了键盘。

你在的时候，经常跟我说的一句话，就是要有"大将风度"，你走之后，我随时随地地哭，一点儿风度都没有了。你不在了，我还保持风度给谁看。

要是你也像有些人的父亲一样，是个混账，或者就像大多数的普通父亲那样，我也能慢慢接受这样的结局。但你偏偏不是。有时候我干脆有点儿怨你了，或者怨老天：谁让你给我一个这样完美的父亲，又这样无情地带走了他？

几年前看到一则新闻，说台湾歌手陈淑桦无法接受母亲去世的现实，走不出来，歌不唱了，连生活都搞得面目全非了。当时还站着说话不腰疼地以为她幼稚，现在轮到自己，才发觉，自己的痛，只有自己知道。

最重要的人，突然从你的生命里消失了，并且永远不再回来，并且你永远不知道他究竟去了一个什么样的所在，世间还有比这更痛的痛吗？

　　而我，一面要做一个快乐的母亲，一面又无法自拔地做着一个悲伤的女儿，我就在这快乐和悲伤之间辗转反侧。爸爸，好多时候，我觉得自己已经快要精神失常了。

　　我一直还没能参透生死，所以，你走之后，我痛到死……

（2011 年 5 月）

我 家

娃娃要跟我说的三个字

一直想为肚子里的娃娃写点儿字。但一直没写，不是没空，是没手，手都用来抓痒痒了。

好痒！

怀孕六个月后，浑身突然开始长疙瘩，痒得吃不下、睡不着。上网查，发现痒的不少，但痒到我这个程度的不多。于是马上就医。

妇产科医生一看，说：湿疹，搽炉甘石。于是买了好多瓶，还等不及回家，坐在医院花园里就开始搽，刷墙似的。从此以后夜以继日地刷，但身上日以继夜地依然痒。于是再去医院，妇产科医生说，去皮肤科找专家吧。

好吧，马上去找。皮肤科专家看了半天，想了大半天，说："湿疹，没办法，忍着吧，不敢用药。"我说："忍不了。"专家说："那给你开一瓶维生素 E 霜。"家里已经有 N 瓶了，专家开的，买吧。

继续痒，又去找同仁堂的专家，中药总可以吃点儿吧。女专家手抖了好一阵，开出一个方子，让试试。如获至宝，回家就熬了喝，连着喝了五服。还是痒。于是背着女专家去找头发花白的男专家，中医药大学的教授呢，总该让我痒得好点儿吧。男专家比女专家耿直，拿了脉，沉思半响，说出三个字：没办法。然后补充说明三百句，概而言之一句话：你要是没怀孕，我保证给你治好，但你怀着孩子呢，我哪敢用药。

绝望着回家，上网药肉搜索。搜出无数偏方，比如用鱼腥草、绿豆、海带、红糖煮水喝，于是立马买来煮而喝之，喝得荡气回肠，仍然痒；又比如准妈妈论坛里姐妹们都说桑白、皮黄、柏竹叶、白术一干草药熬水擦洗有效，于是恨

267

不得将整个人泡在药水里洗，洗了继续痒；又比如有人说"丽家宝贝"里有一种肤乐霜擦了就不痒，于是直奔"丽家宝贝"买了就擦，还是痒……

找偏方找得我眼睛都花了，身上的疙瘩一个没消。同志们说，忍吧，等到天凉了，自己就不痒了。我忍，我等，但眼看着就快下雪了，怎么还这么痒啊！

秋凉如水的夜晚，躺在床上翻来覆去没法睡，恨不得借八只手来挠。看着全身的斑斑血迹，我悲从中来，终于打着滚儿地哭了。

哭声吵醒了娃的爹和娃的姥姥。娃姥姥也哭，说："咋办啊，这个又不是别的，你要背不动、拎不动我们都可以帮你背、帮你拎，但你痒我们又不能帮你痒，为了娃娃你坚强点儿啊。"

娃的爹坐在一旁皱着眉头苦想良策，想来想去终于恶向胆边生，先打来一盆水，再拿来一包盐，三下五除二就开始给我浑身抹盐。不但抹，还使劲搓。我边哭边想：这个，好像小时候看我娘腌腊猪肉啊！

正遥想着腊猪肉呢，就觉着身上疼，所有被我抓伤了的地方，钻心地疼。杀猪匠说：忍着忍着，盐是消毒的，没有副作用，疼过了就不痒了。嘿嘿，果然，疼过了就不痒了。这一不痒，直接就管了一整夜，两个月来我终于睡了一个整觉。次日早上醒来，娃爹说：鼾声那个如雷啊。

从此以后，只要一痒，我就搓盐，搓得卫生间里、衣服裤子里和床上到处都是盐巴。这十来天搓掉的盐，用来炒菜估计都可以炒一年了。再搓一个多月，就可以住手了。

但是盐对我无害，不知道对肚子里的娃娃有没有副作用，这一点我总是一边搓一边担心。

昨晚上把这担心跟娃的爹说了，娃的爹想了一下，说："我估计她出生的时候，一见你的面，就要跟你说三个字。"

说啥？"我爱你？"肯定是了，她娘为她受了这么多苦，并且这么爱她，她哪有不爱娘的道理！好感动哦，一感动就又想哭了。

娃的爹说："少放盐！"

（2009 年 9 月）

我 家

我和我的女儿

我和我的女儿，看起来不大像母女，实际上也没有多少母女的样子。

我三十好几了才生下她，我弟的女儿就曾经调侃说："我姑姑是老年得女。"因为年轻时不想生小孩，觉得自己还没长大，还不会当妈，但大地震突然夺去了我的爸爸，担心有朝一日妈妈再走了，我会不知何去何从，于是就急着生了一个孩子。

女儿比我还急，离预产期还有整整二十一天，就迫不及待地出来了。后来我问她："你这么赶着跑来报到，是不是就想跟我同一个星座？"她说："是呀，我们两个天秤座的女生。"

刚怀上她的时候，我像前两次家里添丁前一样，执拗地嚷嚷着想要个男孩。我们家大娃、二娃却誓死不从，坚决要求我给她们生个妹妹，并且认定了我肚子里怀着的就是个妹妹。我循循善诱："生弟弟好，万一将来有人欺负你们，弟弟好帮你们打呀。"她们干脆利落："不要弟弟，我们自己打！"后来果然还是她们赢了，我真的生了个妹妹。

想到这个妹妹是自己亲自生的，我也没什么话好说了。但女儿有话说，在她稍微懂事后，听我们聊起当年的笑话时，就很不服气地问过我："原来你想生个男孩？难道你不喜欢我吗？"我也不隐瞒，我说："那时候不是还没见过你嘛，不知道你可不可爱呀。第一次见到你，我就想，天哪，这么可爱，幸好我没生男孩啊！"

她信了。她打小就是个通透的孩子。再说，我说的是肺腑之言，谁能不信？

第一次当妈，因为没有经验，边当边学，摸索着前进，我这个妈就经常显

269

得很不"正宗",在离谱的路上越跑越远。

最离谱的是,从怀着她到生下她,再到生完出院回了家,都还没想到该给她起个什么名字。想当初我哥、我弟的孩子名字,都被我包揽了,但到了自己的孩子时,却连个小名都起不出来,直到出院一周后医院打电话来催,让去办出生证明时,她的姓名那一栏,都还是空白。最后大侄女"临危受命",紧急给起了个"麦琳"才算了事。

在她三四岁的时候,我就老跟她说:"我不想只当你的妈妈,我还想当你的朋友。"最开始她是拒绝的:"妈妈就是妈妈,妈妈怎么能当朋友?"

但我坚持要当朋友,讲道理、耍赖,软硬兼施,还搬出她姥爷来:"我的爸爸就是我的朋友,所以我也应该是你的朋友。"她终于服了,接受了我这个大朋友,并且越到后来越觉得我的意见是对的,"既是母女又是朋友,才好玩儿"。

我们确实比较好玩儿,好的时候一起做游戏,一起读诗,一起吃零食,一起去旅游,一起扮鬼脸自拍,穿同样的粉红色衣服,互相倾诉心里的"小秘密",不好的时候吵嘴闹架,她哭的时候我比她哭得还大声,赌完气后又隆重地拥抱和好……每一天都过得十分地带劲儿。

但别人不一定这么看。周围像我这么老的妈妈,孩子几乎都已大学毕业,最不济的,也在准备考大学了。所以经常就会有人同情地安慰我:"你的任务还重哦……再努力十年,就解放了。"我总是直截了当地回复:别,千万别同情我,我就想慢慢来。

我从来不认为养孩子应该急着养出个结果,又不是养猪,需要及早出栏卖钱。人生不过百年,为啥要那么赶?赶着长大,赶着上学,赶着毕业,赶着找工作,赶着结婚生子,赶着老,然后呢?还有什么好赶的?

我要的,就是陪着她慢慢长大,享受与她在一起的每一天。所以,我舍不得让她去住校,也所以,在她不到十二岁身高就超过了我时,我会揪住她问:你长这么快干啥?

我　家

对女儿，我其实有些愧疚。

女儿生在北京，两岁时我就独自带着她离开北京回了四川老家，三岁时我和她爸离了婚。最初几年，我们没有告诉她离婚的事，她爸有空了就来看她，每年专程飞过来陪她过生日。她过得无忧无虑，成天乐呵呵的，没有人看得出来她是个单亲家庭的孩子。

在她快上小学的那个暑假，我第一次正式告诉她，爸爸妈妈离婚了。本来没想这么早告诉的，完全是"被逼"的——

那次我带她回北京玩儿，她爸来机场接我们，一起吃饭后，我和她住进宾馆，她爸准备回家。她问："爸爸为什么不跟我们一起住宾馆？"

我说爸爸不住宾馆，他回家去住。

"那我们也不住宾馆，我们跟爸爸一起回家去住。"

我说："不行，那是爸爸的家。"

"爸爸的家不就是妈妈的家吗？"

我说："不是。"

"为什么呢？"

我说："因为……妈妈和爸爸……离婚了。"

"离婚？什么时候的事？你们为什么要离婚？"

我说："前不久的事，因为……我们两个……不爱了。"

"不爱？那他为什么要娶你？你为什么要嫁给他？"

我说："那时候爱呀，但现在不爱了。我们两个不想在一起了，但你是我们的娃娃，我们都特别爱你，你能懂不？"

"我懂，但是你们两个……嗨，不爱就不爱吧，离就离吧，这也没什么的。"

我长长地松了口气。一直不知道该怎么跟她说这个事，担心她知道后会不开心。但当我把事情原原本本告诉她，并小心翼翼地问她"你现在心里什么感觉"时，她说："还是充满了阳光。"

我有点儿不敢相信，问她："为什么呢？"

"因为我知道,你们都很爱我呀!"

她就这么好说话,随我。但比我更讲理,我平时还行,一横起来的时候就有点儿不管不顾了。她不,从小我就没见她横过。她善良、随和、大气、宽容,不说脏话,对什么都不争不抢,对谁都没有坏心眼儿,会为受苦受难的人和动植物流泪,与人交往时又总是嘻嘻哈哈、没心没肺,被许多同学和家长当成是最值得交往的朋友。

所以,我经常对她说,我要感谢上天,把这么好这么好一个娃娃送给我了。她也从不客气:"对呀,我就是很可爱呀!"后来认得一些字了,就开始拽文:"我是娃出于妈而胜于妈!"

因为她"胜于妈",所以我这个当妈的,一直在她面前就没个正形。面对我的各种"幼稚病",她经常会像个大人一样批评我:能不能消停点儿?能不能正经点儿?能不能文明点儿?能不能成熟点儿?而每当遇到有危险时,总会一把将我拽到身后,像个保护神一样不让我受到伤害。

其实呢,我并不是个幼稚的妈妈,我自认为最成熟的表现,就是从来不在她面前说她爸爸不好。

她问:"我爸上学时成绩好吗?"

我说:"好啊,好得很,比妈妈还好。"

她问:"我爸聪明吗?"

我说:"聪明哦,不聪明他怎么可能当上贾总?"

她说:"但是我觉得我爸长得不帅。"

我说:"挺帅的呀,不然我跟他生的娃娃也不可能这么好看呀。"

她说:"我觉得我爸好像不怎么想我。"

我说:"想呢,有一次他还跟我说,他想你都想得流眼泪了,眼泪吧嗒吧嗒掉到手机上,把手机都差点儿弄失灵了呢。"

表面上大大咧咧、轻描淡写,暗地里一丝不苟、精心呵护,就是不想让她心里有阴影,不想让她承受不该她承受的一切。作为一个单亲母亲,我尽了最

我　家

大努力来营造这份和谐。女儿说她心里一直充满了阳光，这让我感到很有成就感，同时我也意外地发现，在这个过程中，我竟然一点儿不累。是的，维护比破坏更容易办到，也更让人轻松愉悦。

　　时间过得很快，但我们的生活过得很慢。我们在风景如画的小镇上朝夕相处。上学时，早上陪着她穿过大片花园和草地去学校，下午接上她穿过另几片花园和草地回到家里。寒暑假里，尽量挤出时间陪她外出游历，去城市、去海边、去沙漠、去草原。她记忆力极好，记得我们什么时候去了哪里，在什么地方看过什么美景、吃过什么美食、认识了什么人、发生过哪些有趣的事，每当我的记性卡壳的时候，她总能一口说出我需要的答案。我夸她：你是我最好用的小便签。她回夸我：你是我最好翻的大辞典。

　　她一天天长大，我也一天天老了。我开始有意无意地跟她说起某个话题，我说，人生就好比一辆行驶的列车，中途会不停地有人下车，但还会不停地有人上车。她很敏感，飞快地抢过话头："反正我不让你下车。"

　　我告诉她："这话我以前也跟我的爸爸说过，我爸爸答应过，说会陪着我到一百岁，但后来他还是提前下车了。所以，你懂的，再厉害的人也改变不了自然规律。再说了，就算妈妈下车了，也还会有很多人陪你往前走的。"

　　你是这样美好的一个姑娘，这世界一定会善待你。

吉 米

你是我的光,但我没抓住。

吉 米

如果有来生，别让我这么坚强

亲爱的吉米：

在这个无人的深夜，请允许我这样深情地想念你。

11年了。以前听别人的故事时，觉得10年是一个多么漫长的概念，它可以改变一切；而现在，当你我成为故事的主角，我才发现，11年，原来也可以这样的短暂和迅速，它什么都没能改变。

一切仿佛还是昨天。

11年前的那个夏天，当我强行给我们的故事画上句号，并且拒绝你送我，一个人坐在北京飞往绵阳的班机上时，我一直在大哭，眼泪肆无忌惮地流了一脸。旁边座位上一个不相识的大姐关切地看了我好久，终于忍不住劝我，说："小妹，无论你遇到了什么事情，听大姐的，一定要坚强，没有什么过不去的……"

我感谢她的古道热肠，但她不知道，我也不能告诉她的是 —— 也许正是因为我太坚强，我才这么痛苦，我才这么主动地让自己失去了你。

总以为你我的相识是最浪漫的。

12年前的那个夏天，年轻的我在去往西藏的途中，认识了并不年轻的你。我从绵阳，你从北京，分别赶到重庆，参加一个"中国车手驾国产汽车创世界纪录"的活动。你是整个活动的领队，我是随队记者。一行15人，在途经河南的某日，歇脚吃饭的时候突然心血来潮，决定集体结拜。你排第五，他们叫你"五哥"，我最小，大家喊我"幺妹儿"。

在我最初的印象里，你身材矮小，你貌不惊人，你甚至有些油嘴滑舌，跟我向往的白马王子的形象相距甚远。所以每次你跟我说话的时候，我基本上没

有和善地理过你，但你似乎从来没因此有任何不快，你总是那么乐呵呵的，被我呛着的时候顶多说一句："你这个辣幺妹儿哦！"

不知道是什么时候开始对你改变看法的。也许是某个黄昏在路边，你津津有味地看蚂蚁搬家的时候？短暂的休息时刻，别人都在忙着喝水、找厕所，或者打电话、吃东西，你却饶有兴味地招呼大家："来看来看，蚂蚁搬家呢！"没有人理你，我也没有理你，但我第一次在旁边冷着眼仔细打量起你来——我都早不看蚂蚁搬家了，这个比我还大9岁的男人，居然还保持着如此充沛的童心，实在少见……

后来看到更多打动我的细节，才发现你不但单纯（用"单纯"来形容一个30多岁的男人按理说是不贴切的，但直到今天，我还是觉得你真的很单纯），而且幽默、乐观、热心，又善良……后来跟你恋爱的时候，你告诉我，你最好的朋友总结你是"狡猾都写在脸上，厚道都藏在心里"。你那个朋友是最了解你的。我也一样。

一个月的行程还没结束，我发觉自己已经很喜欢你了，并且因此打破了保持了N年的"恋爱框框"——之前我说，不高的，不要；不帅的，不要；比我大很多的，不要；离了婚有孩子的，不要。你不高、不帅、比我大很多、离了婚还有孩子，但我就是喜欢你，你的一切我都乐意接受。

但我从来没让你看出来，我甚至故意做出更加反感你的样子来。每顿吃饭的时候，你都要把身边的一个位置预留给我，别的男队员要坐，你不让，别的女队员来坐，你也不让。别人都起哄："知道你是留给幺妹儿的！"你笑嘻嘻地回答："怎么着？不让啊？"我每次来吃饭的时候，两张桌子就只你身边还有一张椅子，在别人的起哄声中，我只能坐在你身边。心里巴不得，但脸上非要装出老大不情愿的样子，恶狠狠地吃饭，冷冰冰地不理你。

不知道为什么，心里越在乎你，表面上就越冷落你，心里越是柔情蜜意，嘴巴上就越是尖酸刻薄。我明明最喜欢听你扯长了声音叫我"幺妹儿——"，但每次你一张嘴，我就吼你："讨厌！真土！"

那次活动的高潮部分，是车手们开着国产汽车攀登唐古拉山一座6500米

吉 米

的雪峰。那天下午，你跟车手们上了山，我跟另一个女队员在避风的山坳里给你们烧水煮方便面。天气突变，风雨冰雹夹杂而来，我们几小时没把水烧开，你们的车陷在积雪融化造成的沼泽里出不来。

有队员下山来，说你们情况不妙。高原上冰冷的夜晚降临，又冷又饿，男人们都在山上，旁边的女伴说：我好像听到了狼叫……

我以为我们会这么死在高原之夜，你在山顶的沼泽里，我在山坳的狼嘴里。我的眼泪无声地留下来，后悔自己为什么不让你知道，我其实是这样地喜欢你……

夜色弥漫了整个唐古拉，昏昏然中看见你们回来了，像一群落魄的野狼，疲惫而又饥饿。活命要紧，你们将卡车遗留在沼泽中待天明后再想办法，一行人先撤下了山。用热水勉强泡软的方便面在你们眼里成了绝色美食，跟我关系不错的男队员们，很自然地来接我手上的面条，我不松手，在他们诧异的眼光中径直走向你，我把第一碗面给了你。

你并没有觉得诧异，你只是用一种我至今难忘的眼神看着我，看着我眼里的眼泪。如果手上没有面条，我想，不知道我是不是会当着那么多人的面，跑上去紧紧地抱住你……

回程时路过九寨沟，休闲半日，一群人去买工艺品。一个卖东西的藏族妇女盯着我的脸看了又看，你很敏感，问她："怎么了？"

她说："你女朋友的双眼皮好双哦！"

同行的人又开始起哄，你笑嘻嘻地问："你怎么知道她是我女朋友的？"

她说："从你看她的眼神看出来的嘛！"

你没再说话，只是一个劲儿地笑。我也在心里笑。我希望每个人都能看出来我是你的女朋友。我不知道你到底用怎样的眼神在看我，但我知道你看我的眼神，肯定跟看别人的不一样。

从此我开始了这一生里最深刻的恋爱。

我幻想着跟你一起生活——给你洗衣做饭，给生在北方的你做正宗的川菜；在北京冰天雪地的时候，接你到四川看这里的春暖花开；不生孩子，给你上小学三年级的女儿全部的母爱；当你年老，比你年轻9岁的我就做你的拐杖，陪伴着你走走停停，一路开怀……

离别的前夜，队员们都在KTV里喝酒、唱歌，我们俩在重庆江边静坐。你说："明天一大早我就回北京了。你一定要来看我，好吗？"我答应了。

第一次去北京看你，第一次战战兢兢地坐飞机，一下飞机就到处找你。那么大的首都机场，那么大的北京城，让我有些气紧，有些害怕。而实地了解了你的自身条件后，更让我紧张——你毕业于名牌大学；你父母早在10多年前就定居美国；你在北京早已有了自己的房子、车子和公司；更要命的是，你的前任女朋友，还在不远处虎视眈眈地盯着你……

亲爱的吉米，那个时候我好自卑。我不过是个小地方的记者，我什么都还没有，而且我并不确定你究竟有多喜欢我。

自卑感越强，自尊心也就越强，于是我老毛病复发，又开始固执地拒绝你。你送我项链，我说我不是那么俗气的人，我不要；你要出钱让我去我向往的北广读书，我说我不用你的钱，等我自己攒够了再去；你要在绵阳给我买房，我跳起来骂你说你把我当成什么人了；你要我陪你再去一趟西藏，我说我没时间也没兴趣；你在大雪天去邮局给我寄情人节礼物，我说你不必那么客气；你来绵阳看我，给我洗衣服，给我做红烧茄子排骨，我讥笑你说我们四川人从来不拿茄子配排骨；你从北京打电话给我，说你前任女朋友要去机场，让你开车送她，我说你送你的关我何事；你说让我到北京生活，我说我啥出息都没有去北京只有讨饭，你说你养着我，我说我就不是让男人养的人；你说"那你过来我介绍你到朋友的公司去上班"，我说我瞧不起靠关系走后门的人；你说那你来绵阳跟我一起生活，我说绵阳庙太小，哪里容得下你这个大菩萨……

那些时候你总是长叹："幺妹儿，等你长大了，等你上了30岁，你就不会这样了……"而每次我都强硬地回答："我永远都会是这样！"我蛮横地告诉你，我一切都要靠自己。

亲爱的吉米，我越爱你，就越伤你。那时候我最喜欢席慕蓉的一句诗："在

吉　米

你年轻的时候爱上了一个人，一定要温柔地对他。"但年轻的我爱上你时，为什么就没有温柔地对你……

这也是我这一生最后悔的事情之一。

在我跟你诀别后的第三年，我凭借着自己的能力来到了北京。北京一家媒体挖了我半年，我才同意去北京工作。终于决定动身的前夕，好朋友问我："现在你可以去找吉米了吧？他那么好，你又那么喜欢他……"

我没有去找过你。我还是那么眷恋你，但我不知道你的心，是否还如当初。在北京的几年时间里，我只见过你一次，偶然地，在2004年亚洲足球论坛的酒会上遇见你，我是记者，你是参展商，还是像当年初见时的角色。你问我好不好，我平静地说，好，跟男朋友住在西三旗。然后我们很平静地聊了几句当年事，你问我到底为什么一定要分手，我说："你太好了，我配不上你，更怕将来把握不住你。"你大惊，问我："你心里真是这么想的吗？"

你说："朋友跟我说，小女孩都善变，玩几天感情游戏就腻了。我以为你也腻了，不喜欢了……"

我说："我没有。我为你写了厚厚一本日记。我就想嫁给你。"

你说："那你为什么一直不告诉我？我让你来北京，你不来。我说我去绵阳，你也不愿意。我以为你根本就不想跟我交往了。"

我说："我爱面子。我太好强。"

随后有人来叫你，而我也要去采访，我们就这样分手了。远远地回头看你，不知道你是否也回过头看我。在回头的瞬间，我想起张爱玲的《半生缘》里顾曼桢说的那句话："世钧，我们回不去了。"亲爱的吉米，不知道那个时候，你心里想起了什么？

最后一次听到你的声音，是2008年初夏。那个噩梦般的初夏，一场大地震让我失去了父亲和诸多亲人，我将残存的亲人接到北京，虽然每天都有相识和不相识的人来看望，但我的内心充满了哀伤、惶恐和迷茫。

又是一个黄昏，手机响了，屏幕上是一长串没见过的电话号码，拿起电话，一个熟悉的声音传来："幺妹儿——"

是你。我大哭起来。

你问:"你还好吗?"

我说:"不好,爸爸没有了……"

你急切地说:"我在美国。听说北川是重灾区,就担心你家。我没带你的号码,急死了,让朋友翻阳台进我家去,找到电话本,才翻出你的号码。别哭,别怕,我马上让朋友送钱和东西过来……"

我只是哭。你一个劲儿问我具体地址,我才止住哭声,告诉你说,钱不要,东西也不要。你急了,说都这个时候了,还不听话。我说,真的不要,别人的可以要,就不要你的。你知道的,我有多么坚硬的一层外壳。还有你不知道的——我的先生,他很介意我还记得你……

亲爱的吉米,我再也没有见过你,没联系过你,但这并不意味着我没有想念你。

如今我已是一个半岁女孩的妈妈,我似乎不应该再这么想念你了。所以,在写完这封信后,我对你的想念,也要停止了。但是停止的倒计时响起之前,我还要跟你说一句话:

如果有来生,我一定不要再这么"坚强",我要做一个柔弱的女人,找到你,然后爱你,依靠你。

在这之前,你一定要好好的。

你的幺妹儿
2010 年春

(本文获得 2010 年红袖添香网站、百合网和《读者·原创版》联合主办的"一封发给过往的情书"全国征文大赛二等奖)

吉　米

吉米死了。

当我得知这一消息时，他已辞世四年。

那天坐在禹王桥上吹风，和闺蜜闲聊。聊到过往岁月和过往的人，就又说到了吉米。我说这一生最大的遗憾之一，就是当初没有好好和吉米一起走下去。可惜一切都不能重来。

她问：他在哪里？要不，你联系一下他？

我说不了，已经分开了快二十年，早已物是人非，他应该已经移民去美国了。再说，我也没有他的联系方式了。

她说，他那么厉害的人，网上一定有他的消息，要不上网搜搜？

这个可以。我的原则是，分手后不打听，不打扰，但上网搜搜他的消息，算不上打听更算不上打扰吧，那就搜一下。

于是上网去搜，还真一下就搜到了。许多吉米的同学和朋友都在写他，但都是怀念他的——2016年1月30日，那个百年难遇的暴风雪之夜，他病死在了万里之遥的美国首都华盛顿。

五雷轰顶。

我哭了好几天，并且接连梦见了他好多天。

闺蜜万分内疚，一个劲儿跟我道歉说："我那天真不该让你去网上搜他，不搜的话，你就不知道，就不会这么痛苦了。"我说，我应该早点知道的，我搜

得太晚了。

以为他一直活蹦乱跳无比精彩地活着的，谁知他已如此仓促地，永远不辞而别了。

初识吉米时，我26岁，他35岁。那年夏天，我受内江车手周光强和他在绵阳的师兄胡洪之邀，拉了辆绵阳生产的剑南汽车，作为随队记者去参加重庆铁马汽车西藏行活动。在重庆发车仪式的头天傍晚，我和胡洪带着剑南汽车赶到重庆，周光强和一个中年男子从酒店出来迎接，周光强给我们介绍说：这是吉米，本次活动的领队，从北京过来的。

第一眼，并没有电光火石。瘦小个子，五官标志，脸部挺有轮廓，但前面头发较少，拉低了颜值。操着东北口音的普通话，一副精明的样子。我对太精明的人向来不易有好感，因此只礼节性地和他握了下手，就站到一边看他们忙了。

听说我们这车是没花钱借来的，直接给组委会省了一笔钱，作为领队，吉米十分高兴，围着车子看了几圈，嘴里一个劲儿说真棒。听胡洪说车子是我拉的赞助，又回过头来跟我说："辛苦了，辛苦了。"我客气地说："没事。"心想我要跟队跑一个月，没让我交伙食费，拉辆车来入伙那是必须的。

刚开始行车那些天，吉米没跟我们坐一辆车。三辆车，铁马车作为"主角"走在最前面，我和其他几个车手坐在最后的剑南汽车上，为了便于指挥和照应全队，吉米坐在中间的北京吉普213上。

每次停车吃饭和休息时，他的话总是最多的。从他和男队员们日常的闲聊中听出来，他毕业于北京外国语学院，分配到国家体委国际司当翻译，工作几年后觉得上班被人管着不自由，于是辞了职和几个哥们儿开起了广告公司，再后来觉得当老板也没趣了，就又关了公司跑到朋友开的公司去玩票，这次就是被承办本次活动的公司派来当领队的。

他不姓吉，他姓赏，名剑明，"吉米"是他大学英语老师给他起的英文名。

吉 米

这个信息让我心里畅快了不少，以后叫他名字的时候也叫得出口了。之前每次听到别人叫他吉米、吉米时，我都忍不住犯嘀咕：一个中年男人，为啥要叫这么个花里胡哨又幼稚的名字？

随着每天的相处，渐渐发现，这个看起来吊儿郎当的人，实际上还不错。尤其一个细节，让我相信了他确实不是一个生意人：那时候有手机的人还很少，但吉米有一部诺基亚手机，每天停车休息时，队员们总爱找他借手机打电话，他从不拒绝，到后来他的手机几乎成了队里的公用电话。要知道当时打个电话有多贵，长途话费、漫游费，说一分钟就得几块钱，而当时我的月工资才不过千把元。好在临行前我爸把他的手机借给了我，每天晚上住下来后，我用手机跟家里报个平安，惜字如金，如无特殊情况，尽量把通话时间控制在两分钟之内。但吉米的手机就由不得他了，看到吉米从不说什么，队员们把个"公用电话"越打越欢，个别人甚至抱着他的手机煲起了电话粥，我在一旁看着又不屑，又暗暗替吉米着急。但从没见他急过，每次有人借电话，他都笑嘻嘻地二话不说就递过去。

对他的好感与日俱增。说是领队，实际上在整个行车途中他就是个服务员，每天的行程安排、三餐吃啥、晚上住哪，甚至每个队员的身体状况，事无巨细都是他操心。大家都习惯了有事就喊吉米，一喊就来，态度热情，服务周到。除了跟全体队员亲密无间，一路上遇到的各种人，包括饭店、宾馆服务员，加油站工作人员，省市体委的一些接待员，等等，他都能迅速地打成一片，仿佛从来不觉得累，也从没听他抱怨过什么。看得我不由常在心里感叹：这就是真正的热爱生活吧？

但这么不错的人，却离了婚。不知详情，只偶尔从他打电话听得出来，他有个女儿在北京。

不高大不帅气，离异还有孩子，这绝不是我的择偶标准，但鬼使神差地，每天看着吉米，我发现之前的条条框框都有点儿不管用了，我再也无法像刚认识时那样漫不经心了。当然，我也越来越明显地感觉到他对我也有些不一样了。

当时酩醉

每天早上他给我们发红景天，发奶糖，我不想吃，他苦口婆心硬要劝吃，并且要看着我吃下去。上到高原后，他不大坐中间的北京吉普213了，时常跑到我们的剑南汽车上来坐，看见我打瞌睡就忙叫"醒醒，醒醒"，因为当地登山队队长曾忠告过，在高原坐车不要打瞌睡，容易睡出问题。见我昏昏欲睡叫醒了一会儿又睁不开眼了，他说："我给你唱个歌吧，唱个我们东北的《新货郎》吧！"然后车里就响起他欢快的歌声："打起鼓来敲起锣，推着小车来送货，车上的东西实在是好啊，有文化学习的笔记本，钢笔，铅笔，文具盒……"哈哈哈哈，这个同志太好玩儿了，我越来越喜欢了，怎么办？可千万不能被他和别人看出来……于是一面在心里喜笑颜开，一面在脸上继续绷出毫不在意的表情。

把一见他就扑通扑通跳个不停的心死死按住，跟着队伍到了拉萨。在拉萨待命的几天时间里，大家一起去了布达拉宫，去了大昭寺、八角街，一起去小酒馆喝酒，去四川火锅店吃火锅。每次合影时吉米都会貌似无意地站到我的旁边来，而每次一见他过来，我就赶紧换位置，怕跟他挨着，却经常被他玩笑般地一把拽住说，"不准瞎跑"，于是就有了几张与他的"亲切合影"。

我们活动原计划是要去珠穆朗玛峰的，但由于出发前一晚去珠穆朗玛峰的必经之路发生了地震，组委会便调整了计划，命令车队原路返回，到唐古拉山一座海拔5600米的山峰去完成冲顶任务。于是车队离开拉萨，掉头向唐古拉山口进发。

那个下午，我们到达了目的地。安营扎寨后，周光强和两个助手开着铁马车去爬山，我和女车手李伟在山脚的避风处负责后勤，其实就一个任务：用随车带来的发电机烧开水、煮方便面。吉米则带着剩下的男队员开着另外两辆车前去接应。铁马车完成冲顶任务后，却陷进了雪水融化形成的泥沼里无力自拔，周光强犯倔，坚持不肯下车，誓要"和铁马车共存亡"。

天黑了，冰雹雨雪夹杂而来，从对讲机里不停听到吉米焦急的喊声，却一直没见一个人下山来。风声伴着狼叫，山脚下只有我和李伟两人，我们坐立不

吉 米

安，一阵又一阵的恐惧袭上心头。望着黑压压的夜空，多么希望吉米高大威猛的身影突然出现在面前啊！

不知过了多久，他真的出现了，一身泥巴，满脸疲惫，好不容易强行把周光强从铁马车驾驶室架了出来，搀下了山。他们又饿又渴，我们却一直没能把水烧开，只能用热水勉强把方便面泡软端给他们吃。我拼命地忍着眼泪，却终究没能忍住。我把第一碗面端给了吉米，他接过面望着我的那一刹那，我的心炸了。我在心里紧紧地拥抱着他，吉米，我好怕再也看不到你了……

从此以后，心便像这高原的天气，时而阳光明媚，时而乌云密布，时而清风皓月，时而风霜雨雪，又甜蜜，又忧伤。但所有的波涛汹涌，都只有自己知道。

回城时车队从甘肃临夏到了四川阿坝，并在九寨沟住了一晚。到达九寨沟时已近黄昏，几辆车在停车场停好，大家陆陆续续下车来，却发现到处都找不到吉米的影子了。一路上大家都习惯了一切听他安排，现在他突然不见了，晚饭上哪吃？晚上去哪住？一群人像幼儿园门口没家长来接的小孩一样，集体陷入茫然、焦虑和无助。

过了好一阵，吉米终于回来了，众人或急问或怒问他去哪了，他笑嘻嘻地说："没去哪，去大门那边逛了下，买了几张门票。"

晚饭后，吉米说有事宣布：这一路吃住最好的饭店、宾馆，花钱太多，导致现在经费有点儿紧张，还有几天活动才结束，所以现在开始要节约开销。进景区费用高，因此今晚一半的人跟周光强和铁马车进景区去，晚上住沟里，其余一半人就不进去了，就在沟外住。明天中午碰头，饭后继续赶路。

说完开始分发门票，15个人，7个人进沟，8个人在外面。吉米给我发了张门票，让我也进沟去。我还没去九寨沟玩过呢，拿到票高兴坏了。女车手李伟却没领到票，义愤填膺地声讨吉米："杨櫞都要进去，为啥不让我进去？"吉米说，杨櫞是记者，跟进去是为了写稿子。然后大家都没意见了，事情就这么定了。

当时酣醉

我和李伟回到我们共用的房间,房间没法洗澡,得去几百米外的河边公共浴室洗,李伟收拾东西洗澡去了,我一人在房间闲坐,等着进沟的同伴来叫我。

有人敲门,开门一看,是吉米,一个人。"给你个礼物。"他从兜里摸出一个精致的银盒子递给我。"生日快乐!"他说,"下车那会儿我专门跑景区门口的工艺品店里给你挑的。"

但今天不是我生日呀。我有点儿晕,又紧张,又迷糊。

"怎么不是?你们每个人的身份证都在我这,你的生日就是今天呀,9月12号……"

哦,我想起来了,我身份证上的日期是错的,9月12日不是我生日。"啊?那是哪天?"他有点儿失落,又有点儿尴尬。我说,一个月后的今天,10月12日。说完我们都不由自主地笑了起来。

他把礼物放到我手里,说:"拿着,等你真正生日那天,再给你过一次。"打开盒子一看,一根藏银项链,一串藏银做的手镯,都非常精美。心突突突跳个不停,不知该说什么,又听得他说:"本来想今晚给你开个party,再给你煮长寿面吃的,但你要进沟去,就没法给你庆祝了……"

"啊?你不进去吗?"我诧异地问。

他说:"节约一张门票,我就在外头得了,等你们明天出来……"

他话音未落,我就改变了主意,说:"那我也不去了。"他说:"你去呀,机会难得,你去玩儿一下,明天上午就出来了,很快。""我不,今晚我也要在外面,我把门票给李伟,正好她想去。"于是我火速找到李伟,把我的票给了她。我做这些的时候,吉米一直跟着我,脸都笑开花了。

晚上,吉米带着我和几个没进沟的男队员,找了个KTV,跟大家说:"今天是幺妹儿的假生日,我请客,大家给幺妹儿唱歌祝福吧!"唱完歌,又找了个路边馆子吃烧烤,还给我煮了碗长寿面。

娱乐活动结束,回到宾馆已经快夜里12点了,吉米要给组委会打电话说事,就安排一名男队员陪我去河边的澡堂。"聂平,你陪着幺妹儿去,一会儿洗完

吉 米

等着她一路回来。"

我端着盆子和聂平一起来到了河边。一长溜木头房子，几十间屋，没分男女，随便找一间进去，闩好门就可以洗了。因为已经很晚了，这里几乎没人了，只有河水在哗哗流个不停。

洗完澡，穿好衣服，端着盆子准备出门，却吃惊地发现，这门怎么也打不开了！我使出九牛二虎之力又拉又踹，拳打脚踢，被热水泡得肿胀的木门却始终纹丝不动。想着聂平应该洗完了在外面等我，就高喊聂平，但无人应答，只听到哗啦啦的河水响。

没带手机，洗澡间里又不可能有电话，我只得一遍又一遍地高喊："开门！有没有人啊，帮我开开门！"但我的呼救声跟外面的河水比起来，实在是太微不足道了，喊了半天也是白喊。难道我要在这潮湿狭小的洗澡间里待到天亮吗？我绝望了，一屁股坐在盆子里，再也没劲起来了。

本来之前一直在想吉米的，甜蜜的心里突然挤进来一道打不开的木门，把吉米挤不见了。这会儿又想起他来，心想他应该在我危难的时候骑着白马赶来啊，他为什么还不来救我？

果然，没一会儿就听到了他的声音。"幺妹儿——幺妹儿——"由远及近，越来越真切。真的是吉米！我一蹦而起，迫不及待地向外高喊："我在这儿！在这儿！"

"你怎么了？晕了吗？"他站在门外问。我说："不是，我没晕，是这个门，怎么也打不开，又没有人帮我，我声音都喊哑了啊……"伤心得像个怨妇。

"哦，好好好，没晕就好。你把衣服穿好，站到旁边去，我来踢开！"

咚咚咚，几声巨响，哐！门开了，一道光射进来，吉米站在门口，天神一般，威风凛凛，气宇轩昂，比所有的白马王子都帅！

他走过来，一只手帮我端起盆子，一只手伸过来帮我擦脸，说："不哭了……别怕，有我呢。"我说："没哭，是汗。"

他拉着我往回走，我有些紧张，却没把手抽回来。为了掩饰心中的慌乱，

289

我赶紧找话说:"你怎么知道我在这儿?"

他说:"我忙完都准备睡了,突然想起你回来没有,就去问聂平。他说他洗完就走了,忘记等你了,还说你可能自己回房间了吧。我就去敲你房间的门,敲半天也没人反应,我就想,你不会还在澡堂吧,于是就找过来了。"

"你要是不来找我,我只有在里面待到明天早上了。"

"不会的,我一定会来找你的。"

这一生,最深刻的一次恋爱,就这样开始了。

我们谁也没表白,是一个卖工艺品的藏族妇女替我们表白的。第二天上午,等待沟里同伴出来的空闲时间,一伙人去逛店。在一个店里看藏刀时,卖刀的藏族大姐盯着我的脸看了又看,吉米问:"你看什么?"她说:"你女朋友的眼皮好双哦。"吉米笑得合不拢嘴:"你怎么知道她是我女朋友?"大姐很老练地笑了,"从你看她的眼神看出来的呗!"

是的,我就这样成了吉米的女朋友。幸福得眩晕,但不希望被任何人知道,怕别人笑话我把领队变成了男朋友,更怕别人会说他的闲话。

几天后,本次活动就结束了。在重庆开完隆重的庆功大会后,一群人就将从哪里来回哪里去了。一个多月的朝夕相处,大家都建立了深厚的感情,临别时都依依不舍。我和吉米更是如此。

分别的前夜,别人都在KTV里纵情放歌,吉米带着我去江边喝茶。吹着江风,我们聊了很多,主要是他说,我听,他把他的情况,好的不好的,一股脑儿都告诉了我。

他出生在哈尔滨,父母都是佳木斯医药学院的教师,恢复高考后,他爸先后考上硕士、博士,全家人跟着他先后搬家到了杭州、广州等地。他参加工作几年后,父母干脆移民到美国去了。

"现在我在国内就俩亲人,一个我女儿,在北京上三年级,一个我妹妹,在广州工作。"女儿的妈妈,也就是他前妻,和他是大学同班同学,毕业后俩

吉 米

人一起分在了国家体委当翻译，妻子分在国家棋院，他分在国家跳伞队。虽然在同一城市同一单位，但他上班在东城区，妻子在海淀区，经常一周甚至几周见不上一面，时间长了感情就淡了。"还有，她可能觉得我太贪玩儿，没有上进心，在工作和事业上没有达到她的期望值。"于是还在女儿很小的时候，两人就分手了。

离婚后，他有过一个女朋友，国家跳伞队的队员，比他小8岁，曾经得过全国跳伞冠军。那一段感情吉米付出了很多，但对方在退役回到地方后，提出了分手。

他说什么我都喜欢听，他的一切，我都乐意接受。但是当他问起"你跟我去北京好不好"的时候，我毫不迟疑地拒绝了。我说我要回绵阳，我要回去上班，而且，我跟他，才刚刚开始，我不知道我们能走多远。

第二天早上天还没亮，我还在做梦，突然床头柜上的电话响了，接起一听，是吉米的声音："幺妹儿，我马上就要去机场了，你来送我好吗？"我赶紧按下电话，生怕惊醒同屋还在沉睡的李伟。

火速穿好衣服，蹑手蹑脚跑到吉米的房间，敲门进去，才发现早已聚集了一屋子的人，有组委会的工作人员，还有车队所有的男队员。一见我进去，吉米惊喜地喊着"幺妹儿"就跑过来拉我，我忙朝边上躲，心想这个比我大9岁的人，怎么还跟个毛头小伙子似的，这么多人都不知道避个嫌？

"你去机场送我好不好？"他目光炯炯地看着我问。我摇头，说不了，一会儿我也要收拾东西，跟胡洪一起回绵阳了。他有些失望，说："那好吧，我到了北京给你打电话"。然后拽着我胳膊叮嘱说："你们回去的路上要注意安全，现在还早，你先回房间去睡会儿吧……"

回到房间躺在床上，哪里还睡得着，心沉沉的，一直想哭。天亮了，萎靡不振地起床，心不在焉地吃饭，跟重庆、成都的几个队友一一拥抱告别后，我和胡洪坐上剑南汽车开往绵阳。胡洪说："你咋这么没精神？去后头睡一觉吧！"我说好，于是有气无力地走到最后排，躺了下来。

当时酣醉

迷迷糊糊中，手机响了，吉米打来的。"幺妹儿——"我一下子来了精神，心跳个不停，接电话的手也抖个不停。

我问："你到了吗？"

"早就到了。一下飞机就想给你打电话，但怕吵醒你，就忍着一直没打。这会儿估计你们在路上了，才打给你的。"

我说我没睡着，回去后一直没睡着。"啊，我也是。以前一上飞机就睡觉，有时候到点了都还没睡醒，但今天在飞机上一秒钟都没睡，满脑子都是你，就想跟你说话……"

我说我也是。眼泪无声地流下来，他在那头仿佛感应到了，问我："你哭了？"我说："嗯。""你来北京看我好吗？我一会儿就去给你订机票。"我哭着说："嗯，好……"

几天后，我鼓足勇气，独自去了北京。第一次坐飞机，战战兢兢什么都不会，吉米一直在电话里遥控指挥，告诉我怎么取票，怎么换登机牌，在飞机上怎么系安全带，怎么上厕所，下飞机后怎么往出走。"我在出口等你，你一会儿一出来就能看到我。"

在飞机上度日如年，好不容易在北京落了地，走在偌大的首都机场，半天看不到出口，我突然慌乱起来：我怎么稀里糊涂就跑北京来了？万一他是个骗子怎么办？万一我到了出口他却没在怎么办？越想越紧张，越想越害怕。

正担心着呢，耳边突然传来熟悉的叫声："幺妹儿——"是吉米，站在接机的人群最前面，墨镜顶在头上，阳光般的笑脸。见我出了出口，呼地一下冲过来，跟电影里似的，紧紧地抱住了我。

我也激动，一激动，眼泪就又出来了。他忙着给我擦眼泪，捏我鼻子，说"怎么啦？哭什么？"我说："没什么，刚才有点儿害怕。"

"怕什么，有我呢，不哭了……"

吉 米

就这样走进了他的生活，住在他的屋里，他带我去吃全聚德，去坐地铁，去逛故宫、颐和园，去和他的哥们儿打麻将，去凌晨的天安门看升旗。他还去前妻那把女儿接来和我认识，小姑娘和她爹一样，一副聪明相，学习成绩很好，特别懂事，在她爸面前一点都不黏人，对我也相当有礼貌。

我说我想看看他前妻和前女友什么样子，他翻箱倒柜找出几本老相册，一一指给我看。还给我看他父母和妹妹的照片，看他小时候在佳木斯上学的照片，看他陪着跳伞队到世界各地去比赛的照片。每张照片背后都有一个故事，吉米记忆力奇好，口才也好，他讲得绘声绘色，我听得如醉如痴。我们一起去市场买菜，买的东西再多，都由他拎着，还得腾出手来拉着我。他喜欢做饭，给我做我没吃过的猪肉炖粉条、地三鲜、疙瘩汤。他的一切，我都喜欢。

一天晚上，他拉着我去了商场，挑了根金项链给我。我一看价格，两千多，太贵了，忙说不要不要。他说："不行，咱们得有个正儿八经的定情信物。"当着营业员的面，不由分说地给我戴在了脖子上。回到家，我摸着脖子上的项链跟他说："吉米，如果有一天这项链断了，就说明你不喜欢我了，我们的缘分就尽了。"他说："怎么会断呢？只要你不故意去扯它，永远都不会断的。"

后来曾无数次想起当晚和他的这段对话，有种一语成谶的感觉——项链一直没断，但我们断了，真的是我故意扯断了的。

那一次在北京待了较长时间，对吉米的了解也越来越多，越了解就越喜欢他，越喜欢，就越觉得自己与他的差距太大。

每次听着他用熟练的外语接打电话，与各种外国人谈笑风生的时候，我落寞地坐在旁边，什么也听不懂；每次看着他与这个那个名牌大学毕业的朋友谈事聊天的时候，就感觉自己是个文盲。内心十分恐慌，却强撑着装得气壮如牛，说话也硬邦邦的。每次听他说有朋友戏谑他找了个"小女友"时，便会敏感地认为他的朋友瞧不起我，于是毫不掩饰地给他甩脸子，常常搞得他莫名其妙；每次我买个什么东西，他都忙着付钱，我说："你不要这样，搞得我像贪图你钱

财似的，别人会笑话我的。"他反倒不解，还跟我说："在我们老家，女人买东西，男人不付钱才会被人笑话的……"

渴望着能永远跟他在一起，但是当他跟我说别回四川了，就在北京吧，我不加考虑直接就拒绝了。他问为什么，我说，不为什么，我要回去。他只好给我买好机票，送我到机场，跟我说："我忙完手上这些事，就去看你。"

心里万般不舍，却做出一副拿得起放得下的样子，干脆利落地背起包包就回了绵阳。天天盼着他打电话来，盼着他过来看我，但那时的我条件真是差啊，一个月挣着千把块钱的工资，在南河坝租了个一居室的房子住，楼下就是个乌烟瘴气的麻将馆，巷子里还随时站着些浓妆艳抹的小姐。他来了，住哪？住我这里，这条件，我不好意思啊！住宾馆，我给不起钱啊！虽然知道他肯定不会让我花钱的，但是，我在北京时他花了那么多钱，他来我这边，必须我管啊……

没多久他就过来了，我也去机场接他，给我带了大包小包吃的，带着我坐上出租车，喧宾夺主地就回到了我的"家"。我担心的情况压根就没发生，看着我的家徒四壁，他一点儿没觉得不习惯，像回到自己家一样轻松自如。出去吃饭、买东西时依然天经地义般不许我掏钱，并且很快就跟我的房东熟悉了。每天我出去采访时他就跑楼下房东家开的麻将馆去打麻将，一上桌子就"飘起"，惹得麻将馆每个选手都想跟他坐一桌，想趁这个外省人还不熟悉四川打法时好赢他的钱。但他实在太聪明了，不但几圈下来就熟练掌握了四川麻将的打法，还每天都把同桌选手打得"鼻青脸肿"。晚上我回家，他津津有味地讲起麻将桌上他的英勇壮举，兴高采烈得像个孩子，明亮的眼睛里看不到一丝成人的杂念。反倒是我，随时患得患失，阴晴不定。

永远活蹦乱跳、精力充沛，给我做饭，给我洗衣服，见我没有洗衣机，就说："明天去给你买个洗衣机回来。"我说不要不要，我习惯了用手洗。他说现在是没事，但冬天手洗多冷呀。第二天下班，真的就看到屋里多了台全自动洗衣机。

见我还在用手写稿子，好奇地问我："你们单位不给配电脑吗？"我说我们见都没见过电脑呢，配什么电脑。他就赶紧打开行李箱，把自己的手提电脑拿

吉 米

出来，教我打字。"每天打500个字，学会了给你买一个。"我说不要不要不要。为了不让他给我买电脑，我找各种借口逃避学打字，结果被他批评为不爱学习。

每当有朋友来找我玩儿，在楼下叫我名字的时候，他总是比我反应还快，哧溜一下跑到窗边伸出头去高喊："在这儿，在这儿，谁找杨檎？"每次都被我狠狠地拽回来，我说："你干什么？别人叫我，你别吭声！"我跟朋友去玩儿，总不带他，他想跟着去，我说："你去打麻将吧，我回来叫你。"

朋友们问我，为啥不带他一起出来玩儿？我说，迟早要分手，不想被太多人知道。她们惊问：你为啥会这么想？我说，他条件太好了，我配不上。

一天，我下班回来，他说："我今天下午没去玩儿麻将，一个人去街上逛了下。嘿，你们这房子好便宜呀，我看到一个广告，商品房才八百多一平方米，明天咱们看看去，给你买一套。"我说："你把我当什么人了，给我买什么房子！"

他愣住了，不明白我为何反应这么大。"你不还租房住呢吗，我想给你买套房，很正常啊。"我说："不要不要不要，我虽然穷，但我穷得有志气，不想被人同情。"他走过来，无比认真地看着我："你怎么会这么想？这是同情吗？我不想你过得那么辛苦，不可以吗？"我说："不可以，不提这个事了。"

第二天，他又提了，问我："今天有事没？没事我们看房子去。"我说，没事也不去。"走吧走吧，别耍小孩子脾气了。"说着就来拉我。我忽地抽回手："你一个北京人，跑绵阳来买房子干什么？别跟我说这个事了！"

他也生气了，一屁股坐下来。"嗯，我疯了，我一北京人跑绵阳来买房子，我吃饱了撑的。您别跟我一般见识了，就当我没说过。"我说："好。"心里却在哭："吉米，我其实多么想跟你永远在一起啊，但我不想花你的钱，不想占你的便宜……"

他回北京了，依然天天打电话过来，每次接到他电话，我的心都激动得颤抖。他说："我想你，你会想我吗？"我说："会的，也想。"他说："那你来北京好不好？"我说："我没文凭，又没本事，去北京只有讨口。"他说："我养你。"

295

我说："不，我不想被谁养。"他说："那你来我哥们儿的公司上班。"我说："我不，我瞧不起靠关系走后门的人。"他叹气："幺妹儿，你长大了就不会这么想了，等你过了30岁，就不会这样了。"我说："我永远都会这样，我要靠自己。"

他不在的日子，我像个祥林嫂一样跟好友唠叨，我说要是哪一天，吉米被车撞了，不能走路了，那我马上去北京，把他接过来，我养他一辈子。看到电视新闻里说，内蒙古的风沙以每年多少米的速度向北京推进，我说，要是风沙把北京城淹没了就好了，那吉米就只能到绵阳来投奔我了，我管他一辈子。好友像看外星人一样看着我："你疯了吧？怎么会有这些念头？吉米要知道你这样爱他，不把他吓死才怪！"

又一个晚上，吉米打来电话，兴高采烈地问我："你猜我今天去哪儿了？"我说猜不着。他说："我去了北京广播学院，帮你联系好了，你过来上学吧，不用考试，直接去上学！"我说不。"为什么？那不是你的梦想吗？我专门去找了人，都谈妥了，你只管入学就行了。"我不吭声。他问："你有什么顾虑？工作的事吗？把工作辞了，过来吧。"我还是不吭声。他又问："是不是学费的事？担心学费吗？"我蚊子似的嗯了一声。"嗨！没事儿，这个你就别管了，我供你去上学。我能挣钱呀，我有钱，不用你操心，好不好？"我说："不，我自己攒钱，攒够了我再去。"说完就挂了电话。挂电话之后，我想，肯定我又让他伤心了，但我做不到不伤他啊，太难了。

元旦到了，吉米又飞到了绵阳，陪我一起过新年。新年前夕，不停有国内外的朋友给他打电话，祝他新年快乐，听着他一会儿中文、一会儿外语，热火朝天地跟人聊天，我坐在旁边，满意、自豪、担忧、忐忑，各种心情一锅乱炖。

当初一起去西藏的队友也给他打电话了，接完电话，吉米跟我说："那一趟西藏之行，收获还挺大的。"我说："嗯。""你知道我去西藏最大的收获是什么吗？"我问："是什么？"他捏着我的鼻子说："就是你啊。"心又猛烈地跳起来，我何尝不是！吉米，你也是我最大的收获，我何德何能，遇到了这么好的你。

吉 米

但是，我居然只是跟他笑了笑，连"我也是"三个字都不肯说出口。

吃过晚饭，在安昌河堤散步。吉米问我："幺妹儿，你今年有什么打算？"我想了想说："打算去遇到一个合适的人嫁了。"他急眼了，转过头问我："你什么意思？还去哪遇个人嫁了？那我呢？"我信口开河，张口就来："你嘛，从哪里来，就回哪里去，回你的北京待着去。"我知道这话不对，但我就是说了，说完心里升腾起一种恶意的快感。

一向话多的他，那一晚上都不怎么说话了，看得出来，情绪很低落。我特别难过，我知道我又让他伤心了。但我管不住自己，我做不来一个弱女子。

第二天，他请我的朋友吃火锅，我和几个女友在那叽叽喳喳，他一直不怎么说话，就忙着帮我们端菜倒水，看着我们闹腾。好友悄悄问我："你跟吉米吵架了？"我说没有，我怎么忍心跟他吵架！

吃过午饭回到家，他又让我学打字，刚打了几个，又有朋友打电话来，叫我去喝茶。我扔下电脑就要跑，我说："你去楼下打麻将吧，我喝茶去了。"他第一次强硬地要求跟我一起去，我说："好吧，我们喝坝坝茶，只怕你不习惯。"他说："我没什么不习惯的。"

来到坝坝茶园，跟几个朋友天南海北神侃，这几个朋友都是吉米没见过的，他插不上话，有点儿落寞。两个刚喝完酒的哥们儿酒劲还没过，聊着聊着就上手了，你一拳头我一巴掌薅了起来，当然，不是真毛，是好友间的玩笑。吉米悄悄贴在我耳朵边说："我想去取机票，上午打了电话的，不知道票出了没有，我们去看看吧？"我说不走，才没坐一会儿呢。他问："就在这看他俩发酒疯，你不觉得无聊吗？"我急了，我说我的朋友都这样，你看不惯可以走。他真的站起来就走了，走之前还是特别有修养地跟几个朋友说："各位慢慢玩儿，我先去办点儿事。"我跷着二郎腿，纹丝未动。看着他走了，朋友们问我："你不跟吉米去吗？"我说不，让他自己去。心里却想，这下彻底完了，我要永远失去他了。

晚上回到家，心里发毛，谁知他跟没事一样，问我吃饭了没，我说没吃。"那

想吃什么？带你去吃。"他还是那么好，我却觉得自己越来越相形见绌。

第二天他回去了，分别时还是那句话："回去给你打电话。"我想，这是客气话吧，回去后肯定不会再理我了。结果他依然飞机一落地就给我电话，依然一有空就找我，但我还是老脾气，经常说着说着就又生气了，随时摔他的电话。

一天夜里，我看了篇感人的言情小说，哭得稀里哗啦，一边哭一边想他。想着他那么好，就特别想跟他说话，可他偏偏那天晚上没给我来电话。不行，我要跟他说话，我要给他打电话！

跑到楼下，房东家杂货铺已经关门许久了，打不成他家的公用电话了，就跑出大门到马路边找了个磁卡电话打过去。吉米已经睡着了，一听是我，惊喜地大喊："幺妹儿，是你吗？这可是你第一次主动给我打电话啊！"还跟我开玩笑："平时我给你打电话，你总摔我电话，今天你主动打过来，不会再摔了吧？"我哭着说不会，我不摔。听见我在哭，他紧张地问："你怎么啦？出什么事了？"我说没什么，就是刚才看了篇小说，想你了。他笑出了声："你吓我一跳！你听，我这心还跳得乒乒乓乓的呢！"

聊了很久，都舍不得放下电话，但他知道我一个人在大马路上打的电话，就一个劲儿催我快回去，别冻着了。挂电话之前他又旧事重提："你来北京生活吧，我们就可以天天这样聊了。"我说："不。"

过了两天，他给我电话，说要跟我商量个事。"我想了下，既然你不愿意来北京，要不我去绵阳吧，我到绵阳去生活。"我欣喜若狂，但表面上依然不动声色，我说："你这么大的人才，到绵阳哪个单位装得下你啊？"事实上确实如此，那个年代绵阳还只是个比较封闭的小城市，他学的专业是国际英语，绵阳应该没有单位适合他吧。

"我这几天在网上查了，绵阳不是有个长虹吗？他们肯定有涉外的部门，我可以去那里上班。这样，我把我的简历寄过去，你帮我拿去长虹，先帮我去接洽一下好吗？过些天我把手上的事忙完了，我亲自过去谈。"我说："不，绵阳有个人才中心，你可以把简历直接寄到人才中心，人家觉得可以的话，会主

吉 米

动找你的。"

见我直截了当地拒绝了，他再没提过这事。

依然有空就给我打电话，情人节时顶风冒雪跑去国贸买礼物给我寄过来。知道我家在北川，他再次来绵阳时问过我："为啥老不回北川？"我说："经常回去啊，只是你每次来时碰巧我都在绵阳而已。"他说："我跟你回北川去看看吧。"我说："太远了，而且这几天我工作忙。"

又一次他到绵阳来，傍晚正准备一起出去吃饭时，我爸突然打电话，说到绵阳开会来了，一会儿过来看我，晚上一起吃饭。我大惊失色，赶紧让吉米快去楼下打麻将。他不干："我躲什么？这不正好跟你爸见见面吗？我不走。"

我说："我跟你的事，我还没跟家里人说呢。"强行把他推下楼去了麻将馆。然后，坐在家里等着我爸过来，又跟我爸出去吃了晚饭。天黑了一阵，我才去麻将馆找到吉米，说："别打了，我陪你去吃饭吧。"他说："我吃不下，气饱了。"我转身就走，他立马起身跟着。

冬去春来，春去夏至，我为吉米写了厚厚一本日记，把对他的爱和思念都写在日记里，但从来不告诉他。每次他来看我，看到的依然是一个任性、粗暴、喜怒无常而又无比骄傲的"小姑娘"。我很清楚，自己在他面前的骄傲都是强装出来的，但我自己也搞不懂，为什么要这样。

那个夏天，吉米的生日要到了，我早早做好准备，用一个月的工资给他买了个生肖玉佩，刻上了他的名字，又买了张火车票，没有告诉他，揣上新买的手机，悄悄地坐上了去北京的火车。我要给他一个惊喜。

坐了30多个小时的火车，精疲力尽地到了北京，打车到了他住的小区，上楼，来到他的门前。想着他一开门看到我，会有多么高兴，我被自己的浪漫感动得一塌糊涂。

敲门，却不见开门。打手机，不在服务区。顿时蒙了。一直打，始终打不通。这大下午的，他去哪了？不在家，电话也应该打得通啊！在门口等了好久，始终没见他的影子。又累又困，撑不住了，想到小区有个地下旅馆，就拖着箱子

去开了个钟点房,躺在床上继续打他电话,电话里一个男的一直无情地说:"您拨打的电话不在服务区……"

带着各种不祥的猜测,迷迷糊糊睡着了。醒来时天已经黑了,一睁眼马上又打他手机,终于通了。"幺妹儿——"电话里传来他的声音。我哇的一声就哭了。"怎么了,怎么了?出什么事了?"我说:"你在哪里?"他说:"在家啊,怎么啦?"我生气地大喊:"在家你为什么不开门!"

听说我来北京了,就在小区的地下室,他一溜烟儿就跑过来了。"你怎么不告诉我,我好去车站接你啊!"这才知道,他打麻将去了,刚回到家。"怪了,平时都有信号啊,怎么会今天没信号呢?我还想呢,今天好清静,居然一下午都没一个电话找我……"

跟着他回家,他喜笑颜开,我哭哭啼啼,一路上不停有"小脚侦缉队"向我们投来怀疑的目光。他给我抹泪,悄悄跟我说,别哭了,不然大妈们会以为我拐卖人口。然后,我哭得更肆无忌惮了。

后来他一再解释,那天下午真的打麻将去了,并且把手机给我看,确实没有未接电话和任何提示表明我在找他,他也压根不知道我会到北京。但是,对于我突然杀上门他却并没有在家等我这个事,我始终耿耿于怀,觉得我一直以来的预感正在变成现实——他不属于我,我把握不住他,我们没有未来。

于是在接下来的几天时间里,我不停地闹别扭。去饭馆吃饭,他点的每样菜我都说难吃,他让我点,我坚决不点。他一接电话,我就故意把电视声音开到最大,他只能捂着耳朵跑阳台上去接。烈日当空时我说我要去香山看红叶,他说夏天有什么红叶,等秋天了带你去,我说没有红叶那就去爬山,他说:"你饶了我吧,要去咱们也找个阴天再去。"他睡午觉,我非要拽他起来去看电影,他说晚上去,我说晚上我没心情了必须现在去,他说:"我眼睛睁不开,让我睡一会儿。"然后裹着被子跑浴缸里睡去了,任凭我在卫生间外不停敲门。最后怕我把门踢坏了,终于裹着被子起来给我开了门,冷冷地看着我说:"疯够了没有?你到底要干啥?"我说:"那,你给我唱《新货郎》。"以前每当我不高兴的

吉 米

时候，他就会唱这首歌哄我，但现在，他不唱了。我崩溃地想，这下你现原形了吧，原来真的不是真喜欢我……

别别扭扭待了几天，我说："我要回去了。"他说："别，不闹了，我带你去青岛，去海边玩儿几天吧。"几天来我第一次没有在他说话后第一时间唱反调，我问："啥时候去？"

他说："明天，我们要过去开个会，还有两个同事一起。"我一下又翻了脸，原来是去出差，并不是要带我去玩儿，便又黑了脸，说不去。"没事，就跟他们一起坐火车过去，开会时我去开，完了咱们玩儿自己的，不跟他们一路回来就行了。"我说："不去，不去，不去。"

第二天早上五点多，他还在熟睡中，我就悄悄起床出门，坐上楼下来接我的中巴车，走了。头天下午，我背着他给楼道里小广告上的"一日游"打了个电话，一个人出门旅游去了。

早上8点多，吉米打电话来，问我在哪。我说："长城上。""啊？这么早就跑长城去了，你怎么去的？"我说："一日游。"他惊叫起来："我可真服了你！我就在北京，你到北京任何地方玩儿，我都可以陪你呀，你还去找什么一日游！"我说："你不是要去青岛吗？去你的！""不是说咱们一起去青岛吗？这会儿同事给我打电话了，马上出发赶火车了，你居然给我跑长城去了……"他话没说完，我就挂断了电话。

过了一会儿，他又打电话来，说："钱给你放抽屉里了，你自己买吃的，钥匙我用报纸包着，藏在门口垫子下了。你注意安全，我后天下午回来，别乱跑了，等着我回来，有事给我打电话……"话没说完，我又挂了。

晚上回到家，从门口垫子下找出报纸包着的钥匙，开门进屋，看到抽屉里放了一摞崭新的百元钞票。切，还真扔下我一个人去青岛了，我一屁股坐下来，心里充满了难以言状的失落。

百无聊赖地挨第二天，不想吃饭，不想出门，不想看电视，就想他。于是给他打电话，一打通他就接了。"在开会……"他悄声说。我不说话，挂了。

当时酣醉

过了几分钟，又打，接通了，他问："你吃饭了吗？你在干什么？"我不说话，挂了。过几分钟，再打，接通了，他问："你怎么啦？说话呀。"我不说，挂了。过几分钟，再打，再打，我不停地打，却始终不说一句话。反复十几次之后，他终于生气了："你疯了是不是？你知不知道我在开会？我坐在中间的，每次你一打电话，我就跑出来接，一出来你又挂了，一坐进去你又打，你知不知道满屋子人都在看我，看着我就这么不停地进去出来的，还以为这哥们儿疯了！"

漠然地听着他冒完火，挂了电话，再没给他打过电话。晚上，手机响了，他打来的，我没接。然后，家里的座机响了，接起来，是他。"对不起，幺妹儿，我白天态度不好，主要是当时给我急着了……"我没听完，挂了。刚挂，电话又响了，接起来，他说："你别生气了，明天下午我就回去了。要不你来青岛吧，同事走了，我们在青岛玩儿几天再回北京。"我没去过青岛，还真挺想去的，青岛是其次，主要我想跟他在一起，在哪里都好。但我不说话。最后他说："你要不想来就算了，我明天结束了就回家。"

第二天下午，他回来了，一进门就递给我一个盒子。"给你买的礼物，拆开看看。"我面无表情，不接，更不拆。晚上带我出门吃饭，吃了饭看电影，我一直一言不发，不正眼看他，但一直暗暗观察他。终于，感觉到他对我开始冷淡了。该放手了，我对自己说。

第二天上午，我开始收拾东西，准备回绵阳。他说："着什么急，你不是请了假的吗？再玩儿几天。"但我觉得他那只是客气话。我说："不了，我回去了，你知道吗？这次我过来，本来就打算的是给你过了生日之后，就跟你分手的。"

"分手？咱们好好的，分哪门子手啊？"他诧异地问。

我冷漠地回答："你觉得我们好吗？我可没觉得好，再这么下去，就没有一点儿意思了。"

他哑然失声，默默地站在旁边看我收拾行李。那一刻，我觉得他就像一个被遗弃的孩子。剧烈的疼痛，夹杂着解脱的快感，让我的心极度扭曲。在他打电话给我订机票的时候，我用指甲玩儿命地抠着他的右手，他一动不动，直到

吉 米

手背上被抠出一个深深的血洞。以后，这里会长一个疤，就算我留给他的纪念吧。我冷冷地说："我走了，不会联系你了，你也别再给我打电话了。"

离开他以后才开始流泪，一路哭着回到了绵阳。回来后失魂落魄了好多天，觉得到处都是他的影子，想着他就这样永远从我的生活里消失了，有一种生不如死的幻灭感。

他给我打过电话，打了几次我没接后，就不再打电话来了。我每天告诉自己，要继续活下去，就得结结实实地把他忘了，把跟他有关的一切，生生地从自己的记忆中抠出去。

朋友问我，那么好一个人，为什么要分手？我说，就是因为他太好了，我不想依靠他。她们说："女人依靠男人很正常啊，难不成你要让男人来依靠你？"我说，是的，至少等我以后条件好了，可以跟他平起平坐了再说。

"但是谁会在原地等你呢，你又没跟人说让他等着你。"

是的，我没说，什么都没跟他说。

我认真工作，乐观生活，终于慢慢回到了认识他之前的状态。第二年春天，一个晚上，突然，手机响了，熟悉的号码。纠结了好一阵儿，我接起了电话。"幺妹儿——"熟悉的声音。我在心里狠狠地拥抱他，嘴上却生疏地问："干吗？"

"你还记得我把户口本放哪里了吗？月月（他女儿）小学毕业了，准备送她去美国上中学，跟爷爷、奶奶生活，但现在找不到户口本了……"

我说："不就在五斗橱那个抽屉里吗，你不一直放那儿的吗？"

"哦，那我再找找……"

"还有事吗？没事我挂了。"我装作漫不经心地问。其实，我哪里想挂，哪怕就这样听听他的声音，也好。

"你现在，还好吗？"顿了一会儿，他问。

我说，挺好的，我搬家了，跟家里人一起买了个四室两厅的房子。他说："那挺好的，现在绵阳的房价也涨起来了吧？"

"哦，对了，我要结婚了。"我开始随口胡编。

"这么快，跟谁结婚？"他有些吃惊。

我说："绵阳的，部队里一个军官，人挺好的，个子高，也帅，别人介绍的。"我编得差点儿自己都信了。

他沉默了一阵，说："那祝福你，在人军官面前不要小孩脾气了吧？"我说："当然。""对了，跟军人结了婚，要离婚就没那么好离了，不然就叫破坏军婚了。"第一次听到他说话的口气这么狠。

我说："我不离婚，我跟人好好过，不聊了，挂了。"

两年后，我跳槽到了北京。不是冲他去的，是奔事业去的。

但心里始终放不下他。打听过他一回，有次在张吉龙办公室采访完，临走时假装很随意地问了句："吉米，他现在怎么样？"龙哥说："这家伙，现在我都很少见到他了，成天国内国外到处跑。""结婚了吧？"我鼓足勇气又问了一句。龙哥说："听说，好像处了个对象，但我还没见过……"

还没听完我就快步离开了龙哥的办公室，跟跟跄跄地走在足协办公楼拥挤不堪的过道里，心里空得像深秋的旷野。他果然没有等我。

在北京的十年时间里，只见过他一次，在一次大型赛事的采访中无意碰到。他很诧异，说："你不是在绵阳跟军官结婚了吗，怎么还到北京来工作？"我说："那是骗你的，现在才是真的要结婚了，跟一个比我小两岁的IT男，也在北京。"他求证般地想知道我当初为什么要分手，我轻描淡写地说："你条件太好了，我不配呗。"他说："是你太好，我不配吧？"

随后都貌似轻松地又闲聊了几句，得知他跟朋友合伙开了公司专门操作大型体育比赛，做得挺火。我很想知道他有没有结婚，有没有对象，如果他说没有，我想我肯定会立马分手再回到他身边的，因为我觉得现在的自己，也很不错了。正在强大起来的我，内心已经不那么自卑了。

但他没说，我也没问。

吉 米

  接过一次他的电话。2008年,"5·12汶川特大地震",我父亲遇难,家里遭了灭顶之灾,我孤身一人回到四川,将幸存的家人接到北京疗伤。身在美国的他几经周折找到我的号码打电话来,问我地址,要让朋友给我送钱和东西过来,我拒绝了。毕竟我已结婚,并且他应该也有家有口了吧,这都过了好几年了。
  2010年春天,女儿半岁时,我带着孩子从北京回绵阳探亲,闲时上网,看到一则征文启事——"一封发给过往的情书",瞬间产生强烈的冲动,想把多年来藏在心底的话写出来。于是一蹴而就,把对吉米的从未变过的深情和思念,都写在信里,投给了大赛组委会。
  得不得奖没关系,我只是想写出来,就当这比赛是个树洞,我把埋藏在心底最深处的秘密,说给"树洞"听。有朋友批评我:"你宁愿把对他的爱告诉全世界,就不告诉他本人。"我想了想,还真是。
  过了没多久,一天我正抱着孩子在绵阳街上走,突然接到一个陌生的电话,"幺妹儿——"竟然是吉米。无缘无故的,他怎么会突然给我打电话?
  客气地应答着他的问候。他问我好不好,我说好。问我在哪里,我说在绵阳,回来看妈妈。问我这会儿在干什么,我说在带娃娃。"幺妹儿也当妈妈了……"他连着把这句话说了两次,好像很感慨。我说该当了呀,三十好几的人了,再不当妈就老了。"我想象不出来,幺妹儿当了妈妈会是个什么样子……"他喃喃地说。
  我没问他在干什么,没问他好不好。不需要问,他那么优秀而有能力的人,必定在广阔的世界里活得无限精彩,必定有一个温柔体贴的女子,常伴他左右吧。他值得更好的人陪着。
  简单而客气的寒暄之后,我们挂了电话,从此,再无音讯。
  2014年,一个偶然的机会,我从网上得知,4年前参加征文比赛我写给吉米的那封信,得了二等奖,还被刊发在了一家报纸上。我顺藤摸瓜找到了当年当日的报纸,发现时间刚好与吉米给我打电话的时间相吻合。于是我赶紧打电

话给当初主办比赛的某网站，质问为何当时没有通知我。对方解释说，不知道什么原因，当时没有联系上我，所以奖金也没给我发，也没寄报纸给我。

虽然后来主办方把比赛奖金补发给了我，但他们补不上我的巨大的遗憾了——怪不得那一年的那一天，吉米会突然给我打电话，他一定是从报纸上看到我写给他的那封"情书"了吧。看了之后，他才确切地知道，原来我是那么在乎和深爱他，所以他才会急着给我打电话吧。他打来电话，一定是有话想对我说吧。但当时毫不知情的我，又那么简单而草率地挂了电话。并且，这一生，都再也听不到他的声音了……

知道他离世后，我发疯一般到处打听他的消息。才知道，2011年，他结婚了，2012年，他生儿子了，2013年，他移民了，2015年9月，他查出胃癌晚期了，2016年1月30日夜里，他永远地离开了……

在他去世前的3个多月时间里，他坚持每天在微信朋友圈写日记，记录自己的病情发展和对生命的感悟，一直坚持到去世前3天彻底昏迷，才停止记录。他的许多国内外的朋友在微信上陪着他走完了生命的最后一程。生性乐观、善良、仁义的他，听说走得非常坦然。

在他弥留之际，朋友们将他的《吉米日记》出了书。4年之后，我才读到了他的日记，翻来覆去地看，看着他每天顽强地坚持，无望地挣扎，幽默地表述，看着照片上的他从一脸阳光变得骨瘦如柴，直至奄奄一息，我万箭穿心……

唯一能做的，就是在中元节的晚上，到河边，给万里之外的他，烧一堆纸钱。

如果此生有机会去趟美国，一定要到位于马里兰州银泉市乔治大道的那个公墓，到"Jimmy Shang"的坟前，痛痛快快地哭一场，为他清除坟头的杂草，再陪他抽几支烟。

我抽了22年的烟，就是他当初教会的。

而他当年送给我的那条定情的项链，已在2008年的大地震中，和我的家一起，永远深埋在废墟中了……

这一生，就只能这样了。